CHARLOTTE LINDERMAYR

Verirrtes Glück

Die Personen und die Handlung dieses Buches
sind frei erfunden.
Etwaige Ähnlichkeiten mit tatsächlichen Begebenheiten oder
lebenden oder verstorbenen Personen
wären rein zufällig.

CHARLOTTE LINDERMAYR

Verirrtes Glück

Kriminalroman

© 2019 Charlotte Lindermayr

Impressum

Bibliografische Information der Deutschen Nationalbibliothek:
Die Deutsche Nationalbibliothek verzeichnet diese Publikation in der Deutschen Nationalbibliografie; detaillierte bibliografische Daten sind im Internet über http://dnb.dnb.de abrufbar.

TWENTYSIX - der Self-Publishing Verlag Eine Kooperation zwischen der Verlagsgruppe Random House GmbH und der Books on Demand GmbH

Herstellung und Verlag:
BoD – Books on Demand, Norderstedt

ISBN: 978-3-740-762520
Cover-Foto: ArtsyBee

© 2019 Charlotte Lindermayr

1945:

»Du bist ein Glückskind, mein Junge«, sagte Joseph Lombard schmunzelnd zu seinem elfjährigen Enkel Ronald, wenn der wieder einmal mit zerschrammten Knien auf dem kleinen entlegenen Hof in Littleborough vor ihm saß.

Ronald kletterte auf Bäume, deren Äste manchmal nachgaben und er herunterfiel, er badete in einem See, von dem bekannt war, dass schon mindestens drei Menschen darin auf unerklärliche Weise ertrunken waren, oder überquerte zu Fuß die Fernstraße, obwohl es ihm verboten worden war die Abkürzung zu nehmen, wenn er frische Milch von einem anderen Bauernhof holen musste.

Nur ernsthaft verletzte er sich nie und deshalb schlug er die Warnungen seines Großvaters und auch die seiner Mutter Betsy in den Wind und dachte sich: ›Was soll mir schon passieren‹?

Seinen Vater Thomas, den er schmerzlich vermisste, war kurz vor Endes des II. Weltkrieges gefallen. Wenn Ronald abends im Bett lag und manchmal auf das Foto an der lindgrün gestrichenen Wand starrte, dachte er an ihn und stellte sich vor, wie er mit ihm im Sommer zum Angeln und im Herbst zum Drachensteigen gehen würde.

Ab 1946 besuchte er die Schule in Manchester. Seine Mutter Elisabeth, die aber alle Betsy nannten, musste regelmäßig die Einträge des Klassenlehrers unterschreiben und schimpfte ihn einen Narren, wenn er wieder einmal wegen seines Benehmens nach dem Unterricht mit Sonderaufgaben auf dem Campus bestraft worden war.

Stundenlang kratzte er dann auf Anweisung des strengen Direktors James Robertson das Unkraut aus den Gehwegen, oder half dem Hausmeister Angus Hunt in der kleinen Keller-Werkstatt.

Letzteres betrachtete Ronald allerdings nicht als Strafe. Nachmittags war es ihm zu Hause allein oft langweilig und er fand es viel interessanter, wenn Angus ihm zeigte, wie man ein kaputtes Türschloss reparierte, oder ein weiteres Loch an den alten Dachrinnen zulötete.

Eines Tages musste sich Ronald erneut bei ihm melden, weil er wieder einmal seine Hausaufgaben nicht gemacht hatte.

Angus stand auf dem Pausenhof, hatte seine verfilzte Mütze ins Genick geschoben und starrte grübelnd zu der alten Schuluhr nach oben, die an einem kleinen Turm über dem Haupteingang hing.

»Sie ist stehen geblieben und ich weiß nicht warum«, murmelte er. »Ich hatte doch erst vor kurzem das Werk überholen lassen. Und warum krakeelen die Vögel da oben so laut«?

»Dann lassen Sie uns nachsehen«, rief Ronald aufgeregt. »Vielleicht ist es nur eine Kleinigkeit«.

»Du hast gut reden«, antwortete Angus genervt. »Glaubst Du, dass ich nichts Besseres zu tun habe«?

»Darf ich es versuchen«?

Angus begann zu grinsen. »Du«? fragte er spöttisch. »Du glaubst doch nicht im Ernst, diese Uhr wieder zum Laufen zu bringen«.

»Bitte Mr. Hunt«, flehte Ronald. »Ich verspreche, dass ich bald wieder hier unten bin«.

Angus hob die Schultern. »Meinetwegen, dann sieh` halt nach«.

Ronald begann zu strahlen, denn es war allen Schülern strengstens verboten, sich dort oben aufzuhalten.

»Danke«, rief er selig und rannte los. So schnell er konnte, erklomm er die alten gewendelten Holzstufen. Schließlich stieß er eine Tür auf und stand in einem spärlich beleuchteten Dachraum.

Überall hingen Spinnweben und ein Mauersegler-Pärchen hatte sich in einer kleinen Nische ein Nest gebaut. Erschrocken flatterten und zwitscherten sie umher, denn sie schienen ihn als Bedrohung für ihre Jungen anzusehen, die neugierig die Köpfchen aus dem Nest streckten.

»Keine Angst«, flüsterte Ronald schmunzelnd. »Ich tue Euch schon nichts«.

Er sah sich um und ging langsam auf das Uhrwerk zu. Plötzlich blieb er erschrocken stehen, als er in der hintersten Ecke einen Mann am Boden sah, der sich nicht bewegte und mit blassen Augen geradeaus starrte.

»Mr. Robertson«, sagte Ronald mit zittriger Stimme. »Sagen Sie doch etwas«.

Der Direktor gab keinen Laut von sich.

»Ronald, verdammt noch mal«, hörte er Angus mit dumpfer Stimme ärgerlich aus dem Innenhof rufen. »Was treibst Du da oben«?

Der ging zu einem verschmutzten Fenster und stieß es auf. »Kommen Sie schnell in den Turm. Der Direktor sitzt hier und bewegt sich nicht«.

Angus stemmte die Arme in die Hüften. »Wenn das wieder einer Deiner Streiche ist, wirst Du mich kennenlernen und wir sind am längsten Freunde gewesen. Das schwöre ich Dir«.

»Nein wirklich Mr. Hunt«, antwortete Ronald zitternd. »Ich mache keine Witze«.

Kopfschüttelnd ging Angus zum Eingang und sah noch einmal nach oben. »Ich warne Dich. Wenn Du mich verschaukelst, sage ich es Deinem Großvater«.

Ronald antwortete nicht.

»Also gut, ich komme«. Angus stieg schließlich langsam die knarrenden Stufen nach oben. Als er schnaufend neben ihm stand, stotterte er: »Was hat er denn«?

»Ich weiß es wirklich nicht«, flüsterte Ronald ängstlich.

Angus kniete sich hin und rüttelte ihn vorsichtig am Arm. »Mr. Robertson? Alles in Ordnung«?

Der kippte mit dem Oberkörper zur Seite und eine Platzwunde am Kopf war zu sehen. »Um Gottes willen«, rief Angus. Schnell drehte er sich zu Ronald um. »Lauf ins Sekretariat. Miss Davis soll einen Arzt rufen«.

Ronald stand noch immer starr vor Schreck an der Treppe.

»Nun mach schon, oder soll ich Dir Beine machen«?
Bald darauf war der Innenhof abgeriegelt und ein Arzt eilte nach oben. Der konnte nur noch den Tod des Direktors feststellen und vermutete, dass er mit einem stumpfen Gegenstand niedergeschlagen worden war.

Auch Scotland-Yard war inzwischen eingetroffen. Da um diese Zeit keine anderen Schüler mehr da waren, wurden nur noch die Sekretärin, eine Putzfrau, der Hausmeister Angus Hunt und Ronald verhört.

Eingeschüchtert war er vor dem jungen drahtigen Detective Chief Inspector Vincent Powell gesessen und hatte erklären müssen, warum er überhaupt noch hier war und wie er den Direktor vorgefunden hatte. Als er schließlich gehen durfte und auf dem Heimweg war, hatte er sich selbst Besserung gelobt. Ab sofort wollte er immer seine Hausaufgaben erledigen und nach der Schule seiner Mutter zur Hand gehen.

Am meisten beschäftigte ihn aber, dass Angus im Nebenzimmer ins Kreuzverhör genommen worden war und Ronald hatte durch die wackelige Holztür gehört, wie er immer wieder sagte: »So glauben Sie mir doch. Vormittags habe ich auswärts Besorgungen gemacht und nach der Mittagspause bin ich aus meinem Bungalow gekommen und mit dem Bengel vor der Schuluhr gestanden. Direktor Robertson habe ich heute noch gar nicht gesehen«.

»Gibt es außer dem Jungen noch andere Zeugen«? wurde er schroff gefragt.

»Der Gemischtwarenhändler Ralph Smith kann Ihnen bestätigen, dass ich gegen zehn bei ihm war. Zu Hause war ich allerdings allein, denn ich habe keine Familie«.

»Dann hätten Sie also genügend Zeit gehabt, James Robertson auf den Turm zu locken, ihm eine zu verpassen und dann den Jungen hinaufzuschicken und so zu tun, als wären Sie überrascht gewesen«.

»Aber warum sollte ich denn so etwas tun«?

»Die Sekretärin Miss Davis hat ausgesagt, dass Sie in letzter Zeit oft Streit hatten, weil Mr. Robertson eine von Ihnen beantragte Lohnerhöhung nicht bewilligt hat und Sie deshalb einige Arbeiten, die Sie außerhalb der Dienstzeit erledigen sollten, verweigert hatten. Sogar eine Abmahnung haben Sie vor kurzem bekommen«.

»Aber deshalb bringe ich ihn doch nicht um«, krächzte Angus schwitzend. »Ich bin doch kein Mörder«.

»Während des Krieges sind Menschen aus wesentlich banaleren Gründen umgebracht worden. Und wir wissen auch, dass Sie in einer Spezialeinheit gedient haben und mit Gefangenen, na sagen wir mal, nicht gerade zimperlich umgegangen sind. Abführen«.

In Handschellen wurde Angus Hunt mit zwei Beamten zur nächsten Police-Station gebracht und dort stundenlang weiter verhört. Schließlich legte er ein Geständnis ab. Bald wurde ihm der Prozess gemacht und er zu lebenslanger Haftstrafe verurteilt.

Ronalds Großvater Joseph kam nie darüber hinweg, dass sein bester Freund ein solches Schicksal wiederfahren war. Er glaubte fest an seine Unschuld, die ihm Angus bei jedem seiner Besuche im Gefängnis beteuerte.

Deshalb opferte Joseph einen Großteil seiner Ersparnisse, um mithilfe eines Privatdetektives und eines Anwaltes das Gegenteil zu beweisen. Doch alle Spuren und Ermittlungen liefen ins Leere.

Irgendwann begann Joseph doch an Angus Unschuld zu zweifeln. ›Wenn er es nicht war, wer denn dann‹? fragte er sich immer wieder.

Als er Angus damit konfrontierte, lehnte der sich auf seinem Besucherstuhl abrupt zurück, verschränkte die Arme vor seinem Bauch und knurrte: »Du glaubst es jetzt also auch, dass ich ein Mörder bin«?

»Versteh mich doch«, flüsterte Joseph. »Außer Dir gab und gibt es weit und breit keinen anderen Verdächtigen«.

Angus Lippen wurden schmal. »Ich schreibe noch heute meiner Schwester nach Bedford, damit sie Dir alle Unkosten bezahlt. Du brauchst nicht mehr wiederzukommen. Leb wohl Joseph«. Danach hatte er jegliche weiteren Besuche von ihm verweigert.

Joseph wunderte sich allerdings, dass seine Tochter Betsy weiterhin einmal im Monat den steinernen Backofen hinter dem Haus einheizte, um Angus ein Rosinenbrot zu bringen, auf das er sich wegen des eintönigen Gefängnisessens jedes Mal wie ein kleines Kind freute.

»Mit Dir redet er noch und stopft sich den Bauch mit Deinem Gebäck voll, wenn Du ihn besuchst. Und mich, der immer zu ihm gehalten hat, behandelt er wie eine beleidigte Leberwurst«, rief er aufgebracht, als Sie wieder einmal erschöpft von den Strapazen der Busfahrt und des Wartens am Eingang des Gefängnisses heimkehrte.

Betsy hatte längst aufgegeben, seine Vorwürfe zu erwidern. Man merkte ihr allerdings an, dass es ihr unangenehm war, wenn er sie darauf ansprach. Schnell ging sie in die Küche, beschäftigte sich mit allerlei Hausarbeit und deckte hastig den Tisch für das Abendessen. Schweigend saß sie schließlich ihrem Vater gegenüber, kratzte sich etwas Butter aufs Brot und legte eine Scheibe selbstgemachten Ziegenkäse darauf.

Joseph platzte der Kragen und schlug krachend seine Faust auf den abgenutzten Küchentisch. Ronald zuckte zusammen und lehnte sich ängstlich zurück. »Mum, darf ich in mein Zimmer gehen«? Sie nickte.

So schnell er konnte, rannte er die Treppe nach oben. Sein Großvater war ihm gegenüber nie gewalttätig, aber er wusste, dass er kein falsches Wort sagen durfte, wenn der wütend wurde. Und nachtragend war er in der Regel auch nicht. So hoffte er, dass der nächste Tag wieder wie sonst verlief.

»Jetzt sagst Du mir endlich, was das für eine Sache zwischen Dir und Angus ist«, sagte Joseph mit blitzenden Augen zu Betsy, als sie allein waren.

»Also gut«, antwortete sie heiser. »Eigentlich wollte ich es Dir ersparen, aber es hat keinen Sinn. Jetzt erzähle ich Dir alles. Ich kenne Angus, seit ich als kleines Kind mit Dir und ihm zum Fischen gegangen bin. Als Mum bei der Geburt meiner kleinen Schwester gestorben ist, war ich erst zwei Jahre alt und oft allein, denn Du hattest wegen der Arbeit am Hof kaum Zeit für mich. Er aber schon«.

»Er aber schon«, höhnte Joseph ihre Worte nach. »Meinst Du nicht, dass ich manchmal auch lieber mit Dir gespielt hätte, als im Pferdestall zu stehen? Ich hatte schließlich für uns zu sorgen«.

»Es gibt da einige Briefe«, antwortete Betsy zögernd. »Was für Briefe«? fragte Joseph erstaunt. Betsy sah ihn müde an. »Liebesbriefe, die Mum von Angus während des Krieges aus einem Feldlazarett bekommen hat«.

»Du fantasierst doch«, stotterte Joseph.
Betsy schüttelte langsam den Kopf. »Nein. Und wenn es wirklich stimmt, was da drinsteht, ist Angus mein Vater und nicht Du«. Joseph sprang auf. »Zeig sie mir«, rief er nach Luft ringend. »Das kann nicht sein«.

Betsy schluckte, ging zum Küchenschrank, hob einen buntbemalten Schmalztopf herunter, öffnete den Deckel und legte die Briefe auf den Tisch. Langsam faltete Joseph die Blätter auseinander und sah Betsy ungläubig an. »Und diese Briefe waren die ganze Zeit hier in der Küche«?

Die begann: »Direktor James Robertson hatte sie. Er hatte mich eines Tages wieder einmal wegen Ronald in die Schule bestellt. Natürlich bin ich sofort hingefahren, weil ich mir Sorgen gemacht habe. Seine Sekretärin war gerade im Kellerarchiv, um irgendwelche Akten aufzuräumen. Und Angus und Ronald waren in der Werkstatt. Wir waren also ganz allein. Es dauerte nicht lange und er zeigte mir diese Briefe. Woher er die hatte, weiß ich allerdings nicht«.

Ihre Stimme begann zu zittern. »Ich habe jetzt noch sein schäbiges Grinsen vor meinen Augen und höre seine frivole Stimme, als er sie mir vorlas und dann anbot, alles für sich zu behalten, wenn ich einmal pro Woche mit ihm oben im Schulturm Sex habe«.

»Hast Du es wirklich mit ihm getan«? fragte Joseph tonlos.

Ohne auf seine Frage einzugehen, erzählte Betsy weiter: »Wir verließen also das Büro und stiegen tatsächlich auf den Schulturm. Auf dem Weg nach oben habe ich die ganze Zeit überlegt, wie ich ihn mir vom Hals halten kann«.

»Und dann«? fragte Joseph scharf.

»Er drängte mich sofort an die Wand«, antwortete sie schluchzend. »Und keuchte mir seinen widerlichen verschwitzten Atem ins Ohr. Plötzlich fühlte ich einen Gegenstand an meiner rechten Hand. Es war ein Stahlhaken, der dort hing. Ich bekam ihn zu fassen und schaffte es, ihm damit auf den Kopf zu schlagen. Er sackte zur Seite und gab keinen Laut mehr von sich«.

»Du hast ihn wirklich umgebracht«? flüsterte Joseph ungläubig.

»Ja«, antwortete Betsy steif. »Und dann lief ich schnell herunter und zurück in sein Büro. Dort lagen die Briefe in seiner Schublade. Die musste ich haben«.

Sie machte eine kurze Pause. »Plötzlich hörte ich Angus und Ronald, die zum Schulturm nach oben sahen und die Sekretärin Miss Davis kam gerade die Kellertreppe herauf. Panisch bin ich durch einen Flur gerannt, wo Gott sei Dank eine Türe nach draußen offen stand«.

»Weiß Angus davon«? fragte Joseph vorsichtig.
Sie schüttelte den Kopf. »Nein, aber jetzt verstehst Du, warum ich jede Woche zu ihm fahre. Er verbüßt meine Strafe«.

Joseph nahm die Briefe. »Ich möchte jetzt allein sein und falls sich wirklich alles so zugetragen hat, wie Du sagst, geschieht es Angus recht. Mein bester Freund hat es mit meiner Frau getrieben«.

Betsy stand auf, verließ die Küche und ging zu Bett. Lange lag sie wach und irgendwann hörte sie ihn mit schleppenden Schritten die Treppe nach oben gehen.

Am nächsten Morgen machte sie Tee, packte für Ronald die Frühstücksbrote in eine Box und schickte ihn zum Schulbus.

Sie wunderte sich, dass Joseph, der sonst um diese Zeit schon lange aufgestanden war, sich nicht rührte.

Sie ging nach oben, klopfte an, öffnete die Tür und sah in das blau angelaufene Gesicht von Joseph, der sich in seinem Zimmer erhängt hatte. Unter ihm lagen die Briefe kreuz und quer am Boden.

Betsy bekam einen Weinkrampf.

Nachdem sie sich etwas gefasst hatte, sammelte sie mit zittrigen Händen die Briefe ein und steckte sie in ihre Schürzentasche, denn niemand durfte davon erfahren, vor allem Angus nicht und schon gar nicht Ronald.

Sie musste jetzt stark sein, wenn sie das überstehen wollte.

***

1953
Die Nachkriegsjahre waren für Betsy und Ronald hart. Der Staat war aufgrund des Krieges fast bankrott und die Lebensmittel-Rationierungen noch immer nicht aufgehoben. Jedoch war gerade Elisabeth die II. zur Königin gekrönt worden.

Ronald war neunzehn Jahre alt, hatte die Schule abgeschlossen und eine Lehre als Uhrmacher begonnen. Oft zog er sich in sein Zimmer zurück und reparierte alte Wanduhren, die er hin und wieder auf Flohmärkten gegen etwas Gemüse und Obst, das der Hof abwarf, eintauschte. Er redete wenig und erledigte nur widerwillig die Aufgaben, die ihm seine Mutter gab.

»Wie soll es mit uns weiter gehen«? fragte sie ihn eines Abends im Wohnzimmer, während er vor dem kleinen Röhrenradio saß und der Musik von Buddy Holly lauschte. Ohne aufzusehen klapperte sie dabei in der Ecke unter einer Leselampe mit ihren Stricknadeln.

»Ronald«, ermahnte sie ihn. »Bitte rede mit mir«. Genervt drehte er sich zu ihr um. »Was soll ich auf diese Frage antworten? Sag Du mir doch, was Du vorhast«.
Sie legte ihr Strickzeug an die Seite. »Ich kann den Hof nicht halten. Es wären dringende Reparaturen am Haus

und am Stall notwendig, die ich nicht bezahlen kann und die monatlichen Unkosten sind zu hoch«.

»Und jetzt«? fragte er mit hochgezogenen Augenbrauen. »Von meinem Lehrlingsgeld können wir ganz bestimmt nicht überleben«.

»Ich erwarte ja nicht, dass Du die Kosten aufbringen sollst, aber ich habe gestern auf der Poststelle einen Aushang gesehen. Eine Näherei in Machester sucht Arbeiterinnen. Vielleicht sollte ich den Hof verkaufen und für uns eine kleine Wohnung in der Stadt suchen. Du hättest dann auch nicht mehr den weiten Weg zur Arbeit«.

Ronalds Gesicht hellte sich auf. »Ist das wirklich Dein Ernst«?

Betsy nickte. »Ja. Und ich könnte endlich die alten Lebenszöpfe abschneiden. Alles hier erinnert mich an Deinen Großvater. In seinem Zimmer, in dem viele Jahre vorher auch meine Mutter und meine kleine Schwester gestorben sind, war ich seit seinem Tod nicht mehr«.

Ronald wurde ernst und sah sie grübelnd an. »Er war immer so stark. Nur zu gerne würde ich wissen wollen, warum er sich umgebracht hat. Und Du hast mir auch nie gesagt, worüber ihr damals an jenem Abend gesprochen habt. Worum ging es da Mum«?

Betsy wurde blass. Wieder bohrte er in die Wunde, die scheinbar nie verheilen konnte. Abrupt stand sie auf.

»Bitte quäle Dich und mich nicht weiter mit diesen Fragen. Wir haben nichts besprochen, was ihn dazu gebracht haben könnte, sich das Leben zu nehmen«. In die Augen sehen konnte sie ihm allerdings dabei nicht.

»Das überzeugt mich nicht«, antwortete der schroff und schaltete das Radio aus.»Und eines Tages werde ich es herausfinden«.

›Auch wenn Joseph nicht wirklich sein Großvater war, wird er ihm scheinbar immer ähnlicher‹, dachte sie, als sie in seine blitzenden blauen Augen sah. Sie sagte aber nichts. Wortlos rollte sie den Wollknäuel ihres Strickzeuges zusammen, verstaute alles in einem kleinen Korb und verließ betrübt das Wohnzimmer.

Ronald sah ihr ratlos nach, dachte aber: ›Es muss doch eine Möglichkeit geben, das herauszufinden.‹

Er erinnerte sich plötzlich an Angus Hunt, der noch immer in Manchester im Gefängnis sitzen musste und jetzt fiel ihm ein, dass seine Mutter seit Großvaters Tod nicht mehr bei ihm war. ›Warum nicht‹? dachte er.

Je länger er grübelte, umso sicherer war er, dass nur er der Schlüssel sein konnte, denn Großvater hatte sie ja damals seinetwegen gefragt, daran konnte er sich nur zu gut erinnern.

›Ich muss zu ihm gehen‹, beschloss er und stand auf. ›Genau, eine andere Möglichkeit habe ich nicht‹.

Am nächsten Morgen war er schon zeitig auf dem Weg in die Uhrmacher-Werkstatt. Madelaine, die Tochter des Ladenbesitzers empfing ihn mit süßlicher Miene:»Hallo Ronald, Du bist aber heute früh dran. Dad ist noch oben bei Mum und frühstückt. Ich habe gerade Tee gemacht. Möchtest Du auch eine Tasse«?

»Ja, warum nicht«, murmelte er, stellte seine Tasche unter den Werkstatt-Tisch und schaltete die Arbeitslampe ein. Es war ihm unangenehm, wie sie ihn umgarnte. Zu gern hätte sie mit ihm ein Verhältnis angefangen, aber Ronald empfand nichts für sie.

Madelaine war zwar ein nettes Mädchen, aber ziemlich korpulent und mit einem Meter fünfundachtzig sehr groß. Zu groß für Ronald, der selbst mindestens vier Zentimeter kleiner und sehr hager war.

Sie hatte nichts Feminines an sich und in der Werkstatt stand sie ständig nur umher, denn für die filigranen Arbeiten, die hier in Auftrag gegeben wurden, war sie zu ungeschickt.

So hatte sie oft Langeweile, schaute versonnen aus dem Werkstatt-Fenster und aß dabei Kekse und Gebäck.

Ihr Vater Jasper Ward hätte es gern gesehen, wenn Ronald sein Schwiegersohn werden würde, machten er und seine Frau sich doch mittlerweile große Sorgen, dass das Geschäft keinen Nachfolger und Erben haben würde. Doch noch hatten sie die Hoffnung nicht aufgegeben, dass sich zwischen den beiden etwas tat.

Gerade kam Jasper herein. »Guten Morgen«, sagte er gutgelaunt. »Wir müssen heute so schnell wie möglich die Armbanduhr von einem Chief-Inspektor reparieren und dann bringst Du sie zu Scotland-Yard auf die Wache«.

»Von welchem Chief-Inspektor«? fragte Ronald überrascht.

»Ach ja«, antwortete Jasper. »Du warst ja gestern Abend nicht mehr da, als seine Sekretärin Miss Hughes hierherkam«. Er nahm die Armbanduhr und setzte sich neben Ronald hin.

Der staunte: »Eine Rolex«.

Jasper nickte zufrieden. »Ein Zeiger ist kaputt und das Glas gebrochen. Tausche beides aus, aber sei vorsichtig und dann machst Du Dich auf den Weg. Beeile Dich bitte, denn gerade diese Kundschaft müssen wir uns warmhalten«.

Er sah zu Madelaine herüber. »Und Du? Stehst Du nur hier herum? Musst Du nicht zur Schule«?

Schmollend verließ sie die Werkstatt.

Ronald atmete auf und begann mit der Reparatur der Uhr. Als er schließlich wieder das Glas auf das Ziffernblatt gesetzt hatte, polierte er es und lehnte sich zufrieden zurück. Es war kurz vor Mittag, als er die Werkstatt in Richtung Wythenshawe–Police-Station an der Poundswick Lane verließ.

Dort angekommen betrat er das Foyer und sah sich um. Eine junge Polizistin saß hinter einem Tresen und sah ihn fragend an. Sie hatte ein Namensschild an der Brusttasche ihrer Uniform, auf dem ›Constable Beverly Green‹ stand.

»Guten Tag«, sagte Ronald höflich. »Ich bringe eine Herren-Armbanduhr zurück, die gestern in unserer Werkstatt von einer Miss Hughes zur Reparatur gebracht wurde«.

»Dann weiß ich, wem sie gehört«, antwortete sie und stand auf. »Komm einfach mit«.

Sie öffnete die Tür zu einem Flur und lief voraus. Polizisten eilten mit Akten an ihnen vorbei und das geschäftige Schreibmaschinen-Geklapper war aus den Büros zu hören. An einem Vorzimmer blieben sie stehen.

»Miss Hughes«, sagte Constable Green. »Hier steht ein junger Mann, der eine Uhr zurückbringt«.

Die hatte gerade den Telefonhörer aufgelegt. »Oh, ist sie schon repariert? Das ging aber schnell«.

In diesem Moment kam Chief-Inspector Vincent Powell mit einem Trenchcoat über dem Arm aus seinem Büro und sah fragend in die Runde. »Was geht hier vor«?

»Ihre Uhr ist repariert Sir«, antwortete Miss Hughes.

Ronald öffnete eilig seine Umhängetasche und holte einen kleinen Lederbeutel hervor. »Bitte Sir und einen schönen Gruß von Mr. Ward«.

Der nickte ihm freundlich zu.

Ronald stutzte, denn jetzt wusste er genau, wer da vor ihm stand. Auch der Chief-Inspektor sah ihn skeptisch an und seine Augen wurden schmal. »Sag mal, kennen wir uns? Irgendwie kommst Du mir bekannt vor«.

Ronald schluckte. »Ich glaube schon Sir«.

»Und woher«?

»Aus der Schule, die ich besucht hatte«, antwortete Ronald. »Als Direktor Robertson ums Leben gekommen war«. Vincent Powell kratzte sich nachdenklich am Kinn.

»Das war mein erster Mordfall. Und Du warst der Junge, der damals den Direktor auf dem Schulturm gefunden hatte. Richtig«?

Ronald nickte. »Ja Sir«.

»Und jetzt arbeitest Du in der Uhrmacher-Werkstatt bei Mr. Ward? Was tust Du da und wie alt bist Du inzwischen«?

»Ich möchte Uhrmacher werden, antwortete er stolz. »Vor zwei Monaten bin ich neunzehnzehn geworden«.

»Respekt, Uhrmacher also. Ein ehrenwerter Beruf«. Er zog die Rolex aus dem Lederbeutel und drehte sie hin und her. »Hast Du sie etwa selbst repariert«?

»Ja Sir. Ich habe mir große Mühe gegeben«.

»Das sehe ich. Sieht aus wie neu«. Schnell schob er seinen Hemdsärmel ein wenig nach oben, legte das

Armband an und zog den Verschluss fest. Dabei kam eine kleine, aber sehr fein gearbeitete Tätowierung zum Vorschein, die einen Adler zeigte, der an den Klauen in Stahlketten gelegt war.

Als er den erstaunten Blick von Ronald sah, nahm er ruckartig den Arm nach unten und sagte: »Also gut, ich muss jetzt wirklich los. Vielen Dank und richten Sie Mr. Ward aus, dass ich morgen zu ihm komme, um die Rechnung zu begleichen«. Er wandte er sich an Beverly:

»Constable, begleiten Sie ihn zum Ausgang«.

Schnell verließ er die Police-Station.

Ronald eilte zurück in die Werkstatt, konnte sich aber nicht mehr auf seine Arbeit konzentrieren. Wie ein Film lief noch einmal der Tag ab, als er den Direktor auf dem Schulturm gefunden hatte.

Und ein Zufall hatte ihn ausgerechnet jetzt zu dem Chief-Inspector geführt, der Angus Hunt als Mörder überführt hatte. Nur irgendetwas ließ ihn daran nicht glauben. ›Ob ich ihm von meinen Zweifeln erzählen sollte‹? dachte er bei sich. ›Aber er wird mich bestimmt sofort wegschicken und mir sagen, dass der Fall abgeschlossen bleibt‹.

Plötzlich stand Madelaine hinter ihm, die gerade aus der Schule gekommen war. »Du Ronald, wollen wir am Sonntag zusammen ins Kino gehen«?

»Was läuft denn«? murmelte er und lehnte sich abweisend auf dem Holzschemel zurück.

»Das weißt Du nicht? Davy Crockett. Alle reden davon und wollen ihn sehen«.

»Ich habe kein Geld dafür«, antwortete er schroff und stand auf. »Außerdem habe ich schon etwas anderes vor«. Das fehlte ihm gerade noch, dass er mit diesem dicken Mädchen im Kino gesehen wurde, wo garantiert seine ehemaligen Schulfreunde Niklas und Steve auch waren.

»Ich könnte Dir das Geld leihen«, sagte Madelaine hastig und sah ihn mit flehenden Augen an.

»Tut mir leid, aber ich habe wirklich keine Zeit. Vielleicht ein anderes Mal«.

Abrupt machte sie auf dem Absatz kehrt und verließ sichtlich beleidigt die Werkstatt.

Ronald atmete auf und sah auf die verzierte Wanduhr über der Tür, denn bald hatte er Feierabend.

Doch inzwischen regnete es in Strömen und er hatte seinen Poncho nicht dabei. ›Ich werde nass bis auf die Haut, wenn ich jetzt zum Strangeways-Gefängnis fahre, um für Sonntag einen Besuchstermin zu bekommen‹, dachte er bedrückt. Grübelnd sah er aus dem Fenster.

Kurz entschlossen stand er auf, verstaute eilig das Werkzeug in einer Schublade, zog sich seine karierte Bundjacke über und knöpfte sie bis zum Kragen zu. Dann stülpte er eine Schiebermütze auf den Kopf, hängte die Ledertasche um und verließ die Werkstatt.

Völlig durchnässt kam er schließlich am Strangeways-Prison an. Ronald betrachtete den Backsteinbau. Alle Tore waren fest verschlossen. Es schien ihm unvorstellbar, hinter diesen tristen Mauern in einer Gefängniszelle zu sitzen und die Zeit totzuschlagen. Ein älterer, ziemlich korpulenter Wärter musterte ihn misstrauisch. »Was suchst Du hier«? fragte er streng.

»Ich möchte am Sonntag jemanden besuchen«.
»Dann komm pünktlich um zwei und bring Deinen Ausweis mit. Wie alt bist Du denn«?

»Neunzehn Sir«.

Während er nach Hause fuhr, überlegte er, wie er an etwas Schinkenspeck herankommen könnte. Er begann zu schmunzeln, als er sich erinnerte, wie gern Angus früher in seiner kleinen Hausmeister-Werkstatt saß und mit einem scharfen Taschenmesser von einer kleinen Keule hauchdünne Scheiben herunterschnitt und genüsslich aß.

Als er frierend zu Hause ankam, wartete Betsy bereits ungeduldig auf ihn. »Ich habe eine Überraschung«, rief sie stolz. »Stell Dir vor, schon nächsten Monat kann ich in einer Näherei anfangen. Und wenn wir Glück haben, ist bis dahin auch der Hof verkauft«.

»Dass Du nähen kannst, weiß ich«, antwortete Ronald und deutete auf seine nasse Jacke, an der Betsy fast eine Woche gesessen war. »Aber wer kauft denn den heruntergekommenen Hof«?

»Ich habe es Mr. O'Kelly, der mich eingestellt hat, erzählt. Sein Bruder in Bedford sucht angeblich so etwas. Er und seine Frau haben zwar etwas Geld, aber eben auch fünf Kinder, die sie so leichter durchbringen, wenn sie selbst Gemüse anbauen und etwas Vieh halten könnten«.

Ronald hob die Schultern. »Mir soll es recht sein, aber wo wohnen wir denn, wenn wir so schnell hier ausziehen müssen«?

»Erst muss ich wissen, wieviel wir für das hier alles bekommen, dann können wir uns etwas Passendes suchen«. Sie sah sich zweifelnd in der Küche um.

Dieser Raum war für die Familie immer der Mittelpunkt in allen Lebenssituationen. Hier wurde gekocht, gegessen, gelacht und geweint.

»Hoffentlich geht alles gut und ich bereue es nicht«.

Ronald hing seine Jacke neben den Ofen und setzte sich neben sie. »Ich bewundere Deinen Entschluss Mum. Und ich werde Dir beistehen, so gut ich kann. Das verspreche ich Dir«.

Er wollte unter allen Umständen verhindern, dass sie es sich womöglich doch noch anders überlegte und er weiterhin in der zugigen Dachkammer schlafen musste.

»Sieh` mal«, sagte er mit einem zuversichtlichen Lächeln. »Auch Du hast es dann bestimmt leichter, als bisher. Du bekommst regelmäßig Lohn und wir wohnen in der Stadt, unter Leuten und nicht mehr so allein, weitab vom Rest der Zivilisation«.

Betsy stutzte. »Mag sein, dass unser Hof etwas entlegen ist, aber jetzt übertreibst Du. Immerhin hatten wir bisher immer genug zu essen und das kann beileibe nicht jeder in diesen schwierigen Zeiten von sich behaupten«.

Auch sie begann zu schmunzeln. »So und jetzt zieh` Dich um. Deine nassen Sachen kleben ja regelrecht an Dir. Es gibt gleich Abendessen und heute gibt es etwas Besonderes«.

»Überredet«, sagte Ronald und verließ die Küche.
Als er in einen warmen Strickpullover gehüllt zurückkam, roch es nach frisch gebackenem Brot, gebratenem Zwiebeln und Speck. Gerade konnte er noch sehen, wie Betsy die restliche Keule zurück in die Speisekammer brachte.

›Die nehme ich am Sonntag Angus mit‹, überlegte er sich schnell. ›Der wird sich freuen‹.

***

Pünktlich um zwei am Sonntag stand Ronald vor dem Strangeways-Prison. Er hatte seiner Mutter nicht gesagt, was er vorhatte, sondern nur nebenbei erwähnt, sich mit Niklas und Steve am Kino zu treffen.

Mit einer Traube Menschen wurde er jetzt durch das große Zugangstor geschoben.

»Halten Sie Ihre Ausweise bereit und denken Sie daran, dass wie immer Taschenkontrollen durchgeführt werden«, rief der Wärter laut, den Ronald vor ein paar Tagen getroffen hatte. Gestikulierend winkte er in die Menge. »Männer links, die Frauen nach rechts«.

Ohne Murren teilten sich die Besucher. Als Ronald endlich an der Reihe war, hielt er wortlos seinen geöffneten Rucksack und den Ausweis entgegen.

»Zu wem willst Du denn«? fragte ein junger drahtiger Wärter, während er den Schinkenspeck und eine Flasche Johannisbeersaft prüfte.

»Ich möchte Angus Hunt besuchen«, antwortete er mit belegter Stimme.

»Bist Du mit ihm verwandt«?
»Er war ein Freund meines Großvaters und meiner Mutter«.

Der Wärter kramte in einer Holzkiste umher, in der auf Karteikarten chronologisch alle Häftlinge und deren Besucher aufgeführt waren. Schließlich hatte er die Richtige gefunden und sah Ronald misstrauisch an. »Betsy Lombard. Ist das Deine Mutter«?

Ronald nickte.
»Sie war das letzte Mal vor fünf Jahren hier«.

Ronald schluckte. »Kann schon sein. So genau weiß ich das nicht«.

»Geh` da vorn den Gang entlang und warte, bis Du aufgerufen wirst«.

Vor einem Gitter drängten sich nun wieder die Besucher. Es wurde immer voller und Ronald dachte schon, dass ihm in dieser muffigen, abgestandenen Luft bald schlecht und schwarz vor Augen werden würde.

Plötzlich hörte er das Rasseln eines Schlüsselbundes und kurz darauf wurden Namen vorgelesen. Als er seinen hörte und gesagt wurde »Platz neun«, zuckte er zusammen. Mit weichen Knien erreichte er einen Raum, in dem einzelne Tische mit zwei Stühlen standen, an denen die Häftlinge bereits warteten.

In jeder Raumecke stand ein Wärter, die Hände auf dem Rücken verschränkt und jeden mit strengen Blicken musternd. Leises Gemurmel setzte ein und einige Frauen flüsterten weinend ihren Männern etwas zu.

Ganz hinten saß ein kleiner hagerer Mann mit einer kurzen nach oben gerollte graue Strickmütze. Teilnahmslos starrte er auf die Tischplatte und hatte seine knochigen Hände wie zum Gebet gefaltet.

›Angus‹, durchfuhr es Ronald wie ein Blitz. ›Ist er es wirklich‹? Er ging auf ihn zu und zog den Stuhl nach vorn.

Langsam hob Angus seine Augenlider, die in tiefen, dunkel verfärbten Höhlen lagen. »Wer bist Du«? fragte er heiser.

»Kennen Sie mich wirklich nicht mehr? Ich bin es, Ronald Lombard«.

Angus sah ihn ungläubig an. »Ronald, Du? Ich hätte Dich nicht mehr erkannt«.

»Ich Sie auch fast nicht mehr. Wie geht es Ihnen«?
»Wie soll es mir hier schon gehen? Jeder Tag ist wie der Andere«.

Ronald sah ihn bedrückt an, denn er wusste nichts darauf zu sagen. Schnell knüpfte er die Bänder seines Rucksacks auseinander und legte eine Papiertüte auf den Tisch. »Ich habe ihnen etwas mitgebracht. Hier bitte. Geräucherter Schinken, frisches Brot und selbstgemachter Saft. Das mochten Sie doch immer so gerne«.

»Das weißt Du noch«? fragte Angus.

Ronald nickte. »Ja natürlich«.

»Hat Dir das Deine Mutter mitgegeben«?

»Sie weiß gar nicht, dass ich hier bin«, antwortete er leise. Angus lehnte sich zurück. »Betsy hat mich schon lange nicht mehr besucht und von Deinem Großvater habe ich auch nichts mehr gehört. Ihn kann ich ja verstehen, denn ich habe ja selbst den Kontakt abgebrochen und …«.

»Großvater ist tot«, unterbrach ihn Ronald. »Hat Mum Ihnen nichts davon gesagt«?

»Was«? fragte Angus ungläubig. »Wann ist Joseph denn gestorben«?

»Im Mai 1948«.

Angus wurde aschfahl. »Woran denn? War er krank«?

Ronald sah ihn ernst an. »Nein. Großvater war nicht krank. Er hat sich in seinem Zimmer erhängt«.

»Erhängt? Weiß man warum«?

»Nein, nicht wirklich, aber Mum und er hatten am Abend davor Ihretwegen gestritten. Großvater war wütend, weil Mum sie nach wie vor hier besucht hat, Sie aber wohl nichts mehr mit ihm zu tun haben wollten.

Jedenfalls hatte ich es so verstanden. Ich war noch ein Kind und hatte es vorgezogen nach oben in mein Zimmer zu gehen, um das Donnerwetter abzuwarten.

Am nächsten Morgen bin ich wie immer zur Schule gegangen und als ich am Nachmittag heimkam, erfuhr ich von seinem Tod«.

»1948 ist Joseph gestorben sagtest Du«, antwortete Angus grübelnd.

Ronald nickte. »Ja. Und deshalb bin ich jetzt auch hier, denn Mum redet nicht darüber. Ich muss wissen, warum sich Großvater umgebracht haben könnte. Es lässt mir einfach keine Ruhe. Es muss etwas geben, das sie mir einfach nicht sagen will«.

Er sah Angus flehend an. »Sie waren doch mit Großvater viele Jahre befreundet und kannten ihn daher gut und …«.

»Betsy war seit 1948 auch nicht mehr hier«, unterbrach ihn Angus schroff. »Woher soll ich also wissen, warum Joseph seinem Leben ein Ende gesetzt hat«? Er sah zu einem Wärter herüber. »Wache, ich möchte zurück in meine Zelle«.

Er wandte sich an Ronald: »Geh` wieder nach Hause mein Junge und lass am besten alles auf sich beruhen. Ich habe mich mit meinem Schicksal abgefunden. Glaub mir, in der Vergangenheit zu wühlen, macht Dich nur unglücklich«.

Sein Blick fiel auf die Papiertüte und den Saft. »Das hast Du aus der Speisekammer genommen, ohne zu fragen. Vielen Dank, aber bring es bitte zurück. Ihr braucht es dringender als ich. Leb wohl«.

Der Wärter stand inzwischen neben Angus und nahm ihn am Arm. »Na, dann kommen Sie mit«. Leicht nach vorn gebeugt und mit schleppenden Schritten verließen sie den Raum.

Ronald sah ihm nach. ›Es muss etwas geben, das mir niemand sagen will, auch Angus nicht. Aber ich werde es herausfinden. Verlasst Euch alle drauf‹.

Als er schließlich nach Hause kam, standen alte Holzkisten im Flur, in die Betsy Sachen hineingestapelt hatte, die sie meinte, vorerst nicht zu brauchen.

Gutgelaunt rief sie: »Da bist Du ja wieder. Wie war es denn im Kino«? Ohne sie anzusehen, stellte er den Rucksack ab, zog sich die Jacke aus und hing sie an die Garderobe. »Ich war nicht dort«.

»Aber wieso denn nicht«?
Abrupt drehte er sich mit blitzenden Augen zu ihr um. »Ich war im Strangeways-Prison«.

»Was wolltest Du denn dort«? stotterte sie.
»Ich habe Angus Hunt besucht, bei dem Du seit Großvaters Tod nicht mehr warst. Warum nicht«?

»Ich wüsste nicht, dass ich mich vor Dir rechtfertigen müsste«, entgegnete sie spitz. »Und das ist auch das letzte Mal, dass ich darüber geredet habe«.

»Dann sag mir, was Großvater dazu gebracht hat, sich das Leben zu nehmen. Angus Hunt wusste nicht einmal, dass er tot ist. Und genau, seitdem warst Du nicht mehr bei ihm. Durfte er es etwa nicht erfahren«?

»Hör doch endlich auf in der Vergangenheit herumzustochern«, antwortete sie mit weinerlicher Stimme. »Das bringt nur Unglück«.

»Genau das hat Angus auch gesagt. Was habt Ihr denn für ein dunkles Geheimnis«?

Betsy drehte sich wortlos um und ging nach oben in ihr Schlafzimmer.

Am nächsten Morgen hatte Ronald schon früh das Haus verlassen. Betsy saß mit einer Tasse Tee grübelnd in der Küche. Die Haustürglocke schreckte sie aus ihren Gedanken. Als sie öffnete, stand eine Familie vor ihr.

Ein etwas untersetzter kleiner Mann zog seine Schiebermütze vom Kopf und nickte ihr freundlich zu.

»Entschuldigen Sie bitte, dass wir ohne Anmeldung hierhergekommen sind«. Dann streckte er ihr die Hand entgegen. »Mein Name ist Frank O'Kelly und das sind meine Frau Lilly und unsere Kinder, Samantha, Eddy, Ryan, Ruth und Billy. Mein Bruder Samuel rief mich gestern Abend an, dass Ihr Hof zum Verkauf steht und da haben wir uns sofort auf den Weg gemacht. Wir kommen hoffentlich nicht allzu ungelegen«.

»Nein, nein«, stotterte Betsy. »Ich bin nur etwas überrascht«. Sie trat an die Seite. »Kommen Sie doch bitte herein, aber es ist nicht besonders aufgeräumt«.

»Das ist kein Problem«, antwortete jetzt seine Frau. »Aber wenn Sie eine heiße Tasse Tee für uns hätten, wären wir Ihnen sehr dankbar. Wir sind schon seit dem Morgengrauen auf den Beinen«.

»Natürlich«, antwortete Betsy, »Im Kessel ist noch heißes Wasser«. Schnell stellte sie Tassen, Milch und Zucker hin und holte eine große Blechdose aus der Speisekammer, wo sie Spekulatiuskekse aufbewahrte.

Die Kinder sahen sie hungrig an. »Nehmt Euch doch«, sagte sie. »Ich mache auch gleich noch etwas Milch für Euch warm«.

»Sie sind sehr freundlich«, sagte Frank. Er räusperte sich. »Und Sie verkaufen wirklich den Hof«?

Betsy nickte. »Ja, ich bin fest dazu entschlossen«.
»Wie groß ist denn das Anwesen und was soll es denn kosten«? fragte Lilly gespannt.

»Da muss ich erst in den Unterlagen nachschauen, wie groß es genau ist, aber Sie können sich gerne alles in Ruhe ansehen. Das Haus ist geräumig, oben sind drei Zimmer ausgebaut und es gibt einen Dachboden, der als Kinderzimmer hergerichtet werden könnte. Im Bad gibt es übrigens fließend Wasser und einen Holzofen. Außerdem habe ich einen großen Gemüsegarten, von dessen Ernte wir fast das ganze Jahr leben und einen Stall, in dem früher mein Schwiegervater Pferde stehen hatte. Man könnte aber auch anderes Vieh darin halten. Es gibt nur einen Haken«.

Sie sah etwas zögernd zu Frank und Lilly herüber. »Mein Mann hatte den Vertrag abgeschlossen, bevor er in den Krieg ziehen musste. Der Acker hinter dem Haus ist verpachtet, wirft aber kaum Erlös ab«. Betsy seufzte.

»Um sicherzustellen, dass wir hier versorgt sind, nur der Pächter zahlt nicht«.

»Keine Sorge«, antwortete Frank beschwichtigend. »Darum kümmere ich mich schon«.

Er sah aus den Augenwinkeln zu seiner Frau herüber und dann wieder zu Betsy. »Wir würden Ihnen gerne einen Tausch vorschlagen«. Wieder räusperte er sich.

»Uns gehört ein Stadthaus in Manchester. Für unsere Familie ist es zu klein, aber für Sie ist es vielleicht genau das Richtige. Wie wäre es, wenn wir hier Ihren Hof übernehmen und Sie dorthin ziehen. Es liegt ganz in der Nähe des Albert Parks, in der Cornet-Street. Im Innenhof hätten Sie auch die Möglichkeit etwas Gemüse anzubauen, wenn Sie wollen«.

Betsy bekam große Augen. »Wirklich«? fragte sie ungläubig. »Das wäre ja wunderbar. Wann kann ich es mir denn ansehen«?

Frank hob die Schultern. »Also wenn Sie möchten sofort. Bis vor einem Monat hat dort ein alter Herr gewohnt, der jetzt bei seinem Sohn lebt, weil er allein nicht mehr zurechtkommt. Renovieren müssten Sie allerdings selbst und der Garten ist leider auch ziemlich verwildert«.

Betsy winkte ab. »Das wird mich ganz sicher nicht abhalten. Allerdings möchte ich mit der Besichtigung warten, bis mein Sohn nach Hause kommt. Dafür haben Sie doch sicher Verständnis«. Sie überlegte kurz.

»Wir könnten aber auch heute Nachmittag so gegen sechs in die Stadt fahren und gehen zu Ronald in die Werkstatt. Hätten Sie so viel Zeit«?

»Unser Zug nach Bedford geht erst am Abend um neun«, entgegnete Lilly. »Wenn Sie nichts dagegen haben, dass wir heute hier so lange bleiben können«?

»Natürlich, gern. Und jetzt schlage ich vor, dass Sie sich in Ruhe das Haus, den Garten und den Stall ansehen. Den Kindern wird das kleine Küken-Nest im Stroh gefallen«.

Billy der Jüngste sprang auf und rief: »Oh ja, dürfen wir sie sehen? Mein Freund Raphael lebt auch auf einem Hof und die haben gerade ein Kälbchen bekommen«.

»Na dann kommt mal mit«, antwortete Betsy. »Und nachher mache ich für alle Kartoffel-Puffer. Etwas anderes kann ich leider nicht anbieten«.

»Das ist mehr, als wir erwarten können Mrs. Lombard«, antwortete Frank. »Und wir sind Ihnen für Ihre Gastfreundschaft sehr dankbar«.

Am späten Nachmittag machten sie sich schließlich mit dem Bus auf den Weg in die Stadt. Angekommen an der Uhrmacher-Werkstatt, betrat Betsy das Geschäft und traf auf Madelaine, die gerade mit einem Teller

Keksen zu Ronald gehen wollte. »Guten Abend«, grüßte sie freundlich. »Haben Sie einen Termin bei meinem Vater«?

»Nein, ich wollte zu Ronald, meinem Sohn«.

»Ach so«, antwortete Madeleine mit saurer Miene. Sie hatte sich eigentlich vorgenommen, ihn heute mit leckeren Butterkeksen zu überreden, am kommenden Wochenende doch mit ihr ins Kino zu gehen. Ihr Vater hatte auswärts einen Kundentermin und so wären sie allein gewesen und jetzt kam ihr ausgerechnet seine Mutter in die Quere.

›Zur Hölle mit ihr‹, dachte sie grimmig. Mit einem künstlich aufgesetzten Lächeln öffnete sie die Tür und antwortete spitz: »Bestimmt wartet er bereits auf Sie«.

Betsy stutzte. »Wieso wartet er auf mich«? Kopfschüttelnd betrat sie die Werkstatt. Ronald, der gerade seinen Arbeitstisch säuberte, sah sie erstaunt an. »Was machst Du denn hier«?

»Wir haben heute unerwarteten Besuch aus Bedford bekommen. Es sind die Leute, die unseren Hof kaufen wollen. Naja, so ganz richtig ist das nicht«.

»Wie meinst Du das«?

»Sie haben noch ein Stadthaus in der Cornet-Street, dass sie gegen den Hof tauschen wollen und jetzt warten sie draußen, denn wir könnten es uns gleich ansehen«.

»So schnell? Aber meinetwegen gerne. Je eher wir in die Stadt ziehen können, desto besser. Wo ist denn diese Straße«?

»Ganz in der Nähe des Albert Parks«.

»Dann gehen wir am besten zu Fuß«, antwortete er und sah aus dem Fenster. »Ist das die Familie«?

Die bewunderten gerade draußen die Uhren und einige wenige Schmuckstücke im Schaufenster.

Betsy drängte: »Ja und jetzt komm, es wird bald dunkel«.

***

Ronald saß noch spät abends in der Küche. Nachdenklich drehte er sein Saftglas in der Hand hin und her, während Betsy noch Geschirr in das Buffet einräumte.

Die älteste Tochter der O`Kellys, Samantha, hatte es ihm angetan. Ihr schulterlanges dunkles Haar hatte sie zu einem Zopf geflochten und trug einen schlichten grünen Faltenrock, der ihre grazile Figur betonte. Auch sie hatte ihn immer wieder aus den Augenwinkeln beobachtet, während alle durch die Räume gingen und ihr Vater Betsy und ihm alles anpries.

Ronald schätzte, dass sie etwa gleich alt waren und jetzt freute er sich, dass sie schon bald einen Termin bei einem Advokaten in Manchester haben würden, um den Tausch des Hofes und des Hauses zu beurkunden.

Schmunzelnd stellte er sich vor, dass Samantha statt ihm vielleicht selbst hin und wieder auf diesem Stuhl in der Küche sitzen würde.

»Was hast Du denn«? fragte Betsy leise. »Hat Dir das Haus nicht gefallen«?

Ronald schreckte aus seinen Gedanken. »Oh doch, sehr«, antwortete er hastig. »Ich habe nur gerade überlegt, wie ich mich am besten in dem Dachgeschoss einrichten könnte. Meine Kommode passt da nicht in die Schräge und ob ich das alte Bett mitnehmen werde, weiß ich auch noch nicht«.

»Großvater hatte ein Sparbuch. Ich habe es all die Jahre nicht angerührt«, sagte sie stolz. »Er hat uns fast siebenhundert Pfund hinterlassen. Und jetzt wird es uns bei unserem Neuanfang helfen. Vielleicht finden wir einen Schreiner, der einen neuen Bettkasten und eine passende Kommode für Dich bauen kann«.

»Du würdest das Geld dafür benützen«? fragte er erstaunt.

»Ja, das würde ich. Und ich bin sicher, dass Großvater es auch so gewollt hätte«.

Er sah sie grübelnd an. Nein, heute würde er nicht mehr damit anfangen, sie wegen seines Selbstmordes zu fragen. Dazu war er einfach zu müde. Laut sagte er:

»Danke Mum, ich gehe jetzt zu Bett, denn es ist schon spät«.

***

Fröstelnd war Ronald am nächsten Morgen aufgewacht. Es regnete in Strömen und Windböen heulten durch die zugigen Fenster.

Sein erster Gedanke war sofort wieder Samantha. Er musste einfach das Mädchen wiedersehen, soviel war klar. Er schwang sich aus dem knarrenden Bett, zog sich an und ging nach unten.

Im Küchenofen prasselte schon ein kräftiges Feuer und der Geruch von Holunderblütentee durchströmte den warmen Raum.

»Guten Morgen«, sagte er zu seiner Mutter und schenkte sich einen Tee ein. Die füllte gerade den Vorratskorb mit Holz auf und hatte schon allerlei

Hausarbeiten erledigt. »Beeile Dich«, ermahnte sie ihn. »Sonst verpasst Du den Bus«.

Ronald setzte seine Tasse sofort wieder ab. »Mum«, murrte er sichtlich genervt. »Hör bitte endlich auf, mich wie einen kleinen Schuljungen zu behandeln. Ich weiß selbst, dass ich spät dran bin«.

Hastig trank er den Tee, verschnürte seinen Rucksack und ging zur Tür. »Bis heute Abend«.

Als er endlich eine Stunde später aus dem überfüllten Bus aussteigen konnte, rannte er los. Er wusste, dass Jasper Ward, der nichts mehr hasste als Unpünktlichkeit, sicher schon auf seine Taschenuhr gesehen hatte und nach ihm Ausschau hielt.

Als er in die Cross-Street einbog, sah er schon von Weitem mehrere Polizei-Fahrzeuge, die den Eingang des Geschäftes abgeriegelt hatten. Und auch ein Krankenwagen stand davor.

Er verlangsamte seinen Schritt. Als er schließlich ankam, trat ihm ein Sergeant in den Weg. »Hier gibt es nichts zu sehen. Gehen Sie bitte weiter«.

»Entschuldigen Sie Sir«, sagte Ronald. »Aber ich arbeite hier«. Der Sergeant stutzte. »Ach so, dann warten Sie bitte einen Moment. Ich gebe dem Chief-Inspector Bescheid«. Kurz darauf war wieder bei ihm.

In diesem Moment wurde eine Krankentrage nach draußen gebracht, auf der eine Frau lag. ›Ist das etwa Mrs. Ward‹? durchfuhr es Ronald. Wirklich erkennen konnte er sie allerdings nicht, denn ihr Kopf war zugebunden.

Der Sergeant nahm ihn am Arm. »Kommen Sie mit«. Ronald konnte es kaum glauben, als er die völlig verwüstete Werkstatt sah. Überall lagen Scherben und die Möbel waren zertrümmert. Die Uhren und der Schmuck in der Auslage des kleinen Schaufensters waren weg.

Detective Chief-Inspector Vincent Powell lehnte am Türrahmen und sah ihm ernst entgegen. »Guten Morgen. Was für ein Zufall, dass wir uns jetzt zum zweiten Mal aus einem weniger erfreulichen Grund treffen. Wie war noch Ihr Name«?

»Ronald Lombard, Sir«.

»Ich nehme an, Sie kommen von zu Hause«?

Ronald nickte. »Was ist denn passiert«?

»Wie Sie sehen, ist das Geschäft heute Morgen überfallen worden und Mrs. Ward wurde sehr schwer verletzt. Haben Sie eine Ahnung, wer das gewesen sein könnte«?

»Nein, natürlich nicht«.

»Wer außer Ihnen und der Familie Ward war in den letzten Tagen hier im Geschäft«?

»In der letzten Woche war fast keine Laufkundschaft da, nur Mr. Ward hatte einige Auswärtstermine. Welche, müssten Sie ihn allerdings selbst fragen. Nur gestern Abend gegen sechs war noch meine Mutter mit den Käufern unseres Hofes hier. Wir sind dann aber sofort los, weil wir uns ein kleines Stadthaus in der Cornet-Street angesehen haben«.

»Diese Käufer waren auch hier drin«?

»Nein, nur meine Mutter. Die O`Kellys haben sich von draußen die Auslagen im Schaufenster angesehen«.

Der Chief-Inspector zog einen Block und einen Bleistift aus der Innentasche seines Mantels und begann zu notieren. »O`Kelly also«, murmelte er. »Kennen Sie deren Vornamen und wie viele Personen waren denn das«?

»Frank und Lilly O`Kelly und ihre fünf Kinder«.

»Wohnt die Familie in Manchester«?

»Nein, im Moment noch in Bedford«.

»Sie haben sich also ein Stadthaus mit Ihnen in der Cornet-Street angesehen. Und danach gingen Sie getrennte Wege«?

»Richtig, Die O`Kelly`s sind zum Bahnhof gegangen, weil ihr Zug um neun am Abend fuhr und wir zur nächsten Bushaltestation. Sie sind doch nicht etwa verdächtig, mit der Sache etwas zu tun zu haben? Das ist doch absurd«.

Chief-Inspector Powell sah ihn gelassen an. »Wir überprüfen jeden, der zeitnah hier am oder im Geschäft war. Und was absurd erscheint oder nicht, entscheide allein ich. Kennen Sie vielleicht auch die Adresse dieser Familie«?

»Nein«, da müssen Sie meine Mutter fragen«, antwortete er gereizt und verschränkte die Arme vor seiner Brust. »Hoffentlich ermitteln Sie in diesem Fall etwas genauer, als damals in der Schule«.

Der Chief-Inspector bekam schlagartig schmale Augen und fragte sarkastisch: »Sieh` an, sieh` an. Zweifelt hier etwa gerade ein kleiner unscheinbarer Uhrmacher-Lehrling die Ermittlungsergebnisse von Scotland-Yard an«?

Ronald wurde rot und presste die Lippen aufeinander. Er wusste, dass er jetzt am besten nicht darauf antworten sollte.

Der Chief-Inspector trat direkt vor ihn hin. »Ich höre, oder hat es Ihnen die Sprache verschlagen«?

Ronald konnte sein After-Shave riechen. »Nein Sir. Entschuldigen Sie bitte, das ist mir während der ganzen Aufregung nur so rausgerutscht«.

»Das glaube ich zwar nicht«, entgegnete Vincent Powell scharf. »Aber ich will es vorerst dabei belassen. Wo finde ich jetzt Ihre Mutter«?

»Sie ist auf dem Hof in Littleborough. Wenn Sie mit dem Wagen stadtauswärts in Richtung Rochdale fahren, sieht man das Anwesen schon von Weitem. Sie können es nicht verfehlen«.

Der Chief-Inspector nickte. »Na gut, Sergeant Mitchell und ich werden nachher zu ihr fahren, aber einen Rat gebe ich Ihnen. Halten Sie ihr loses Mundwerk etwas besser im Zaum. Es könnte sein, dass es das nächste Mal nicht so glimpflich abgeht«.

In diesem Moment kam Jasper Ward in die Werkstatt, ließ sich auf einen Stuhl fallen und schluchzte: »Ich habe soeben einen Anruf aus dem Krankenhaus erhalten. Abygail ist tot, sie ist auf dem Weg dorthin verstorben«.

Er vergrub seine Hände im Gesicht. »Meine arme Frau. Sie hat doch noch nie jemandem etwas getan und war freundlich zu jedem. Hätte ich sie bloss nicht allein gelassen, während sie den Laden geputzt hat. Das werde ich mir nie verzeihen«.

Chief-Inspector Powell verschlug es die Sprache, hatte er doch gehofft, ihr vielleicht in den nächsten Tagen ein paar Fragen über den oder die Täter stellen zu können. Jasper bekam einen Weinkrampf. Als er sich etwas beruhigt hatte, flüsterte er: »Wie soll ich bloss Madeleine beibringen, dass ihre Mutter nicht mehr lebt«?

Ronald sah ihn mitfühlend an. Er konnte sich noch gut erinnern, als seine Mutter einen Brief aus dem Feldlazarett erhalten hatte, wo sein Vater verstorben war. »Mr. Ward, soll ich mit ihr reden? Ich könnte sie auch von der Schule abholen, wenn Sie es wünschen«.

Jasper sah ihn mit geröteten Augen an. »Würdest Du das wirklich tun«? Ronald nickte. »Ja Mr. Ward. Ich bringe sie erst einmal hierher und gehe dann am besten mit ihr über den Seiteneingang direkt in die Wohnung. Ich glaube nicht, dass es im Moment gut ist, wenn sie dieses Chaos hier sieht«.

Er war froh, dass er sich auf diese Weise vorerst dem-Chief-Inspector entziehen konnte und sah ihn an. »Darf ich gehen«?

Vincent Powell nickte. »Meinetwegen, aber halten Sie sich zur Verfügung«.

»Ja natürlich«. Schnell nahm er seinen Rucksack und verließ das Geschäft.

Während er durch die Straßen lief, begann er zu grübeln: ›Hoffentlich führt Mr. Ward das Geschäft weiter, denn sonst verliere ich meine Lehrstelle und alles war umsonst‹.

An der Gesamtschule angekommen, läutete gerade die Pausenglocke. Kurz darauf strömten anfangs nur Kinder, doch bald auch die Älteren auf den Campus.

Schließlich entdeckte Ronald Madeleine, die an einen Baum gelehnt, kichernd einem anderen Mädchen etwas ins Ohr flüsterte. Unbehaglich ging er auf sie zu und Madelaine lief puterrot an. »Ronald, Du«? stotterte sie. »Was machst Du denn hier«?

»Dein Vater schickt mich«, begann er leise. »Ich soll Dich nach Hause bringen«.

Madeleine sah auf die Armbanduhr. »Jetzt? Wir schreiben gleich Mathematik und …«.

Er unterbrach sie: »Es wäre aber sehr wichtig, dass Du jetzt mitkommst«.

»Wieso? Ist etwas passiert«?

Er nickte. »Ja, leider. Sonst wäre ich nicht hier«.

Sie trat vor ihn hin. »Und was«?

Ronald sah sie ernst an. »Das wird Dir Dein Vater selbst erklären. Kannst Du bitte Deinem Lehrer Bescheid geben und Deine Sachen holen«?

»Wer sind Sie und was wollen Sie um diese Zeit auf dem Schulgelände«? fragte eine schrille Stimme hinter ihm. Ronald fuhr herum. Vor ihm stand eine ältere, sehr hagere Frau. Ihre grauen Haare waren zu einem strengen Knoten gebunden und sie hatte die Arme auf dem Rücken verschränkt. »Fremden ist hier der Zutritt verboten. Wie heißen Sie«?

»Mein Name ist Ronald Lombard. Ich arbeite in der Uhrenwerkstatt von Mr. Ward und er hat mir aufgetragen seine Tochter abzuholen«.

»Das kann jeder behaupten«, antwortete sie spöttisch und sah zu den Mädchen herüber. »Und Ihr seht zu, dass Ihr in Euer Klassenzimmer kommt. Die Pause ist gleich vorbei«.

»Miss Hawkins«, sagte Madeleine vorsichtig. »Es stimmt wirklich, dass Ronald bei meinem Vater arbeitet. Es muss etwas passiert sein, sonst …«.

»Dann soll er sagen, was so wichtig sein könnte, dass es nicht bis zum Unterrichtsende Zeit hätte«, entgegnete sie schnippisch. »Ich habe schon genügend schlechtere Vorwände gehört«.

Ronald sah etwas unsicher erst zu Madelaine und dann zu der Lehrerin herüber. »Kann ich Sie allein sprechen«?
»Meinetwegen, aber mach es kurz«.
Sie gingen etwas abseits und er begann: »Die Werkstatt ist heute Morgen überfallen worden und Mrs. Ward dabei ums Leben gekommen. Nur Madeleine weiß es noch nicht, denn ihr Vater möchte es ihr selbst sagen. Sie können es überprüfen, denn natürlich war auch die Polizei im Haus«.

Der Lehrerin verschlug es einen Moment die Sprache, dann sah sie zu Madelaine herüber, die ungeduldig die beiden musterte. »Hol Deine Schulsachen, Du kannst nach Hause gehen«.

Ronald tat Madelaine in diesem Moment leid. Selbst jetzt konnte diese Miss Hawkins nicht etwas netter zu ihr sein.

Auf dem Nachhauseweg bettelte Madeleine immer wieder: »Bitte Ronald, spann mich nicht so auf die Folter und sag mir was los ist«.

Irgendwann blieb er stehen und nahm sie an der Schulter. »Es ist wirklich besser, wenn es Dir Dein Vater erklärt. Ich kann das nicht«.

In der Cross-Street angekommen, atmete er auf, denn außer einigen Passanten, die noch herumstanden, konnte man nicht mehr erkennen, dass sich dort am Morgen ein Drama abgespielt hatte.

Madeleine hielt es nicht mehr, sie rannte ins Haus und eilte die Treppe nach oben. Ronald lief ihr nach, blieb aber schließlich unten im Flur stehen. Gerade konnte er noch hören, wie Jasper ihr etwas zu murmelte und die Wohnungstür schloss.

Er lauschte. Anfangs blieb alles ruhig, doch dann hörte er einen Aufschrei.

Niedergeschlagen machte er sich auf den Heimweg.

***

Sergeant Adam Mitchell war mit dem Dienstwagen auf dem Weg nach Littleborough.

Aus den Augenwinkeln beobachtete er Chief-Inspector Powell, der mit finsterer Miene neben ihm saß und auf seinen Notizblock starrte.

»Alles in Ordnung Sir«? fragte er vorsichtig.

»Im Moment ist nichts in Ordnung«, murmelte der. »Wir können mit dem Opfer leider nicht mehr reden und dieser kleine freche Lehrling hat mich heute tatsächlich fast aus dem Konzept gebracht«.

»Was hatte der denn damit gemeint, dass wir gründlicher ermitteln sollen«?

»Das ist eine alte Geschichte. Er meinte meinen ersten Fall als Chief-Inspector. Damals wurde der Direktor einer Schule umgebracht. Alle Indizien wiesen auf den Hausmeister, der schließlich auch verurteilt wurde und soweit mir bekannt ist, nach wie vor seine lebenslange Haftstrafe verbüßt«.

»Und was hat dieser Junge damit zu tun«?

»Er war damals noch ein Kind und hielt sich zum Zeitpunkt des Mordes mehr oder weniger zufällig in der Schule auf. Er musste dem Hausmeister zur Hand gehen. Wahrscheinlich hatte er ein gutes Verhältnis zu ihm und glaubt deshalb nicht an seine Schuld«.

»Er soll doch froh sein, dass ihm nicht selbst etwas passiert war«.

Vincent Powell nickte selbstgefällig. »Gutes Argument, Sergeant Mitchell. Aus dieser Sicht habe ich es damals gar nicht betrachtet«.

Sie bogen in die Zufahrt des Hofes von Betsy Lombard ein und blieben stehen. Wieder hatte es zu regnen begonnen.

»Mistwetter«, murmelte der Sergeant, während er ausstieg und eilig den angelehnten Torflügel aufschob.

Durch ein Fenster des Wohnhauses neben dem Eingang drang ein schwacher Lichtschein. »Wie es aussieht, ist jemand da«, murmelte Vincent Powell und betätigte die Glocke.

Einen Moment blieb alles ruhig, doch dann hörten sie Schritte und die Haustür wurde geöffnet. Sichtlich verwundert fragte Betsy: »Ja bitte«?

Ihr wurden zwei Dienstmarken entgegengehalten. »Wir sind von der Polizei in Manchester«, erklärte Vincent Powell. »Dürfen wir hereinkommen«?

»Polizei«? fragte sie verwundert. »Aber wieso denn? Oder ist etwas mit meinem Sohn Ronald«? Sie sah von einem zum anderen und ihre Stimme wurde schrill. »Ist ihm etwas passiert«?

»Nein, nein«, antwortete der Sergeant schnell. »Es ist nichts mit …«. Vincent Powell unterbrach ihn mit einer überheblichen Handgeste. »Also dürfen wir nun hereinkommen, oder nicht? Es regnet schließlich und im Übrigen stelle ich gerne selbst die Fragen«.

Betsy trat verunsichert an die Seite. »Natürlich und entschuldigen Sie bitte, ich war gerade etwas durcheinander«. Dann lief sie voraus und öffnete die Tür zur Küche. Die Polizisten gingen an ihr vorbei und sahen sich um. Ihnen fiel die gemütliche hölzerne Eckbank auf, an deren Rückenlehne bunte handbestickte Kissen festgeknotet waren. Ein starkes Feuer, dass in einem eisernen Ofen prasselte, sorgte für wohlige Wärme und man meinte sofort die Hände danach ausstrecken zu müssen.

»Ich habe gerade frischen Tee gemacht«, sagte Betsy zaghaft. »Vielleicht möchten sie eine Tasse«. Vincent Powell wiegte den Kopf. »Ja, warum nicht«.

Er sah ihr direkt in die Augen. »Sie brauchen keine Angst vor uns zu haben, schließlich haben wir lediglich ein paar Fragen an Sie«.

Betsy nahm wortlos das Teegeschirr von einem Bord und stellte es auf den Esstisch. Dann holte sie einen kleinen Krug frische Milch aus der kleinen kalten Speisekammer und ging zum Tisch. »Bitte setzen Sie sich doch«.

Inspektor Powel begann: »Ich möchte Sie nicht länger auf die Folter spannen und zum eigentlichen Grund unseres Besuches kommen. Heute Morgen ist Abygail Ward, die Frau des Uhrmachers Jasper Ward während eines Überfalls im Geschäft schwer verletzt worden und schließlich verstorben«.

Betsy sprang auf. »Was? Und Ronald? Ist ihm etwa auch etwas passiert«? Vincent Powell schüttelte den Kopf. »Nein, Sie können unbesorgt sein. Ihrem Sohn ist nichts geschehen, denn der Überfall ereignete sich in den frühen Morgenstunden«.

Sie sank erleichtert zurück. »Gott sei Dank. Ronald ist alles, was ich habe. Nicht auszudenken, wenn ihm etwas widerfahren würde«. Grübelnd sah sie die Polizisten an.

»Mrs. Ward ist umgebracht worden. Wissen Sie denn schon, wer es war«?

»Nein, leider nicht und da wir das Opfer nicht mehr fragen können, ermitteln wir jetzt in jede Richtung. Wir versuchen, die letzten Stunden vor dem Überfall so genau wie nur möglich zu rekonstruieren und befragen alle Personen, die kurz vorher dort waren«.

Er nahm einen Teelöffel, holte drei kleine braune Kandisstücke aus der Zuckerdose und ließ sie in seine Tasse fallen. Dann goss er etwas Milch darüber und rührte gedankenversunken um. »Ihr Sohn sagte, dass Sie gestern in der Werkstatt waren. Sind Sie öfter dort«?

»Nein«, antwortete Betsy. »Nur einmal, als sein Lehrvertrag unterzeichnet wurde und das ist schon fast eineinhalb Jahre her und eben gestern«.

»Was wollten Sie denn dort«?

»Ich möchte den Hof hier verkaufen, weil mir alles zu viel wird. Mein Vater ist tot, Ronald wird Uhrmacher und ich allein schaffe es nicht, alles zu bewirtschaften. Gestern kam überraschend die Familie O`Kelly hierher, die zurzeit noch in Bedford leben. Sie haben außerdem in Manchester ein kleines Stadthaus, das sie gerne gegen unseren Hof eintauschen wollen. Und damit sie wegen einer Besichtigung nicht extra anreisen mussten, haben wir uns nachmittags zusammen auf den Weg gemacht. Natürlich wollte ich das nicht ohne Ronald tun und so haben wir ihn in der Uhrmacher-Werkstatt abgeholt«.

»Und sind Sie sich einig geworden«?

Betsy nickte. »Ja. Das Haus ist zwar nicht besonders groß, aber für meinen Sohn und mich völlig ausreichend. Immerhin haben wir dann auch einen kleinen Garten im Innenhof«.

Vincent Powell holte seinen Notizblock aus der Innentasche seines durchnässten Trenchcoats. »Ich brauche die Adresse dieser Familie und falls vorhanden, auch deren Telefonnummer«.

Betsy stand auf, ging zum Küchenschrank und zog aus einem Briefständer einen Zettel hervor. »Hier bitte, die Adresse von Frank und Lilly O`Kelly. Sie haben übrigens fünf Kinder«.

»Wie sind Sie denn an die Interessenten gekommen? Haben Sie eine Anzeige geschaltet«?

»Ich hatte ein Vorstellungsgespräch in einer Näherei. Das führte der Inhaber namens Samuel O`Kelly. Er ist der Bruder von Frank und so kam die Sache ins Laufen«. Sie hielt einen Moment inne. »Was wollen Sie eigentlich von den O`Kellys«?

»Wie gesagt wir suchen den oder die Mörder von Abygail Ward«.

Plötzlich durchfuhr Betsy ein Gedanke. ›Womöglich verschreckte dieser Polizist die Käufer ihres Hofes‹.

Vorsichtig fragte sie deshalb: »Sie glauben doch nicht im Ernst, dass diese nette Familie etwas mit dem Tod von Mrs. Ward zu tun haben könnte. Das ist doch lächerlich«.

»Finden Sie den Mord an Abygail Ward etwa lächerlich«? fragte Vincent Powell leise.

»Natürlich nicht«, antwortete sie unbehaglich und fügte hinzu: »Ich glaube Sie wissen auch, dass das so nicht gemeint war«.

Sie ärgerte sich, weil sie seine Frage unverschämt fand und er scheinbar versuchte, ihr das Wort im Mund umzudrehen, traute sich jetzt aber nicht, noch etwas zu entgegnen.

»Haben sich die O`Kellys an der Uhrmacher-Werkstatt irgendwie merkwürdig verhalten«? warf

Sergeant Adam Mitchell ein.«»Oder haben Sie etwas anderes über das Geschäft gefragt«?

Betsy überlegte kurz.»Nein, sie haben sich nur die Auslagen in dem kleinen Schaufenster angesehen, während ich bei Ronald war, sonst kann ich mich an nichts erinnern, was mich verwundert hätte. Sie waren sehr zurückhaltend«.

Vincent Powell trank seinen Tee aus, stellte die Tasse leise klirrend ab und sah auf seine Armbanduhr.»Na gut Mrs. Lombard, das war es vorerst. Wir müssen weiter«.

Er sah sie noch einmal prüfend an.»Eine Frage hätte ich noch. Hat Ihr Sohn Ronald die Sache damals an der Schule verwunden, oder spricht er gelegentlich noch darüber«?

»Welche Sache«?

»Den Mord an Schuldirektor James Robertson«.

Betsy erschrak, versuchte sich aber gleichgültig zu geben. Sie war sich allerdings nicht sicher, ob ihr das gelang.»Ich denke schon. Es hat ihn zwar damals eine Zeit lang beschäftigt, denn er war ja schließlich noch ein Kind, als er Mr. Robertson tot auf diesem Glockenturm fand. Warum fragen Sie das«?

»Weil ich derjenige war, der in diesem Fall die Untersuchungen geführt hat und heute warf er mir vor, dass wir damals hätten gründlicher ermitteln sollen«.

Betsy verschlug es einen Moment die Sprache, ehe sie antworten konnte.»Das tut mir leid, aber er hat es ganz bestimmt nicht so gemeint«.

Vincent Powell nahm seinen Hut, den er neben sich auf die Sitzbank gelegt hatte und setzte ihn auf.»Ich kann ja verstehen, dass sie ihn verteidigen, aber bitte verstehen Sie auch mich, dass ich darüber nicht besonders amüsiert war«. Er stand auf. »Danke für den Tee Mrs. Lombard«.

Betsy sah ihnen mit einem mulmigen Gefühl vom Küchenfenster aus nach, als sie langsam aus der Zufahrt bogen. ›Wieso musste Ronald auch noch die alte Sache in der Schule aufrühren? War er nicht ganz bei Trost‹?

Die Ermittlungen waren schließlich seit Jahren beendet. Normalerweise käme jetzt kein Mensch mehr auf die Idee Angus Schuld anzuzweifeln‹.

Sie rieb sich am rechten Ohrläppchen. Das tat sie manchmal, wenn sie ins Grübeln kam. ›Wir sollten so schnell wie möglich den Hof verlassen. Dann ist auch Ronald abgelenkt und hört auf, darüber nachzudenken‹.

In diesem Moment sah sie ihn völlig durchnässt kommen. Sie ging zur Haustür. »Hallo Ronald, komm schnell rein, sonst wirst Du noch krank«.

Wortlos lief er an ihr vorbei, stellte seinen Rucksack ab und strich sich die nassen Haare aus der Stirn.

»Danke«, murmelte er. »Das war vielleicht ein Tag«. Während er sich seine Schuhe aufknotete, sagte sie leise: »Die Polizei war gerade hier. Du müssest den Wagen eben noch gesehen haben«.

Er nickte. »Ja. Dieser Chief-Inspector hat mich nicht einmal angesehen, als sie an mir vorbeifuhren«.

»Er war auch nicht besonders gut auf Dich zu sprechen«. Sie sah ihn flehend an. »Ronald hör bitte auf damit, Angus Schuld anzuzweifeln. Du machst uns bloß noch unglücklich«.

Ohne darauf einzugehen, fragte er: »Was gibt es zu essen? Ich habe einen Bärenhunger«?

»Ich mach gleich etwas für Dich. Dann must Du mir unbedingt erzählen, was heute in der Werkstatt los war.

Und wie geht es Mr. Ward und seiner Tochter? Das Ganze ist ja furchtbar«.

Als sie später zusammen in der Küche saßen und er alles berichtet hatte, sagte er zum Schluss: »Ich hoffe nur, dass ich dort meine Lehre beenden kann. Eine solche Stelle finde ich bestimmt nie mehr wieder«.

Betsy wusste nichts darauf zu antworten, denn er hatte sicher nicht ganz Unrecht. Wenn Mr. Ward den Tod seiner Frau nicht verkraftete, stand in den Sternen, ob er das Geschäft weiterführen würde.

»Ich gehe gleich morgen früh in die Näherei zu Mr. O`Kelly und frage wegen meinem Vertrag und dann versuche ich schnellstens mit seinem Bruder den Tausch des Hauses mit dem Hof zu vereinbaren«. Sie sah ihn an. »Wir sollten den Neuanfang wagen. Das ist das Beste und bringt uns auf andere Gedanken«.

Ronald lehnte sich zurück und verschränkte trotzig die Arme. »Du meinst, ich soll Großvater und vor allem Angus vergessen, oder? Wenn Du das glaubst, dann täuscht Du Dich. Das wird nie geschehen, ganz gleich wo wir hinziehen«.

***

Chief-Inspector Vincent Powell saß noch spät am Abend mit aufgekrempelten Hemdsärmeln und gelockerter Krawatte nachdenklich hinter seinem Schreibtisch und nippte an einem Glas Scotch. Das gönnte er sich manchmal, wenn die Mitarbeiter das Büro verlassen hatten und er allein war. Er hatte es nicht eilig nach Hause zu gehen, denn dort wartete niemand auf ihn.

Er mochte sich nicht eingestehen, dass es seinerzeit ein Fehler war, seiner Jugendliebe Joanna keinen Heiratsantrag gemacht zu haben, obwohl er wusste, dass sie sehnsüchtig darauf gewartet hatte. Sie wollte unbedingt mit ihm eine Familie gründen, wozu er damals als junger Mann, kurz nach seinem Examen noch nicht bereit war.

Gerade befördert zum Chief-Inspector wollte er zunächst seine berufliche Karriere ankurbeln und spannende Fälle lösen. Da störten doch nur Babygeschrei und schmutzige Windeln.

Schließlich erfuhr er, dass sie mit einem anderen Mann ausging und kurz darauf die Beziehung zu ihm löste. Seither hatte er keine Freundin mehr gehabt und war Frauen im Allgemeinen, so gut es eben ging, aus dem Weg gegangen.

Er dachte jetzt an Betsy Lombard, die allein mit ihrem Sohn in diesem heruntergekommenen Hof lebte und mit allen Schwierigkeiten des Lebens allein zurechtkommen musste. Nein, er beneidete sie wirklich nicht.

Seine inzwischen verstorbenen Eltern hatten ihm ein recht geräumiges Haus hinterlassen und seine Stellung bei der Polizei ermöglichte ihm ein angenehmes Leben, was in diesen Zeiten ganz sicher nicht selbstverständlich war. Doch wirklich glücklich war er, inzwischen 39 Jahre alt, allein auch nicht. Nur solche Gedanken ließ er nur äußerst selten zu.

Am Nachmittag hatte er sich aus dem Archiv die Akte des Mordfalls James Robertson geholt. Normalerweise ließ er sich Unterlagen bringen, aber es sollte niemand wissen, dass inzwischen ein leiser Zweifel an ihm nagte, dass Angus Hunt womöglich doch unschuldig im

Gefängnis saß. Nach kurzer Durchsicht hatte er jedoch die Mappe missmutig in eine Schublade geworfen und sich seinem neuen Fall zugewandt.

Doch auch hier fand er im Moment keinen Ansatz. Die Untersuchungen am Opfer waren noch nicht abgeschlossen und auch die Nachbarn hatten nichts von dem Überfall in der Werkstatt mitbekommen. Allerdings wunderte er sich, dass Jasper Ward angeblich keinerlei Lärm gehört haben wollte. Schließlich war einiges zu Bruch gegangen. Er musste ihn unbedingt noch einmal befragen. Gleich morgen würde er dies tun.

Er stand auf, zog seinen Mantel an und verließ das Büro. Draußen vor der Tür atmete er tief durch. Es war inzwischen dunkel und der Regen hatte aufgehört.

›Ein Spaziergang wird mir guttun‹, dachte er und trat auf den Gehsteig. Um diese Zeit war es ruhig geworden.

An einem Pub‹ blieb er stehen und versuchte, durch eines der Fenster hineinzusehen. Das war fast unmöglich, denn der Qualm von Zigarillos und Zigaretten hatten alles in eine dichte Nebelwand gehüllt.

Einzig das Stimmengewirr und das angetrunken wirkende Gelächter der Gäste, sowie zwei irisch klingende Fiddles machten ihm klar, dass der kleine Raum voll sein musste. Er strich über seinen neuen maßgeschneiderten Coat und dachte: ›Nein, für diese Kneipe bist Du mir zu schade. Gott im Himmel, wenn mir da einer ein Bier darüber kippt, oder ein Loch hinein brennt‹. Schnell ging er weiter und das Gedudel der Folkloremusik war bald nicht mehr zu hören.

An seinem Haus angekommen, nestelte er seinen Schlüsselbund aus der Manteltasche und öffnete das Gartentor.

Wie erstarrt blieb er plötzlich stehen, als er hinter einem Ligusterstrauch, der sich an der Hausecke im Wind wiegte, schemenhaft eine Gestalt wahrnahm.

Geistesgegenwärtig schlug er seinen Mantel zurück und zog blitzartig seine Dienstwaffe, einen Revolver Enfield No.2, aus dem Gürtel. »Wer ist da«? fragte er abrupt. »Und bewegen Sie sich ja nicht, sonst sind Sie in einer Sekunde tot«.

»Entschuldigen Sie Sir«, sagte eine leise Stimme. »Ich wollte Sie nicht erschrecken«. Vincent Powell ließ seine Waffe sinken, denn er hatte die Stimme erkannt.

»Sergeant Mitchell«, sagte er überrascht. »Sind sie wahnsinnig? Um ein Haar hätte ich sie abgeknallt. Was tun Sie bloß um diese Zeit hier in meinem Garten«?

Der trat leicht schwankend aus dem Schatten und sah mit glasigen Augen zu seinem Vorgesetzten herüber. Es war nicht zu übersehen, dass er Alkohol getrunken hatte.

»Was ist denn mit Ihnen in den letzten, na sagen wir mal vier Stunden passiert? Als Sie die Wache verließen, war doch noch alles in Ordnung«.

Adam machte eine belanglose Geste mit der flachen Hand und nuschelte: »Mir ist alles völlig egal«.

Vincent Powell sah sich um. Es fehlte ihm gerade noch, dass er ausgerechnet vor seiner Haustür, zusammen mit diesem betrunkenen Sergeant gesehen wurde. Schnell schloss er auf. »Kommen Sie erst einmal rein und dann erklären Sie mir den Grund für ihre seltsame Eskapade«.

Er führte den schwankenden Mann in die Küche und schob ihm einen Stuhl hin. »Setzen Sie sich und ich mache uns etwas zur Stärkung. Als er kurz darauf lose

Teeblätter mit siedend heißem Wasser übergossen hatte, murmelte er: »Ich habe keine Milch mehr im Haus, aber das wird Ihnen im Moment nicht so wichtig sein«. Er nahm zwei große Tassen vom Küchenbord, schenkte ein und setzte sich neben Adam, der teilnahmslos vor sich hinstarrte.

»Also«, begann er mit gedehnter Stimme. »Was ist los und warum sind Sie jetzt hier bei mir«?

»Als ich heute von der Arbeit nach Hause kam, saß ein für mich fremder Mann auf der Couch in unserem Wohnzimmer«.

Vincent Powell runzelte die Stirn. »Was? Ein fremder Mann war in Ihrer Wohnung«?

Adam nickte. »Ja. Ich sah durch den Türspalt, dass meine Frau Emely und die Kinder bei ihm waren und alle unentwegt über irgendwelche Scherze lachten, die er machte. Anfangs habe ich mich nur gewundert, schnell meine Uniformjacke im Flur ausgezogen und bin hineingegangen. Schlagartig redete und lachte niemand mehr. Alle sahen sich nur erschrocken an«.

»Und dann«? fragte Vincent Powell gespannt.
Adam trank einen großen Schluck Tee und setzte die Tasse wieder ab. »Ich habe ›Hallo‹ gesagt, ging zu Emelie hin und wollte ihr einen Kuss geben«. Jetzt begann er zu zittern. »Sie hat mich mit beiden Händen abgewehrt und den Kopf zur Seite gedreht«.

»Und Ihre Kinder? Was haben die gemacht«?
»Emely hat Aldwyn und Grace sofort nach oben in ihr Zimmer geschickt«. Er sah mit wässrigen Augen zu Vincent Powell herüber. »Dann stand dieser Mann auf und sagte, Ich bin Godfrey Anderson«.

»Wer zum Teufel ist Godfrey Anderson«? fragte Vincent ungeduldig.

»Emelys erster Ehemann. Er hatte während des II. Weltkrieges auf einem Kriegsschiff gedient, das zuletzt im Europäischen Nordmeer unterwegs war und in einer siebzigminütigen Schlacht 300 km vor Harstad von zwei deutschen Schlachtschiffen versenkt wurde. Laut Behörden hatten nur 45 Seeleute überlebt und Godfrey war angeblich nicht dabei. Seitdem galt er als vermisst und wurde schließlich für tot erklärt. Was für ein Irrtum«.

»Wo war er denn dann die ganze Zeit und wieso ist er denn erst jetzt zurückgekehrt«?

»Keine Ahnung«, seufzte Adam. »Und Emely ist wie verwandelt. Sie war so abweisend und bat mich zu gehen. Sie braucht jetzt Zeit zum Nachdenken, sagt sie. Alles was wir uns zusammen in den schweren Nachkriegsjahren aufgebaut haben, scheint sie nicht mehr zu interessieren«.

»Und die Kinder? Es sind doch Ihre gemeinsamen Kinder«, rief Vincent vorwurfsvoll.

»Aldwyn nicht«, entgegnete Adam. »Er ist Godfreys Sohn und fast so alt wie dieser Ronald Lombard. Hinzu kommt, dass es sein Haus ist, wo wir die ganze Zeit zusammengelebt haben«.

Vincent schluckte. »Und was ist mit Ihrer Tochter? Sie werden Sie doch ihm nicht einfach überlassen«?

Adam winkte ab. »Grace hängt schon immer an Emely wie sonst kein Kind. Außerdem kann ich ihr doch nicht die Mutter wegnehmen«.

»Sie mussten also heute das Haus verlassen und Godfrey ist jetzt, wenn ich das so sagen darf, als wäre nichts gewesen, bei Ihrer Familie«.

»Sieht so aus«, flüsterte Adam.

Vincent stand auf. »Ich brauche jetzt auch etwas Stärkeres als einen Tee«. Er ging ins Wohnzimmer und holte eine Flasche Scotch und zwei Gläser, die er immer auf einem kleinen Teewagen stehen hatte, der schon seinen Eltern gehörte.

Als er Adam wieder gegenübersaß und eingoss, fragte er: »Und was wollen Sie jetzt tun? Wenn ich es richtig sehe, wissen Sie im Moment nicht einmal, wo Sie schlafen sollen, oder«?

Adam antwortete nicht.

»Also gut. Sie können vorerst auf meiner Couch übernachten. Und morgen werden wir ein paar Recherchen über diesen Godfrey Anderson in Angriff nehmen. Ich mag ja nicht bezweifeln, dass er auf See seinen Dienst getan hat, aber jetzt frage ich mich schon, wie er die Versenkung des Schiffes überlebt und warum er sich nicht sofort wieder bei seiner Einheit gemeldet hat«. Vincent bekam schmale Augen. Da war er wieder. Sein unbedingter Wille etwas herauszufinden.

»Wenn Emely mich wirklich verlässt, überlebe ich das nicht«, murmelte Adam.

»Noch hat sie es nicht getan«, entgegnete Vincent und fügte ernst hinzu: »Abgesehen davon ist es kein Mensch wert, sich selbst etwas anzutun. Merken Sie sich das«.

»Was ist eigentlich mit Ihnen? fragte Adam. »Warum leben Sie hier allein? Ein Mann wie Sie, gutaussehend und in dieser Position bei der Polizei und ….«.

Vincent unterbrach ihn: »Hier geht es jetzt nicht um mich. Und mein Privatleben hat niemanden zu interessieren«. Er stand abrupt auf und zog mit einem wütenden Ruck seine gebundene Krawatte auseinander.

»Es ist besser, wenn ich Ihnen jetzt eine Decke und ein Kopfkissen hole. Wir müssen morgen früh raus«. Dann verließ er die Küche und ging nach oben.

Adam sah sich um. Über dem Essplatz hing ein Bilderrahmen, in dem ein Stoff eingespannt war auf dem handgestickt stand: ›Home Sweet Home‹.

Nie hatte er wirklich über diesen Spruch nachgedacht, der fast in jedem Haus und jeder Wohnung in irgendeiner Weise zu finden war. Jetzt bekam er, zumindest für ihn selbst, eine ganz neue Dimension. Sein trautes Heim hatte er scheinbar verloren und Glück allein, gab es für ihn nicht. Nicht ohne Emely und die Kinder.

Wieder sah er sich um. Nirgends stand Geschirr herum und auch auf dem Küchenbord war kein Brotkrümel zu sehen. Er dachte jetzt an Aldwyn und Grace, die ständig und egal wo, etwas herumliegen ließen. Aber auch er selbst war kein Ordnungsapostel.

Emely hingegen, räumte und putzte ständig hinter der ganzen Familie her, was ihm bis jetzt so nie wirklich klar war. Naja, im Grunde hatte er sich nie darüber Gedanken gemacht, denn sie beklagte sich auch nie.

Er hingegen hielt das Reihenhaus in Schuss so gut es ging und reparierte mit Aldwyn die Fahrräder, mit denen sie oft bei schönem Wetter sonntags unterwegs waren.

Für Grace hatte er in dem kleinen Garten ein Puppenhaus gebaut, indem sie oft saß und spielte.

Manchmal belauschte er seinen kleinen Sonnenschein, wie er sie nannte. All ihren kindlichen Kummer erzählte sie dort ihrer Puppe ›Vicky‹ und einem Teddybär, den sie ›Brummel‹ nannte.

Vincent riss ihn aus seinen Gedanken, denn er betrat wieder die Küche. »Ich habe ihnen die Couch hergerichtet und in der Gästetoilette, gleich neben der Haustür können Sie sich frisch machen. Bitte verstehen Sie, dass ich das Bad im oberen Stockwerk nur allein benutze«.

»Selbstverständlich. Und danke, dass Sie das für mich tun. Ich weiß gar nicht, was ich heute Abend ohne Sie gemacht hätte und wie ich das je wiedergutmachen kann«.

»Hören Sie auf«, entgegnete Vincent. »Und wegen der Wiedergutmachung werde ich mir etwas überlegen, verlassen Sie sich darauf«.

Am nächsten Morgen war er sehr früh aufgestanden, hatte Tee gemacht, Biskuits in einer Blechdose auf den Tisch gestellt und einen kleinen Ofen angeheizt, den er sonst nur an den Wochenenden benutzte, um Öl zu sparen. Auch frühstückte er normalerweise nie um diese Zeit, aber er wollte sich erst einen Eindruck von Adams Gemütszustand verschaffen, bevor sie zur Arbeit fuhren.

Der öffnete gerade leise die Küchentür. »Guten Morgen«, sagte er unsicher. Vincent vermutete, dass der die ganze Nacht kein Auge zugemacht haben konnte, so zerknittert, wie er aussah. »Guten Morgen. Setzen Sie sich und trinken Sie einen Tee, der wird Ihnen guttun«.

»Ich weiß nicht, ob ich den schon vertrage«, murmelte Adam. »Mir ist jetzt noch ganz schwindelig von dem vielen Schnaps gestern Abend«.

»Kein Wunder«, antwortete Vincent schmunzelnd. »Würde mir auch nicht anders gehen«.

Während er einschenkte, sagte er: »Ich habe mir folgendes überlegt. Wir fahren heute mit meinem Privatwagen zur Dienststelle und ich lasse Sie zwei Straßen vorher raus. Wir sollten nicht zusammen dort ankommen und am besten tun Sie so, als wäre nichts geschehen«.

Adam sah ihn ungläubig an. »Wieso denn«?

»Es wird in Kürze wie ein Lauffeuer herumgehen, was Ihnen passiert ist, aber bis dahin ziehen wir Erkundigungen über die Umstände von Godfreys Rückkehr ein, und zwar so unauffällig wie möglich. Ich finde es schon seltsam, dass er plötzlich wie ein Phantom putzmunter und gesund hier aufgetaucht ist. Der Krieg ist immerhin seit acht Jahren vorbei, obwohl man ja noch von sogenannten Spätheimkehrern hört«.

Er rieb sich nachdenklich das Kinn. »Nehmen wir mal an, er war in Gefangenschaft und wurde vor Kurzem entlassen. Wie sah er denn aus? War er gezeichnet von den Strapazen einer jahrelangen Internierung, dünn und schmal im Gesicht?«

»Godfrey ist schlank, aber nicht abgemagert. Und er war zwar unrasiert und seine kurzen Haare sind im Ansatz grau, aber er trug einen Anzug mit Krawatte und einen Koffer hatte er neben sich stehen«.

»Na da schau her. Seit wann hat denn ein ehemaliger Soldat der königlichen Kriegsmarine einen Koffer bei sich, wenn er direkt aus dem Krieg heimkehrt«?

Nachdenklich sah er zu Adam herüber. »Waren Sie mit Emely verheiratet? Ich habe nie einen Ring an Ihrem Finger gesehen«.

Adam lehnte sich resigniert zurück und starrte auf den Tisch. »Nein, Emely hat eine Witwenrente bezogen, die sie bei einer weiteren Heirat verloren hätte und wir brauchten das Geld und die Lebensmittel-Zuteilungen«. Schnell fügte er hinzu: »Aber sie hat mir oft gesagt, dass Sie mich auch ohne Trauschein liebt und wir doch auch so eine glückliche Familie wären«.

»Ich gehe im Moment natürlich auch davon aus, dass sie von Godfreys plötzlicher Rückkehr nichts gewusst haben konnte«, sagte Vincent grübelnd. »Sie war mindestens genauso überrascht, als er plötzlich vor ihr stand«.

»Meinen Sie, ich habe sie verloren«? fragte Adam mit zittriger Stimme«?

Vincent sah ihn ernst an. »Warten wir es ab und kämpfen Sie um Emely und die Kinder. Wenn Sie es wirklich wollen, sind die Würfel noch nicht gefallen«.

***

Samuel O'Kelly stand am Morgen neben Betsy und erklärte ihr verschiedene Schnittmuster, die für die laufende Jeanskollektion verwendet wurden.

Er war ein großer, hagerer und freundlicher Mann Anfang sechzig. Sein dünnes ergrautes Haar war straff nach hinten gebürstet und er trug eine olivgrüne Cordhose mit passender Weste, dazu ein weißes Hemd und Fliege.

Betsy hatte mit ihm bereits das Stofflager besichtigt und den Näherinnen über die Schulter geschaut, die geschickt die einzelnen Teile zusammenfügten.

Ihre Aufgabe sollte es vorerst sein, Nieten an den Taschen zu befestigen und die fertigen Hosen für den Versand vorzubereiten.

Samuel O'Kelly setzte sich auf einen runden Hocker an der Stanzmaschine und zeigte ihr, wie sie die Hosen einlegen musste, damit die Nieten dahin kamen, wo sie hingehörten. Schließlich sagte er aufmunternd:

»Versuchen Sie es. Es ist kein Hexenwerk«.

Anfangs war Betsy etwas unsicher, aber es dauerte nicht lange und die erste Hose war fertig. Er nickte zufrieden und zeigte auf einen hohen Stapel neben sich.

»Arbeiten Sie den am Vormittag ab und am Nachmittag verpacken Sie alles geordnet nach Größen in Kisten, die hinter der Halle auf der Rampe stehen. Und beeilen Sie sich, der Kurier ist es nicht gewohnt, auf die Ware zu warten. Haben Sie noch Fragen«?

»Im Moment nicht«.

Dann begann sie mit der Arbeit und er ging zurück in sein Büro. Während der Mittagspause, den alle in einem kleinen engen Raum verbrachten, wurde Betsy anfangs von den Frauen etwas argwöhnisch gemustert, nur eine junge, sehr zierliche Näherin sprach sie an: »Ich bin Tracy. Und wie heißt Du? Wohnst Du hier in Manchester«?

»Ich heiße Betsy«, antwortete sie schüchtern. »Und habe einen kleinen Hof in Littleborough«.

»Einen Hof«? fragte Tracy neugierig. »Was willst Du denn dann hier? Du müsstest doch etwas Vieh, Obst und Gemüse haben. Vielleicht kann ich Dir etwas abkaufen, denn ich habe zu Hause sechs Kinder, die gerne mal wieder Karotten und Bohnen essen würden«.

Betsy winkte ab. »Vieh habe ich schon lange nicht mehr und alles andere reicht gerade mal für meinen Sohn und mich«. Eine Glocke ertönte und die Frauen machten sich wieder an die Arbeit.

Betsy lief jetzt zur Rampe und half dem Kurier, die verpackten Kisten auf einen kleinen LKW zu laden. Er redete mit ihr kein Wort, aber das störte sie nicht.

Als sie endlich Feierabend hatte, dehnte sie sich, denn ihr Rücken schmerzte ein wenig. Da kam Samuel O'Kelly zu ihr. »Ich habe heute natürlich ein Auge auf Sie gehabt und denke, dass Sie zu uns passen könnten. Nach einer Probezeit von einem Monat stelle ich Ihnen einen festen Vertrag in Aussicht«.

Betsys Gesicht erhellte sich. »Ich danke Ihnen und werde mir alle Mühe geben«. Schnell knöpfte sie ihren Mantel zu, da fragte er: »Ach, bevor ich es vergesse. Hat sich mein Bruder wegen des Verkaufs Ihres Hofes gemeldet«?

»Ja, er war vor ein paar Tagen mit seiner Frau und den Kindern bei mir«.

»Und sind Sie sich einig geworden«?

»Wir haben einen Tausch vereinbart. Sie wollen den Hof haben und ich kann in ihr kleine Stadthaus in der Cornet-Street ziehen. Mein Sohn Ronald und ich sind richtig glücklich«.

»Wie alt ist denn Ihr Sohn«?

»Ronald ist neunzehn und will Uhrmacher werden. Er arbeitet bei Jasper Ward und …«.

Er unterbrach sie: »Bei Jasper? Ich habe gestern von Abygails schrecklichem Tod gehört. Sie und meine Frau sind von klein auf beste Freundinnen gewesen. Wissen

Sie etwas Näheres, denn ich habe ihn noch nicht selbst sprechen können«.

»Nein, bisher nicht, nur mein Sohn fürchtet jetzt, dass Mr. Ward womöglich die Werkstatt schließt und Ronald seine Ausbildung nicht zu Ende machen kann«.

»Das glaube ich kaum. Schließlich führt er das Geschäft in dritter Generation und es ist seine einzige Lebensgrundlage. Er würde ja sich und seiner Tochter sprichwörtlich selbst das Wasser abgraben«.

Er wiegte nachdenklich den Kopf. »Aber schrecklich ist die Sache schon, so etwas kann einen wirklich aus der Bahn werfen. Nun machen Sie sich mal keine allzu großen Sorgen und seien Sie morgen früh wieder pünktlich. Darauf lege ich großen Wert«.

»Selbstverständlich Mr. O'Kelly«. Sie nahm ihre Handtasche und eilte zum Bus.

Zu Hause angekommen öffnete sie den rostigen Briefkasten. Im Moment rechnete sie zwar nicht mit Post, aber man konnte ja nicht wissen. Sie stutzte, denn darin lag ein dunkelblaues, feucht wirkendes Kuvert.

Vorsichtig zog sie es heraus und drehte es um. Wie vom Blitz getroffen durchfuhr es sie, als sie den Absender las. ›Strangeways-Prison‹. Und der Empfänger war nicht sie selbst, sondern Ronald.

›Um Himmels Willen‹, dachte sie. ›Angus hat ihm geschrieben und jetzt erfährt er, dass er sein Großvater ist und nicht Joseph‹. Erschrocken drehte sie sich zur Einfahrt um, denn sie hatte Schritte gehört. Tatsächlich war er es, der gerade das Tor schloss.

Mit zittrigen Händen knüllte sie das Kuvert zusammen und schob es in ihre Manteltasche. »Du bist auch schon da«? versuchte sie beiläufig zu fragen. »Hast Du Hunger«?

»Ja natürlich«, antwortete er mürrisch. »Und mach bitte die Tür zu, sonst erfriere ich. In der Werkstatt war es nämlich den ganzen Tag kalt, weil Mr. Ward kein Öl mehr hat. Ihm war das bestimmt egal, denn er war nur heute Morgen unten, um mir zu sagen, dass ich die Vitrine zusammenleimen muss, die bei dem Überfall kaputtgegangen war«.

»Dann macht er also weiter? Das ist doch eine gute Nachricht«.

Ronald zog die Jacke aus und warf seine abgetragenen Lederschuhe achtlos in die Ecke. »Ich nehme es mal an, aber diese dicke fette Madelaine fällt mir restlos auf den Wecker. Dass sie andauernd wegen ihrer Mutter heult, verstehe ich ja, aber das kann sie ja in ihrem Zimmer tun und braucht mich deswegen nicht zu nerven. Immer wieder wollte sie mich umarmen und getröstet werden. Ich wusste gar nicht mehr, wie ich sie abschütteln sollte«.

»Ronald«, sagte Betsy beschwichtigend. »Jetzt sei doch nicht so. Sie hat gerade ihre Mutter verloren«.

Der antwortete nicht darauf und ging nach oben. Als er nicht mehr zu sehen war, zog sie hastig das Kuvert aus der Manteltasche und eilte damit in die Küche. Ihr Steinkrug auf dem Küchenschrank schien im Moment das einzige gute Versteck dafür zu sein. Jetzt atmete sie erst einmal auf, aber das Gewissen begann sie zu plagen.

›War es wirklich richtig, ihm den Brief von Angus nicht zu geben? Nein, erst musste sie ihn selbst lesen und vielleicht stand ja darüber auch gar nichts drin‹.

Schnell schob sie ein paar Scheite Holz in den Ofen und entzündete einen Kienspan. Das Feuer breitete sich rasch aus und gab ihr ein etwas besseres Gefühl. Dann stellte sie eine Pfanne auf die gusseiserne Herdplatte und holte aus der Speisekammer die kleine Speckkeule, getrocknete Tomaten und Brot.

Ronald war nach dem Essen bald zu Bett gegangen, aber Betsy saß noch lange allein am Küchentisch, um wirklich sicher zu sein, dass er nicht wiederauftauchte.

Sie hatte inzwischen einen kleinen Topf mit Wasser zum Kochen gebracht, der leise siedend vor sich hin brodelte. Irgendwann stand sie schließlich auf, holte das Kuvert wieder aus dem Steinkrug und hielt es vorsichtig über den Wasserdampf. Es dauerte eine Weile, dann löste sich langsam die Gummierung am Verschluss und sie setzte sich erleichtert zurück an den Küchentisch. Bedächtig faltete sie jetzt das etwas vergilbte, linierte Papier auseinander und begann zu lesen.

›*Lieber Ronald, wenn Du das liest, bin ich nicht mehr am Leben. Aber ich wollte nicht aus dem Leben scheiden, ohne Dir Deine Fragen zu beantworten. Dein Besuch bei mir hat mir sehr zu denken gegeben und ich habe es sehr bereut, Dich einfach weggeschickt zu haben. …*‹

Als Betsy am Ende war, faltete sie das Papier wieder zusammen, und dachte: ›Habe ich es doch gewusst, dass Angus ihm die Wahrheit sagen würde‹.

Am meisten beunruhigte sie jedoch seine erneute Beschwörung, dass er nicht der Mörder des Schuldirektors war und unschuldig im Gefängnis saß. Sie war sich sicher, dass Ronalds Fragerei von vorn losgehen würde, wenn er das wüsste.

Sie stand auf, ging zum Küchenofen und öffnete das Türchen. Sie wollte schon alles hineinwerfen, doch dann zögerte sie. Irgendetwas hinderte sie daran, den Brief zu verbrennen. Schnell verstaute sie das Kuvert im Steinkrug und stellte ihn zurück auf den Küchenschrank.

Gleich morgen musste sie irgendwie herausfinden, ob Angus noch lebte. Am besten, sie würde am Sonntag so tun, als ob sie ihn besuchen wollte, dann würde sie es schon erfahren.

Sie löschte das Licht und ging zu Bett, doch sie konnte nicht einschlafen. Ständig hatte sie Angus Gesicht vor sich, der für alles gebüßt hatte, was sie getan hatte.

In Gedanken verfluchte sie James Robertson. Hätte sie nicht diesen verdammten Termin bei ihm in der Schule, sondern woanders gehabt, vielleicht wäre es nicht zu diesem schrecklichen Drama gekommen.

Am nächsten Morgen stand Ronald an ihrem Bett. »Mum, was ist denn los? Musst Du nicht zur Arbeit«?

Erschrocken fuhr sie auf. »Oh Gott, wie spät ist es denn«?

»Gleich sechs Uhr, der Bus geht in zwanzig Minuten«. »Danke, das schaffe ich, aber Dein Frühstück musst Du Dir heute selbst machen«. Sie eilte an ihm vorbei und verließ kurz darauf das Haus.

Erschöpft kam sie in der Näherei an. Die anderen Frauen waren schon bei der Arbeit und Betsy zog sich schnell den Mantel aus und ihre Schürze an. Dann setzte sie sich an ihre Stanzmaschine, wo schon ein weiterer beträchtlicher Hosenstapel lag.

Plötzlich stand Samuel O'Kelly neben ihr. »Kommen Sie bitte kurz in mein Büro«. Ohne ihre Antwort abzuwarten, drehte er sich um und ging voraus.

Im Büro angekommen, sah sie, dass Frank und Lilly O'Kelly da waren und sie freundlich anlächelten.

»Ich habe mich schon bei meinem Bruder entschuldigt, dass ich Sie von der Arbeit abhalte«, begann Frank. »Aber die Sache duldet keinen Aufschub, die wir Ihnen nicht schreiben, sondern persönlich sagen wollen und müssen«. Er machte eine kurze Pause.

Betsy fragte ängstlich: »Wollen Sie meinen Hof etwa nicht mehr«?

Frank schüttelte den Kopf. »Nein, das ist es nicht, nur wir wollen nächste Woche umziehen. Das bedeutet, dass sie am kommenden Wochenende den Hof verlassen müssten. Meinen Sie, dass Sie das schaffen«?

Betsy atmete auf. »Es ist zwar etwas knapp, aber ich denke, dass ich das mit Hilfe meines Sohnes schon hinbekomme. Nur wir haben noch keinen Vertrag«.

»Kein Problem«, entgegnete jetzt Lilly O'Kelly. »Samuel war so freundlich, seinen Advokaten anzurufen, der das gerade erledigt. In der Mittagspause könnten wir den Vertrag gemeinsam unterschreiben. Wären Sie also einverstanden«?

Betsy nickte. »Ja natürlich«.

»Also gut«, sagte jetzt Samuel O'Kelly ungeduldig. »Ihr holt Mrs. Lombard dann hier ab. Jetzt muss sie zurück an ihren Arbeitsplatz, denn ich habe heute einen wichtigen Auftrag mit den Frauen abzuarbeiten. Und nehmt Euch dann ein Taxi, sonst dauert es zu lange. Zeit ist Geld«.

Sie verabschiedeten sich und Betsy eilte zurück zu ihrer Stanzmaschine. Die Frauen sahen ihr mit scheinbar neidischen Blicken nach, denn so etwas hatte es hier bisher nicht gegeben, dass eine von Ihnen außerhalb der Pause beim Boss im Büro saß.

Betsy grübelte, während sie eine Niete nach der anderen an den Hosen befestigte. Sie würde am Wochenende keine Zeit haben zum Gefängnis zu fahren, denn sie musste ihre Sachen und die Möbel packen. Aber andererseits war es ja auch egal, ob sie sich jetzt oder zu einem anderen Zeitpunkt nach Angus erkundigen würde. Inzwischen begann ihr Magen zu knurren, denn sie hatte ja noch nichts gegessen. Irgendwie musste sie den Tag überstehen.

Als dann die Glocke ertönte, warteten die O'Kellys schon auf sie. »Beeilen wir uns«, sagte Frank und öffnete die hintere Tür des Taxis. »Der Advokat hat nicht viel Zeit und mein Bruder ist sowieso nicht begeistert, dass er sie jetzt gehen lassen muss«.

Als sie schließlich in einem ziemlich trist wirkenden Raum saßen, beschlich Betsy ein mulmiges Gefühl. ›War es wirklich richtig, den Hof einfach aufzugeben, in dem sie seit ihrer Geburt lebte?‹ Sie schloss die Augen und sah plötzlich ihren Mann Thomas vor sich, der sie traurig ansah. Sie schreckte auf und sah in verwunderte Gesichter. »Ist Ihnen nicht gut?«, fragte Lilly O'Kelly mitfühlend.

Betsy schüttelte hastig den Kopf. »Nein, es ist ganz bestimmt nichts«. Sie fasste sich an den Bauch. »Mir ist nur etwas schwindelig, weil ich heute noch nichts gegessen habe«.

In diesem Moment betrat der Advokat den Raum und nickte kurz, aber freundlich. Er war ziemlich klein und untersetzt. Schnell knöpfte er sein zu enges Sakko auf, lief geradewegs zur Stirnseite des Tisches und ließ sich auf den Stuhl fallen. Während er sich mit einem weißen Tuch einige Schweißperlen von der Glatze tupfte, sagte er: »Guten Tag die Herrschaften. Wir beginnen sofort, denn wie Sie ja wissen, ist meine Zeit sehr begrenzt«.

Er sah zu Frank O'Kelly herüber. »Im Übrigen ist das hier ein Gefallen, den ich in erster Linie Ihrem Bruder tue«. Ohne auf eine Antwort zu warten, blätterte er die Unterlagen durch, räusperte sich und begann nun den Verkaufstext langsam und deutlich vorzulesen.

Betsy lauschte den etwas umständlich und geschwollen klingenden Sätzen.

Ihr kam es vor, als würde sie ein teures Luxusanwesen verkaufen und nicht den alten Hof, mit dem heruntergekommenen Stall und einem angrenzenden Acker, der seit Jahren keinen Penny mehr einbrachte.

Aber nein, sie verkaufte ja nicht, wurde ihr klar, als der Advokat nun das kleine Reihenhaus in der Cornet-Street beschrieb, zu dem auch der rückwärtige Garten und ein winziger Schuppen gehörten.

Schließlich nahm er seine Lesebrille ab. »Haben Sie alles verstanden, oder gibt es hierzu Fragen«?

»Also für uns wäre der Vertrag so in Ordnung«, sagte Frank O'Kelly hastig. »Wir unterschreiben sofort«.

Der Advokat machte eine beschwichtigende Handbewegung und sah mit ernster Miene zu Betsy herüber. »Sind Sie sich wirklich darüber im Klaren, dass Sie Ihr gesamtes Anwesen gegen dieses kleine Haus, ohne finanziellen Ausgleich eintauschen wollen«?

Mit Nachdruck sagte er: »Ich muss Sie darüber belehren, denn wenn Sie unterschrieben haben, gibt es kein Zurück«. Alle sahen sie gespannt an. Betsy zögerte einen Moment. »Ja«, antwortete sie heiser. »Ich bin mir darüber im Klaren. Wo soll ich unterschreiben?«

Der Advokat schob die Unterlagen zu ihr hin und öffnete einen schwarz glänzenden Füllhalter. »Hier bitte, unterschreiben Sie mit Vor- und Zunahmen unten rechts«. Mit zittriger Hand krakelte sie ihren Namen auf das dicke Papier.

»Und jetzt Sie Mr. O'Kelly«. Der schob mit einem Ruck seinen Stuhl zurück und eilte um den Tisch herum. »Natürlich Sir«.

Mit schwitzigen Händen und einem unübersehbar zufriedenen Blick unterschrieb auch er.

»Gut«, nickte der Advokat. »Das hätten wir«. An die O'Kellys gewandt, fuhr er fort: »Und denken Sie daran, meine Rechnung pünktlich zu begleichen, denn in dieser Angelegenheit verstehe ich keinen Spaß. Die Änderungen im Grundbuch werden von mir erst dann vollzogen, wenn auch alle finanziellen Dinge erledigt sind«.

»Selbstverständlich Sir«, antwortete Lilly. »Gleich morgen transferieren wir das Geld«.

Plötzlich klopfte es an die Tür und die Sekretärin balancierte mit einem Tablett herein, auf dem eine Flasche Cherry und Likörgläser standen.

»Jeder abgeschlossene Vertrag in meiner Kanzlei wird mit einem Schnäpschen begossen«, erklärte der Advokat. »Das ist hier so üblich«.

Ohne auf seine Klienten zu achten, nahm er ein Glas, kippte es in einem Ruck herunter und stellte es klirrend zurück. »Und jetzt entschuldigen Sie mich, ich bin zum Lunch verabredet und bereits spät dran«. Schnell verließ er den Raum.

Betsy sah zweifelnd zur Sekretärin herüber. »Für mich bitte nicht, ich habe noch zu arbeiten«.

»Ein Glas hat noch niemandem geschadet Mrs. Lombard«, sagte Frank aufmunternd.

»Bitte lasse sie doch in Ruhe«, sagte Lilly stattdessen. »Du weißt doch, dass ihr vorhin schon nicht gut war. Und Dir würde es auch nicht schaden, wenn Du etwas weniger trink ….«.

»Halt sofort den Mund«, unterbrach er sie mit schneidender Stimme.

Betsy erschrak. Ihr kam es so vor, als ob er eine Maske fallengelassen hatte und jetzt sein wahres Gesicht zeigte. Sein bisheriges Benehmen kam ihr plötzlich falsch und verlogen vor. Bestimmt hatten es Lilly und die Kinder nicht gut bei ihm.

An sie gewandt, sagte Betsy: »Wenn Ronald und ich umgezogen sind, würde ich mich sehr freuen, wenn wir mal zusammen einen Tee trinken«.

»Ja gerne«, antwortete Lilly, aber er unterbrach sie erneut. »Meine Frau geht ohne mich nie aus und daran wird sich auch in Zukunft nichts ändern. Und jetzt trinken wir endlich den Cherry und dann bringen wir Sie zurück zu Ihrer Arbeit. Mein Bruder wird schon ungeduldig auf Sie warten«.

Die Frauen trauten sich beide nicht, etwas zu erwidern. Betsy brannte der Schnaps in der Kehle und ihr wurde erneut schwindelig. Schwankend verließ Sie, gestützt von Lilly das Notariat, während Frank O'Kelly gleichgültig hinter den Frauen herlief.

Den Nachmittag quälte sich Betsy zugleich müde und innerlich aufgewühlt vor einem Hosenstapel. Und auch die Näherinnen schienen sie ständig argwöhnisch zu beobachten, während die Maschinen unentwegt und unbarmherzig laut vor sich hin ratterten.

Ihr Kopf begann zu dröhnen, doch sie musste sich konzentrieren und durfte keine Fehler machen, denn an diesem Job hing jetzt die Zukunft ihres und Ronalds Leben. Samuel O'Kellys Bürofenster war allerdings dunkel und er den ganzen Nachmittag nicht im Haus.

Als endlich die Glocke ertönte, die ihr den Feierabend bescherte, atmete sie auf. Sie wollte nur noch nach Hause und sehnte sich nach einer warmen Gemüsesuppe, die schon vorbereitet in der kleinen Speisekammer auf sie wartete.

Da stand plötzlich die kleine zierliche Näherin Tracy neben ihr. »Betsy, kann ich Dich mal kurz sprechen«?

»Ja natürlich. Aber wirklich nur kurz, sonst verpasse ich meinen Bus«.

»Meine kleine Tochter Zoey hatte eine schwere Grippe und braucht jetzt dringend Vitamine, um wieder zu Kräften zu kommen. Gestern bin ich drei Stunden nach ein paar Äpfeln angestanden und habe keine mehr bekommen. Kannst Du mir mit etwas Obst aushelfen? Ich bezahle auch. Bitte«.

Betsy sah in die flehenden Augen einer sichtlich verzweifelten Mutter.

»Äpfel habe ich keine mehr, nur noch ein paar getrocknete Pflaumen und Rosinen. Die bringe ich Dir gerne morgen mit, aber Geld werde ich dafür ganz bestimmt nicht nehmen«.

»Wirklich«? fragte Tracy erstaunt. »Kein Geld? Da bin ich Dir sehr dankbar, aber solltest Du einmal Hilfe brauchen, dann sage es mir«.

Betsy begann zu schmunzeln. »OK, vielleicht komme ich schon bald darauf zurück«.

***

Adam Mitchell hatte seinen Chef am Morgen gebeten, ihn in der Nähe des Wohnhauses abzusetzen, denn er wollte unbedingt wissen, ob Godfrey Anderson bei Emely übernachtet hatte. Vincent Powell hielt das zwar für keine gute Idee, aber er hatte sich nicht abbringen lassen. Zu groß war seine Eifersucht.

Er hatte sich hinter einem kleinen Zeitungskiosk postiert und beobachtete die Umgebung. Immer wieder sah er auf die Uhr, denn jeden Moment mussten Aldwyn und Grace das Haus verlassen, um zur Schule zu gehen. Doch niemand öffnete die Haustür.

›Seltsam‹, dachte er. ›Es ist doch schon nach halb acht‹. Aber lange konnte er nicht mehr bleiben, denn sein Chef würde sicher schon in der Police-Station auf ihn warten.

Plötzlich durchfuhr es ihn wie ein Blitz, denn Emely kam im Morgenmantel heraus und zog sichtlich gutgelaunt die Tageszeitung aus dem Postkasten.

Adam presste die Lippen aufeinander. Sonst trug sie doch um diese Zeit immer ein Kleid, bereitete das Frühstück und begann mit der Hausarbeit. Bisher war sie nie in einem solchem Aufzug nach draußen gegangen.

Er ballte die Fäuste und wäre am liebsten ins Haus gerannt, um diesem Godfrey eine zu verpassen, der jetzt wahrscheinlich in seinem Bett lag. Doch sein Verstand riet ihm, keinen Fehler zu machen und vorerst nichts zu tun, auch wenn es ihm schwerfiel. Er hatte genug gesehen, drehte sich abrupt um und marschierte wütend zur Police-Station.

»Da sind Sie ja endlich«, murrte Vincent und nahm seinen Trenchcoat »Wir müssen sofort los«. Einen Moment hielt er inne: »Gibt es Neuigkeiten«?

Adam schüttelte wortlos den Kopf.

»Ich habe gerade einen Anruf bekommen. Wir müssen in die Pathologie, der Befund von Mrs. Ward liegt vor. Angeblich gibt es interessante Details, die uns Professor Palmer direkt erläutern will«. Er ging zur Tür, doch dann drehte er sich erstaunt um. Adam stand noch immer bewegungslos da und starrte auf den Boden.

»Erde an Sergeant Mitchell«, rief er sarkastisch. »Los kommen Sie schon, wir haben einen Mord aufzuklären. Dieser Godfrey Anderson geht uns schon nicht durch die Lappen. Ich habe nämlich vorhin ein bisschen recherchiert und alte Kontakte geknüpft. Allerdings wird es schwer werden an seine Akte zu gelangen, in der seine Laufbahn bei der Royal Army dokumentiert ist. Soll ›Top-Secret‹ sein. Aber irgendwas werden wir schon herausfinden, nur bis dahin müssen wir uns leider gedulden«.

»Und was soll ich bis dahin machen«? fragte Adam verzweifelt. »Wahrscheinlich lande ich jetzt in einer Gemeinschaftsunterkunft der Bahnhofsmission«.

»Sie können vorerst weiterhin bei mir übernachten. Heute Abend räumen wir mein Pokerzimmer etwas um, denn da finden sowieso im Moment keine Spiele statt und dann sehen wir weiter«.

»Danke Sir«, murmelte Adam.

Eine halbe Stunde später saßen Sie im Büro des Professors. Er trug einen sorgfältig gebügelten weißen Kittel, der an der Brusttasche mit verschiedenen Stiften gefüllt war und ein kariertes Hemd, dass am Kragen eine korrekt gebundene Fliege zierte. Seine tiefen Furchen im Gesicht verrieten, dass er kurz vor der Pensionierung stehen musste.

»Mrs. Ward wurde brutal misshandelt«, begann er ohne Umschweife. »Ich habe solche schweren Verletzungen seit meinen Einsätzen in Kriegslazaretten nicht mehr gesehen. Sechs tiefe Messerstiche in die Brust und vier in den Rücken«.

Gelassen öffnete er eine Schublade und holte eine Zigarre hervor, schnitt geschickt die Kappe mit einem scharfen Taschenmesser ab und entzündete ein Streichholz. Genüsslich begann er kleine Wölkchen in den Raum zu blasen und sah dabei nachdenklich an die Zimmerdecke. »Der Täter muss Mrs. Ward zu Boden gestoßen und anfangs massiv gewürgt haben. Und als er schließlich auf sie einstach, ist er in einen regelrechten Blutrausch verfallen. Mich würde interessieren, ob Sie die Tatwaffe gefunden haben. In diesem Fall ein Messer, dass in erster Linie von Matrosen oder Seglern benutzt wird«.

»Woher wissen Sie das«? fragte Vincent erstaunt.
»Die Wundränder haben es mir verraten. Sehr typisch für Messer mit Wellenschliff. Diese eignen sich hervorragend zum Zertrennen von Seilen und Tauen. Die Zacken an den Klingen verhaken sich in dem Stoff der Seile. Hierdurch unterbinden sie ein Abrutschen beim Zerschneiden des Materials«.

»Sie meinen also, wir sollten in diese Richtung ermitteln«? fragte Vincent weiter.

»Das wäre eine Möglichkeit«, antwortete der Professor. »Aber derartige Messer mit einem solchem Schliff werden bekanntlich auch als Brotmesser verwendet. Am besten, Sie durchsuchen als erstes den Haushalt der Opferfamilie. Vielleicht werden Sie fündig und können sich ausgedehntere Suchen ersparen. Nur falls Sie eins finden, verpacken Sie es gut, um eventuelle Blutspuren nicht aus Versehen zu verwischen. Dann bringen Sie es bitte sofort zu mir, denn ich muss auch unbedingt die Zackenbreiten mit den Wundrändern abgleichen. Und bis dahin bleibt Mrs. Ward hier«.

»Also, wenn Sie mich fragen, handelt es sich hier um eine Beziehungstat«, sagte jetzt Adam Mitchell. »Mord aus Eifersucht oder Leidenschaft«.

»Möglich ist das schon«, überlegte Vincent. »Ich wollte Mr. Ward sowieso befragen, weil ich mich darüber gewundert hatte, dass er angeblich nichts gehört haben will. Schließlich war das Geschäft auch total verwüstet. Das kann nicht ohne entsprechenden Lärm geschehen sein«.

Er sah zu Adam herüber. »Finden Sie ein Telefon und schicken Sie sofort eine Einheit in die Cross-Street. Wir durchsuchen die Wohnung der Wards. Ich fahre sofort los und vernehme Jaspar, denn wir haben keine Zeit zu verlieren. Sie kommen dann mit einem Taxi nach«.

Der Professor schob das Telefon herüber. »Hier bitte, dann kann sich Ihr Kollege das Taxi sparen«.

»Oh natürlich«, sagte Vincent zerstreut. »Sehr freundlich von Ihnen«. Schnell hob er den schweren Hörer von der Gabel und wählte ein Amt, dass ihn sofort mit der Police-Station verband. Als er wieder aufgelegt hatte, sagte er an den Professor gewandt: »Vielen Dank, jetzt haben wir endlich eine Spur«.

Eilig machten sich die Polizisten auf den Weg.

Professor Palmer lehnte sich indessen in seinen Stuhl zurück und sog genüsslich an seiner Zigarre.

Als Vincent Powel und Adam Mitchell in der Cross-Street ankamen, trafen auch vier Polizisten ein. Sofort wurde erneut alles abgeriegelt und sie eilten die Treppe nach oben. Vincent trommelte energisch gegen die Wohnungstür, doch niemand öffnete.

»Was machen wir jetzt«? fragte Adam. »Es scheint niemand da zu sein«.

»Und unten in der Werkstatt«?

»Da hockt nur der Lehrling und repariert eine Vitrine«, antwortete ein Polizist. »Sonst haben wir niemanden gesehen«.

»Haben Sie ihn gefragt, wo Jaspar Ward sein könnte«?

»Er sagte, dass er heute Morgen aufgeschlossen hat und irgendwann wiederkommen würde. Mehr wüsste er nicht«.

Vincent überlegte einen Moment. Dann rief er: »Sergeant Mitchell, treten Sie die Tür ein«.

»Ich«? fragte der.

»Das ist ein Befehl. Na los, machen Sie schon«.

»Wie Sie meinen«, antwortete Adam, trat einen Schritt zurück und kickte mit seinem schweren Schuh gegen die mit geschliffenem Glas verzierte Tür.

Klirrend gab sie nach.

»Na also«, sagte Vincent und drehte sich zu den anderen Polizisten um. »Wir suchen nach der Tatwaffe. Es handelt sich hierbei um ein Messer mit einem sogenannten Wellenschliff. Wir suchen zuerst in der Küche, aber es könnte auch woanders versteckt worden sein«.

Schnell verteilten sich die Polizisten in der geräumigen Wohnung. Nach zwei Stunden standen alle zusammen.

»Nichts«, sagte einer. »In der Küche haben wir nur ein paar alte abgewetzte Messer gefunden, mit denen man nicht einmal eine Tomate durchschneiden kann und im Wohnzimmer lag in einer Kommode ein Silberbesteck, dass mit Sicherheit nicht für einen Mord verwendet worden ist«.

Vincent Powel drehte sich wortlos um und eilte herunter in die Werkstatt. Dort saß Ronald und leimte gerade ein abgebrochenes Holz an eine Vitrine. »Hast Du hier mal irgendwo ein scharfes Messer gesehen«? fragte er, ohne ihn zu begrüßen.

»So etwas haben wir hier nicht. Sehen Sie selbst«.
Er zeigte auf einen Wandschrank, in dem aufgereiht kleine Präzisionswerkzeuge lagen, angefangen bei winzigen Schraubenziehern, Pinzetten, bis hin zu Uhrenschlüsseln und Gehäuseöffnern.

Ungehalten drehte sich Vincent um und lief zurück zur Tür. Da hörte er Ronald sagen: »Es gibt auch einen Keller, aber da war ich selbst noch nie«.

Überrascht drehte sich Vincent wieder zu ihm um. »Weißt Du wo der Schlüssel ist«?

»Ja. Er hängt direkt neben Ihnen an der Tür«.
»Danke Junge«, rief Vincent und griff danach.

Auch Adam war inzwischen da. »Kommen Sie schnell mit. Wir durchsuchen jetzt den Keller.

Enttäuscht kamen Sie schließlich wieder nach oben, denn außer Spinnweben, die sich um rostige Blumenkübel und Gartenwerkzeug rankten, hatten sie auch da nichts gefunden«.

»Ich könnte mich selbst in den Hintern beißen«, sagte Vincent enttäuscht. »Natürlich hätte Jaspar Ward alle Zeit der Welt gehabt, dieses vermaledeite Messer wegzuschaffen und irgendwo, wo es keiner mehr findet, zu verstecken«.

»Glauben Sie wirklich, dass er seine Frau umgebracht hat? Noch dazu auf diese schreckliche Art«?

»Was ist denn hier los«? fragte plötzlich jemand aufgebracht.

»Wir haben Ihre Wohnung durchsucht Mr. Ward«, entgegnete Vincent. Er versuchte, dabei so gelassen wie möglich zu wirken.

»Meine Wohnung? Was gibt es denn für einen Grund«?

»Wie Sie wissen, sind wir auf der Suche nach dem Mörder Ihrer Frau«.

Jasper wurde blass. »Ach und da verdächtigen Sie wohl mich«?

»Es wäre schließlich nicht das erste Mal, dass ein Ehemann seine Ehefrau umgebracht hat, aus welchem Grund auch immer«.

Jasper schlug die Hände über dem Kopf zusammen und rang nach Luft. »Ich fasse es nicht. Sie unterstellen mir tatsächlich, dass ich meiner Abygail so etwas angetan habe. Wie kommen Sie denn darauf«?

»Mr. Ward«, begann Vincent Powel. »Können Sie mir erklären, warum Sie während des Überfalls nichts gehört haben. Keinen Mucks, keinen Schrei Ihrer Frau, keine umkippenden Vitrinen, einfach nichts«.

»Ich denke ich kann Ihnen das erklären. Meine Frau hatte seit vielen Jahren Schlafstörungen. Oft wanderte sie dann in der Nacht durch das Haus und die Werkstatt und begann Kuchen zu backen, zu kochen, oder zu putzen. Anfangs wurde auch ich davon wach und so gewöhnte ich mir vor dem Zubettgehen an, Ohrstöpsel zu benutzen«.

»So auch in dieser Nacht«?

»Immer«.

»Und Ihre Tochter Madeleine«?

»Madeleine hat Ihr Zimmer, wie Sie ja wissen, unter dem Dach. Außerdem hat sie einen tiefen Schlaf. Sie hat, so glaube ich, nie etwas von Abygails nächtlichen Aktionen mitbekommen, aber fragen Sie sie doch einfach selbst. Sie kommt mittags aus der Schule«.

»Das werden wir tun«.

»Verschwenden Sie doch nicht Ihre Zeit Chief-Inspector«, sagte Jaspar verächtlich. »Suchen Sie lieber den wahren Mörder meiner Frau, denn der läuft hier irgendwo noch frei herum. Und jetzt entschuldigen Sie mich, ich habe zu tun«.

»Einen Moment noch Mr. Ward«, sagte Vincent. »Wo kommen Sie gerade her«?

»Ich habe einige Besorgungen auf dem Markt gemacht. Etwas Gemüse und Kartoffeln habe ich ergattert. Das hat bisher meine Frau gemacht, jetzt muss ich mich auch darum kümmern«.

»Darf ich mal sehen«? fragte Vincent.

»Natürlich, tun Sie sich keinen Zwang an, meine Einkäufe stehen auf der Rückbank meines Wagens«.

Adam öffnete jedoch als erstes den Kofferraum des klapprigen Ford und sah erschrocken zu Vincent Powel herüber. »Was haben Sie denn«? fragte der. »Sie schauen so, als ob Sie eine Leiche entdeckt hätten«.

»Sehen Sie selbst«.

Vincent ging langsam um das Auto herum und blickte vorsichtig hinein. Darin lag ein am Hals blutüberströmtes Reh. »Wilderei Mr. Ward«, sagte er scharf. »Sie wissen, dass das verboten ist, sofern Sie nicht die Erlaubnis eines Pächters haben. So etwas wird mit Gefängnis bestraft. Haben Sie schon einmal darüber nachgedacht, dass in diesem Fall Ihre minderjährige Tochter in ein Waisenhaus gebracht werden könnte«?

Jaspar stotterte: »Bitte nicht. Madeleine ist doch alles was ich habe und …«.

»Das sollten Sie sich vorher überlegen«.

»Sie hat aber am Sonntag Geburtstag«, flehte Jaspar. »Und ich wollte sie mit einem Festessen überraschen, um sie ein bisschen von ihren trüben Gedanken abzulenken. Ich weiß nicht, wie ich sie sonst noch trösten soll, dass ihre Mutter nicht mehr da ist«.

»Können Sie selbst so einen Braten machen«? fragte Adam erstaunt. »Also bei mir zu Hause ….«. Er stockte einen Moment. »Also bei mir zu Hause kocht ausschließlich meine Frau«.

»Nein«, antwortete Jaspar. »Ich wollte den Butler eine langjährigen Freundin meiner Frau bitten, das zu tun«.

»Wie heißt denn diese Freundin«?
»Thea O'Kelly«.

Vincent Powel wurde hellhörig. »Etwa die O'Kellys, die neulich mit der Mutter Ihres Lehrlings hier im Geschäft waren«?

Jaspar schüttelte den Kopf. »Nein, ich meine Thea und Samuel O'Kelly, denen die Näherei in der Stadt gehört. Unsere Frauen waren schon als kleine Mädchen miteinander befreundet«.

»Arbeitet nicht die Mutter von Ronald Lombard, Ihrem Lehrling auch dort«?

»Danach habe ich ihn nie gefragt und wenn, spielt es für mich keine Rolle«.

Vincent grübelte: ›Irgendetwas ist seltsam. Jaspar hat auf jede Frage eine schlüssige Antwort, aber es ist dennoch ein seltsamer Kreis, der sich langsam zu schließen scheint. Hier hat irgendwie jeder mit jedem etwas zu tun‹.

Adam betrachtete immer noch den Rehbock. »Wie haben Sie denn dieses Tier erlegt«?

Jaspar schluckte. »Mit einem Tellereisen habe ich es gefangen«.

»Dann müssten Sie ja auch ein entsprechendes Messer bei sich haben, denn mit bloßen Händen werden Sie es nicht getötet haben«.

Jaspar griff in eine Seitentasche seiner Kordhose und hielt Vincent eine lederne Messerscheide hin. »Hier bitte«.

Der nahm sie und zog ein blitzendes Messer heraus. Als er die Klinge sah, erstarrte er und dachte: ›Ein Wellenschliff wie aus dem Bilderbuch‹. Laut sagte er:

»Das Messer ist beschlagnahmt und Sie kommen mit auf die Police-Station«.

»Ich höre wohl nicht richtig«, sagte Jaspar erbost. »Warum denn? Etwa, weil ich das Reh abgestochen habe«?

Zwei Polizisten waren inzwischen herbeigeeilt, legten ihm Handschellen an und schoben ihn zu einem Polizeiwagen. Der stöhnte: »Bitte Chief-Inspector, tun Sie das mir und meiner Tochter nicht an«.

Der drehte sich wortlos um, verschränkte seine Hände hinter dem Rücken und ging zum Eingang der Werkstatt. Schließlich musste er jetzt Ronald Lombard mitteilen, dass sein Boss, zumindest für die nächsten Stunden, nicht zurückkehren würde.

Ronald hatte durch das Fenster die Szene beobachtet und sah erschrocken die Kommissare an, als sie die Werkstatt betraten. »Warum nehmen Sie Mr. Ward mit«? fragte er zögernd.

»Wir haben einiges mit ihm zu besprechen, dass Dich nichts angeht. Doch ich habe jetzt noch ein paar Fragen an Dich«.

»An mich? Wie könnte ich Ihnen denn helfen«.

»Wir werden sehen«, antwortete Vincent und rieb sich grübelnd das Kinn. »Beginnen wir mal so: Deine Mutter war mit der Familie, die Euren Hof kauft, doch hier in der Werkstatt«.

»Ja, sie waren hier, aber die O'Kellys haben draußen gewartet. Sie waren nicht hier drin«.

»Erzähle bitte mal, woher Deine Mutter diese Familie kannte«.

»Mum hat in der Näherei begonnen zu arbeiten und soweit ich weiß, ist Mr. O'Kelly der Bruder ihres Bosses und an unserem Hof interessiert. Aber warum fragen Sie mich das«?

»Ich warne Dich hiermit zum letzten Mal. Wenn ich Dich im Rahmen einer Ermittlung etwas frage, hast Du das zu beantworten«, polterte Vincent. »Und niemand gibt Dir das Recht einem Chief-Inspector von Scotland Yard irgendwelche Gegenfragen zu stellen. Hast Du das jetzt endgültig verstanden«? Vincent drehte sich jetzt zur Seite und hielt eine Hand an sein Ohr. Sarkastisch fragte er: »Ich höre«?

Ronald lief rot an. »Ja Sir«.

Vincent verschränkte seine Arme zufrieden auf dem Rücken und sagte grinsend: »Na also, da ist ja doch noch ein Funken Anstand vorhanden, ich hatte fast schon die Hoffnung verloren«.

Auf Adam Mitchells Stirn bildete sich eine steile Falte. Es gefiel ihm überhaupt nicht, wie sein Vorgesetzter seine Stellung gegenüber einem wehrlosen Lehrling ausnutzte und stellte sich vor, dass irgendein Boss mal so mit seiner Tochter Grace umspringen könnte.

Beschwichtigend fragte er: »Was wirst Du tun, falls Mr. Ward länger bei uns bleiben muss«?

Ronald überlegte kurz: »Ich weiß es nicht Sir. Noch bin ich damit beschäftigt, alles einzurichten, wie es vor dem Überfall war und außerdem habe ich noch kleine Auftragsreparaturen zu machen, die mir Mr. Ward aufgetragen hat. Danach hoffe ich, dass er wieder da ist«.

Adam Mitchell nickte ihm freundlich zu. »Gut mein Junge. Ich komme morgen mal vorbei, um nach Dir und der Tochter von Mr. Ward zu sehen und …«.

»Sind Sie fertig Sergeant Mitchell«? warf Vincent ein. Er hatte gemerkt, dass sein scharfer Ton gegenüber Ronald völlig unnötig war, doch das konnte er natürlich nicht zugeben.

Hastig verließ er die Werkstatt und ging zum Auto. Adam eilte hinter ihm her und setzte sich wortlos auf den Beifahrersitz.

Schweigend fuhren sie los.

***

Ronald war auf dem Weg nach Hause. Müde und hungrig starrte er aus dem verschmutzten Fenster des Busses, der auf dem holprigen Kopfsteinpflaster hin und herschaukelte.

Er machte sich inzwischen große Sorgen, denn sein Boss war auch am Nachmittag nicht mehr ins Geschäft zurückgekehrt. ›Ob er tatsächlich mit Mrs. Wards Tod etwas zu tun hat‹? überlegte er.

Vorstellen konnte er sich allerdings nicht, dass der jemanden umbringen könnte und schon gar nicht seine Frau. ›Nur was sollten heute die Fragen von diesem Chief-Inspector über die O'Kellys, nur weil die einmal vor dem Schaufenster gestanden waren? Dann müsste man ja jeden verdächtigen, der irgendwann mal dort vorbeigegangen ist‹.

Er lehnte sich zurück und dachte wütend: ›Dieser elende Fiesling soll doch zur Hölle fahren. Da weiß er nicht weiter und lässt es an mir aus. Wahrscheinlich war und ist er immer noch sauer auf mich, weil ich ihm wegen Angus die Meinung gesagt hatte und nutzt jetzt jede Gelegenheit, mich fertigzumachen, wenn er mich trifft‹.

Doch nun dachte er auch an Madeleine, die kurz vor Feierabend noch in die Werkstatt kam und ihm nicht von der Seite gewichen war, bis er seinen Rucksack zugeschnürt und gesagt hatte, dass er losmüsse.

Ganz wohl war ihm nicht dabei, dass er sie so allein zurückgelassen hatte, nein. Ihn plagte inzwischen das Gewissen, wenn er daran dachte, dass sie jetzt allein heulend in der Wohnung sitzt und nicht weiß, wo ihr Vater ist.

Schnell versuchte er diese Gedanken abzuschütteln. »Unsinn«, murmelte er. »Sicher hat Mr. Ward die Fragen der Polizei beantwortet und ist längst wieder daheim«.

Er schloss die Augen und schlief ein, bis er plötzlich unsanft geweckt wurde. Der Busfahrer, der ihn von den täglichen Fahrten in die Stadt kannte, stand neben ihm und rüttelte ihn an der Schulter. »Du musst aussteigen, sonst nehme ich Dich mit ins Depot und gehst dann zu Fuß nach Hause«.

»Danke Sir«, sagte Ronald sichtlich benommen und warf sich den Rucksack über die Schulter. Schnell kletterte er aus dem Bus und machte sich auf den Weg zum Hof.

Betsy erwartete ihn bereits. Während sie die Gemüsesuppe verteilte, sagte sie: »Stell Dir vor, am Wochenende ziehen wir um«.

Ronald sah sie erstaunt an: »Wirklich? Hast Du denn schon einen Vertrag mit den O'Kellys«? Insgeheim hatte er ja gehofft, dort dabei sein zu können und vielleicht sogar Samantha wiederzusehen.

»Ja«, antwortete sie stolz. »Der Vertrag ist unter Dach und Fach und die O'Kellys ziehen hier am Wochenende ein. Morgen ist schon Mittwoch, wir müssen uns also mit dem Packen beeilen. Ich hoffe, Du hilfst mir«.

»Und wie schaffen wir unsere Sachen in das Haus«? »Auch dafür habe ich inzwischen eine Lösung«, antwortete sie strahlend. »Eine Kollegin von mir, ihr Name ist Tracy, hilft uns. Ihr Mann arbeitet in einem Kohlehandel und bringt am Freitag unsere Möbel und die Kisten mit einem Pritschenwagen in die Cornet-Street«.

»So etwas bekommt man doch nicht umsonst«, sagte Ronald zweifelnd. »Wo ist der Haken«?

»Es gibt keinen Haken. Tracy möchte lediglich etwas Obst und Gemüse für ihre Familie als Gegenleistung haben. Getrocknete Pflaumen und Rosinen sind in der Kammer und im Stall habe ich eine mit Sand befüllte Kiste, in der die Karotten lagern. Die werde ich ihr geben«.

»Hauptsache, wir verhungern dann nicht, wenn wir in der Stadt wohnen«, entgegnete Ronald, während er seinen Teller leerlöffelte.

»Ich habe wie jedes andere Jahr auch, Tomaten- und Gurkensamen aufbewahrt. Im Frühjahr graben wir den Garten hinter dem Haus um und ziehen uns selbst Pflanzen. Ich hoffe nur, dass wir genügend Wasser haben«. Sie sah ihn an. »Und wie war es heute im Geschäft«?

Ronald schob den Teller beiseite. »Die Polizei war wieder da und hat die Wohnung der Wards durchsucht«.

»Wieso denn das«?

»Dieser Chief-Inspector meint anscheinend, das Mr. Ward etwas mit dem Tod seiner Frau zu tun hat«. Grübelnd schüttelte er den Kopf. »Nur daran glaube ich nicht. Und dann haben sie mich noch einmal wegen den O'Kellys befragt, woher Du sie kennst, ob sie auch im Laden waren und so weiter und so weiter«.

»Woher ich diese Familie kenne«? rief Betsy empört. »Das habe ich denen doch erklärt«.

»Mir brauchst Du das nicht zu sagen. Ich denke einfach, dieser Typ ist wie bei Angus, wieder einmal auf dem Holzweg und da beschuldigt er eben aufs Neue die falschen Personen«.

»Und Du warst ganz allein im Geschäft? Geht denn das«?

»Noch haben wir geschlossen, weil die Möbel erst aufgebaut und die Auslagen im Schaufenster erneuert werden müssen. Aber am Montag will Mr. Ward wieder aufmachen und ich hoffe, dass er morgen wieder da ist«.

»Wonach haben die Polizisten denn gesucht«?

»Ich glaube nach einem Messer, aber ob sie es gefunden haben weiß ich allerdings nicht«.

»Und was ist mit der Tochter von Mr. Ward«?

»Keine Ahnung«, sagte Ronald leise. »Entweder ist er wieder bei ihr, oder sie ist eben allein zu Hause«.

»Na sag mal Ronald«, rief Betsy entrüstet. »Du überlässt das Mädchen einfach ihrem Schicksal«?

»Was hätte ich denn tun sollen? Etwa sie mit hierherbringen«?

»Zum Beispiel«, entgegnete Betsy. »Natürlich hätten wir sie hier für eine Nacht aufgenommen«.

»Kommt nicht in Frage«, brauste Ronald auf. »Die bildet sich doch glatt etwas darauf ein und erzählt morgen in der Schule, dass ich ihr Freund bin«. Ungehalten stand er auf. »Jetzt muss ich mich auch noch wegen dieser …«.

Er stockte und sprach das Wort nicht aus. Stattdessen sagte er: »Bestimmt ist Mr. Ward längst wieder zu Hause und wir haben uns umsonst gestritten«.

Ungehalten warf er die Tür zu und ließ Betsy ratlos zurück. Die sah auf die Uhr. ›Es ist schon nach sieben. Eigentlich müsste ich bald zu Bett gehen, aber wenn ich jetzt nicht beginne, unsere Habseligkeiten zu packen, stehen die O'Kellys am Samstag vor der Tür und ich bin nicht bereit‹.

Sie begann, das Geschirr abzuwaschen und den Rest aus den Schränken zu räumen. Über sich selbst erstaunt, kam sie besser voran, als gedacht. Immer wieder eilte sie mit Gläsern, Tellern und Besteck in den Korridor.

Schließlich sah sie auf das Küchenbord, auf dem der Schmalztopf stand, in dem sie ihre dunklen Geheimnisse aufbewahrte.

›Was soll ich bloss mit den Briefen machen‹? dachte sie bekümmert. ›Wo soll ich sie in Zukunft bloss aufbewahren? Am besten, ich verbrenne gleich alles, dann kann niemand mehr etwas herausfinden‹.

Schnell holte sie die Briefe aus dem Topf, öffnete die Ofentür und warf alles hinein. Während sie den züngelnden Flammen zusah, die das Papier regelrecht zu verschlingen schienen, flüsterte sie: »Ich habe es geschafft. Ein neuer Lebensabschnitt kann beginnen«.

***

Die Polizisten saßen noch spät am Abend im Büro.

Ungeduldig trommelte Vincent Powel mit den Fingern auf die Tischplatte, denn für ihn war der Fall bereits klar. Jaspar Ward musste seine eigene Frau umgebracht haben, denn der Abgleich des Messers mit den Wunden des Opfers hatte ergeben, dass es durchaus für die Tat infrage kam.

Stundenlang hatten sie ihn verhört und versucht, ihn zu einem Geständnis zu drängen. Doch der schüttelte vehement den Kopf und wehrte sich gegen die Anschuldigungen nach Kräften.

Als schließlich sein Anwalt eintraf, der gegen die Behandlung seines Mandanten protestierte und erklärte, dass es wahrscheinlich tausende Messer mit einem solchen Schliff gäbe und die Polizei sonst keine Beweise vorlegen konnte, mussten sie Jaspar wohl oder übel gehen lassen.

»Schade, dass er das Messer bei seiner Wilderei benutzt hat«, murrte Vincent. »Ich bin sicher, dass Professor Palmer anderenfalls daran menschliches Blut festgestellt hätte«.

»Wir denken zu geradlinig«, antwortete Adam.
»Wie meinen Sie das«?
»Naja«, seufzte der. »Es ist doch einfach den Ehemann zu verdächtigen, rein zufällig ein Messer, wie gesucht zu finden und anschließend ein Geständnis zu bekommen«. Er rieb sich die Augen. »Wenn ich der Täter wäre, würde ich das Messer auf Nimmerwiedersehen verschwinden lassen. Jaspar Ward ist doch nicht so dumm, es weiter bei sich zu tragen, wenn er damit einen Mord begangen hätte«.

»Wollen Sie etwa behaupten, dass *ich* so dumm war, es zu glauben«? zischte Vincent beleidigt und stand auf.

Adam sah ihn einen Moment lang an. »Entschuldigen Sie Sir, daran habe ich mit keiner Silbe gedacht. Nur wenn wir diesen Fall lösen wollen, dürfen wir es uns nicht so leicht machen. Natürlich wäre es schön gewesen, wenn Jaspar gestanden hätte und wir den Fall zu den Akten legen könnten, aber leider hat der Anwalt recht. Diese Messer gibt es zu Hauf und auch mit diesem Wellenabstand«.

»Und wenn er es trotzdem war«?

»Dann müssen wir weitere Beweise finden, die wir im Moment nicht haben«. Fröstelnd zog er sich seine Jacke über, denn um diese Zeit war der Ölofen nicht mehr in Betrieb. »Abgesehen davon muss ich gestehen …«. Er zögerte.

»Was müssen Sie gestehen«?

»Ich bin froh, dass er zu seiner Tochter heimgehen konnte. Stellen Sie sich mal vor, dem Mädchen passiert etwas in dieser Nacht. Ich würde mir das nie verzeihen«.

»Meinen Sie etwa, *ich* will, dass ihr etwas geschieht«? Wieder betonte er sich selbst.

Adam schüttelte den Kopf. »Bitte nehmen Sie doch nicht alles persönlich, was ich sage. Ich bin doch der Letzte, der Sie kritisieren oder kompromittieren will. Ganz im Gegenteil, aber Sie müssen schon akzeptieren, dass ich mir um dieses Mädchen Sorgen mache. Schließlich habe ich auch eine Tochter«.

Vincent ließ sich wieder auf den Stuhl fallen, vergrub die Hände im Gesicht und murmelte: »Und Sie müssen verstehen, dass ich schnell liefern muss, denn ich lasse nicht zu, dass ein Verrückter hier in Manchester Frauen umbringt«.

»Wieso sind Sie sich so sicher, dass es ein Mann ist«?

»Wollen Sie etwa behaupten, eine Frau wäre ebenso dazu fähig«?

»Ich bin nicht sicher Sir«, antwortete Adam, während er die Schreibmaschine zudeckte. »Aber ausschließen würde ich das nicht, denn Abygail Ward war eine kleine zierliche Person«.

Er sah auf die Uhr. »Ist schon fast zehn Uhr. Sollten wir nicht langsam gehen«?

»Ja natürlich«, murmelte Vincent nachdenklich.

Im Grunde war ihm klar, dass Adam recht haben könnte, aber ihn ärgerte natürlich, dass er nicht selbst auf die Idee gekommen war, dass auch eine Frau zu so einer Tat fähig sein könnte.

Er erinnerte sich noch gut an seinen Aufenthalt während des Krieges in einem Lazarett, in dem er wegen einer Schusswunde behandelt worden war. Oft hatte er das Durchhaltevermögen und die Kraft der Schwestern bewundert, die tagein-tagaus Verbände wechselten, bei Operationen halfen und schwere Kübel schleppten.

»Dann lassen Sie uns nach Hause fahren«, sagte er versöhnlich. »Das Pokerzimmer räumen wir aber erst am Wochenende um. Heute ist es zu spät«.

Adam nickte. »Ja natürlich Sir. Kein Problem«.

In dieser Nacht wälzte er sich schlaflos auf der Couch im Wohnzimmer hin und her. Eine alte Kaminuhr tickte unbarmherzig vor sich hin und gab jede Stunde einen lauten Gong von sich. Er dachte jetzt wieder an Emely, die wahrscheinlich die Nacht mit diesem Godfrey verbrachte. Sein Herz schlug ihm bis zum Hals, als er sich vorstellte, dass sie ihn liebevoll umarmen und küssen würde.

Er setzte sich auf und stützte seinen Kopf in die Hände. »Nein«, flüsterte er. »Das halte ich nicht aus. Morgen stelle ich sie zur Rede, denn ich kann nicht glauben, dass sie ihn mehr liebt als mich«.

Da hörte er plötzlich ein Geräusch, dass aus dem Flur zu kommen schien. Auf Zehenspitzen ging er zur Tür und öffnete sie leise. Durch den Spalt erkannte er Vincent.

Knarrend gab die Tür nach. »Haben Sie mich erschreckt Sir«, sagte Adam leise. »Ich dachte ein Einbrecher schleicht durch Ihr Haus«.

»Ich kann nicht schlafen«, entgegnete der murrend. »Wollen Sie auch einen Whisky«?

»Ja, warum nicht«.

Vincent zündete eine kleine Öllampe auf dem Küchentisch an, holte Gläser aus dem Schrank und entkorkte eine bauchige Flasche. Dann setzte er sich auf die Eckbank. »Mir geht etwas nicht aus dem Kopf«, begann er. »Sie sagten, dass wir zu geradlinig denken würden. Ich habe vorhin an meinen Vater gedacht, der als junger Kerl hin und wieder Bergsteigen war. Er hatte mal zu mir gesagt: ›Wenn Du siegen willst sei klug, sieh Dich um und nimm ruhig mal einen Umweg‹.

Er trank einen kräftigen Schluck und sah zu Adam herüber. »Nur welchen Umweg sollen wir denn nehmen, um sprichwörtlich auf den Gipfel zu gelangen, oder anders gesagt, den Mörder zu fassen«?

Grübelnd starrte Adam auf die flackernde Lampe. »Jaspar Ward hat doch ausgesagt, dass er sowohl heute als auch am Tag davor, in diesem Waldstück war. Das heißt einen Tag nach der Ermordung seiner Frau. Er sagte, dass er diese Tierfallen kontrolliert hat. Und jetzt frage ich Sie: Würden Sie einen Tag nach der Ermordung Ihrer Frau auf die Idee kommen ein Reh zu fangen«?

»Ich bin zwar noch nie verheiratet gewesen, aber ich denke nein. Wahrscheinlich wüsste ich nicht, wo mir der Kopf steht«.

»Würde mir genauso gehen«, entgegnete Adam und trank jetzt auch in einem Ruck sein Glas leer.

»So, dann denken wir mal erneut nach«, antwortete Vincent schnell und lehnte sich nach vorn. »Sie sagten weiterhin, dass auch eine Frau in der Lage wäre, einen solchen Mord zu begehen. Ich stelle jetzt die These auf, dass auch ein Komplize die arme Mrs. Ward umgebracht haben könnte. Wie wäre es, wenn Mr. Ward aus irgendeinem Grund seine Frau loswerden wollte und jemand mit ihrer Beseitigung beauftragt hat«.

»Und warum sollte er das tun«?

»Dafür kann es viele Gründe geben, zum Beispiel eine andere Frau, oder Geld, oder ...«

»Um nichts in der Welt würde ich Emely umbringen«, unterbrach ihn Adam.

»Sie vielleicht nicht, aber Morde sind schon aus wesentlich banaleren Gründen verübt worden«.

Er lehnte sich nachdenklich wieder zurück. »Seltsam, den gleichen Satz habe ich damals Angus Hunt gesagt. Sie wissen schon, der Mörder des Direktors von diesem Lehrling Robert Lombard«.

»Der Junge tat mir heute leid Sir«, warf Adam ein. »Es war nicht notwendig, ihn so zu maßregeln«.

»Vielleicht habe ich den Bogen etwas überspannt«, entgegnete Vincent unbehaglich. »Ich bin es eben nicht gewohnt, statt einer Antwort, selbst Fragen gestellt zu bekommen. Und schon gar nicht von so einem jungen Burschen«.

»Na gut Sir, dann reden wir jetzt mal über diesen imaginären Komplizen. Wer sollte das denn sein«?

»Ich weiß es im Moment nicht. Wir sehen uns den ganzen Familien- und Freundeskreis der Wards an. Und natürlich die gesamte Kundschaft. Jaspar Ward hat ja auch gebrauchte Uhren angekauft. Lassen Sie ihn eine ausführliche Liste erstellen«.

»Mach ich Sir«, antwortete Adam. »Hoffentlich finden wir trotzdem Zeit, etwas über diesen Godfrey herauszubekommen. Es macht mich rasend, wenn ich nur an ihn denke«.

»Versuchen Sie die Nerven zu bewahren. Ich glaube Ihnen ja, dass sich die meisten Gedanken bei Ihnen darum drehen, aber Ungeduld und Hass waren schon immer schlechte Ratgeber«.

»Leichter gesagt als getan«, seufzte Adam.

Vincent stand auf. »Ich versuche jetzt ein wenig zu schlafen und Sie sollten das Gleiche tun. Wir haben morgen eine Menge zu tun«.

Kurz nach ihrer Ankunft im Büro musste Vincent plötzlich beim Polizeipräsidenten erscheinen, der unerwartet seinen Rücktritt erklärt hatte. Warum wusste er nicht und so saß Adam allein im Büro. Er hatte sich nochmals das Vernehmungsprotokoll durchgelesen und wurde stutzig. Schnell lief er zu einer Landkarte, die detailliert die gesamte Region um die Stadt Manchester zeigte. Schließlich fand er die Stelle, die Jaspar Ward beschrieben hatte, an der er das Reh in seinen Ford verladen haben wollte. Seiner Meinung nach konnte das nicht stimmen, denn er kannte die Gegend gut, wo er manchmal mit Emelys Sohn Aldwyn gewandert war, um an einem kleinen See zu fischen.

Er steckte sich den Bleistift hinter sein Ohr und betrachtete erneut grübelnd die Karte.

›In dieser Gegend, die jetzt ein Nationalpark ist, dürfen doch Rehe seit zwei Jahren überhaupt nicht mehr gejagt werden‹, fiel ihm ein. ›Es gibt zwar einen einfachen Aufstieg zum ›Thorpe Cloud‹, aber dem Fußweg kann man an bestimmten Punkten nur schwer folgen. Jaspar hätte das Tier einige Kilometer tragen müssen und das traue ich ihm nicht zu. Nur selbst, wenn er tatsächlich dort eins erlegt hat, hat das überhaupt etwas mit unserem Fall zu tun? Oder er war vielleicht zu dieser Zeit ganz woanders und nicht dort? Oder hat ihm jemand dabei geholfen, nur dabei könnte er in einer Ortschaft beobachtet worden sein‹.

Die Gedanken schwirrten nur so durch seinen Kopf. Er sah auf die Uhr. Es war kurz vor zwölf und Vincent Powel immer noch nicht zurück. Er hatte ja Ronald Lombard versprochen, nach ihm zu sehen.

›Ein guter Vorwand, Jaspar Ward nochmals zu befragen‹, dachte er, als er sich auf den Weg machte. ›Und es ist besser, wenn ich ihn vorerst nicht mit meinem Verdacht über die unwegsame Gegend konfrontiere und erst einmal mit Chief-Inspector Powel darüber rede‹.

Kurz darauf betrat er das Geschäft. Die Glocke über der Tür schellte und Jaspar, der gerade Ronald über den Tisch gebeugt etwas erklärte, fuhr herum.

»Was wollen Sie denn schon wieder«, fuhr er ihn an. »Ich sage sowieso nichts mehr ohne meinen Anwalt. Und falls Sie jetzt nichts kaufen wollen, bitte ich Sie höflichst zu gehen«.

Adam klemmte sich seine Dienstmütze unter den Arm und sagte freundlich: »Guten Tag Mr. Ward«. Dann nickte er auch Ronald zu. »Hallo, wie geht es Dir? Ich hatte ja gestern versprochen, nach Dir zu sehen. Ist alles in Ordnung«?

Der nickte. »Ja, danke der Nachfrage«.

»Sind Sie etwa nur deshalb hierhergekommen«? murrte Jaspar.

»Nein Mr. Ward«, entgegnete Adam ruhig. »Ich habe Sie aufzufordern, eine Liste Ihrer Stammkundschaft und den Namen aller An- und Verkäufern von Uhren der letzten zwei Jahre zur Verfügung zu stellen. Des Weiteren wollen wir wissen, wer zu Ihrer Verwandtschaft gehört und mit wem Sie und Ihre Frau in der letzten Zeit verkehrt haben. Das wäre vorläufig alles«.

Jaspar rang nach Luft. »Sie haben es sich wohl zur Aufgabe gemacht, das Leben meiner gesamten Familie zu durchleuchten, was«? rief er schwer atmend.

»Mr. Ward«, entgegnete Adam. »Wir suchen den Mörder Ihrer Frau und wenn Sie es nicht waren, muss es jemand anderes gewesen sein. Diese Person müssen wir finden und das wollen Sie doch auch, oder«?

»Ja natürlich«, antwortete Jaspar mürrisch. »Ja, das will ich natürlich auch. Sie erhalten in Kürze die Unterlagen über meinen Anwalt. Ich lasse mich nicht noch einmal von Ihrem unverschämten Detective Chief-Inspector ins Kreuzverhör nehmen«.

»Mein Boss tut auch nur seine Pflicht«, antwortete Adam schnell. »Nichts für ungut«.

»Nichts für ungut«, wiederholte Jaspar seine Worte hämisch. »Wenn der könnte, würde ich jetzt in einer Zelle schmoren, meine Madeleine wäre hier allein auf sich gestellt und Ronald müsste seine Lehre abbrechen«.

»Spielen Sie nicht den Samariter«, rief Adam scharf. »Sie wissen ganz genau, dass Sie zumindest mit Ihre Wilderei das Gesetz gebrochen haben. Was machen Sie denn, wenn wir das zur Anzeige bringen? Und wenn Sie dafür bestraft würden, können Sie weder Chief-Inspector Powel noch mir einen Vorwurf machen«.

Jaspar erstarrte. »Tun Sie das nicht, ich bitte Sie«.

»Nicht meine Entscheidung«, entgegnete Adam kühl. »Vielleicht besprechen Sie das besser auch mit Ihrem Anwalt. Ich werde jetzt Chief-Inspector Powel unterrichten«. Er nickte ihm zu. »Guten Tag Mr. Ward«.

Schnell drehte er sich auf dem Absatz um und verließ das Geschäft. Als er wieder an der Police-Station ankam, wartete Vincent bereits ungeduldig auf ihn. »Wo waren Sie denn«?

»Bei Jaspar Ward. Ich habe ihm seine Hausaufgaben bezüglich der Liste über Familie und Kundschaft mitgeteilt und nach dem Jungen gesehen«.

»Wie hat er denn reagiert«?

»Anfangs wollte mir Mr. Ward über den Mund fahren und hat mit seinem Anwalt gedroht, aber den Zahn habe ich ihm sofort wegen seiner Wilderei gezogen. Jetzt lässt er uns über ihn eine entsprechende Liste zukommen«.

»Und der Lehrling«?

»Ronald war bei ihm und hat mit ihm gearbeitet. Ehrlich gesagt hoffe ich nicht, dass Mr. Ward der Täter ist, denn dann würde der Junge gewissermaßen mit über die Klinge springen«.

»Darauf könnten wir leider keine Rücksicht nehmen, wenn es so wäre«. Vincent lockerte seine Krawatte und nippte an einer Tasse Tee. »Haben Sie sonst noch etwas herausgefunden«?

»Vielleicht«, antwortete Adam und lief zur Karte. Dann erklärte er ihm seine Erkenntnisse über das Gebiet im Peak District Nationalpark. Zum Schluss sagte er:

»Ich frage mich wirklich, ob Jaspar Ward uns wirklich für so dumm hält, oder ob vielleicht noch etwas anderes dahintersteckt«.

»Meinen Sie, wir finden die genaue Stelle, wo er das Tier gefangen haben will?«

»Ich kenne mich dort relativ gut aus«, antwortete Adam. »Und mit ein bisschen Glück werden wir fündig«.

Vincent sah ihn grübelnd an. »Also gut, morgen früh machen wir uns auf den Weg«.

»Wie war es denn im Polizeipräsidium«?

»Chief-Constable Taylor ist schwer erkrankt«, begann Vincent. »Er sah ziemlich abgemagert aus und konnte sich kaum auf den Füßen halten, während er eine kurze Abschiedsrede hielt«.

»Gibt es schon einen Nachfolger«?

Vincent stand langsam auf, steckte seine Hände in die Hosentaschen, trat direkt vor Adam hin und sah ihn ernst an. »Ja, den gibt es. Er wurde auch gleich vereidigt und Sie kennen ihn bereits«.

Adam trat irritiert einen Schritt zurück. »Wen denn«?

»Godfrey Anderson«.

***

Am Samstagmorgen war Betsy schon früh aufgestanden. Sie hatte schlecht geschlafen und war in Gedanken wieder und wieder die Räume und den Stall durchgegangen, ob sie und Ronald alle Dinge, die es wert waren mitzunehmen, verpackt hatten.

Jetzt saß sie mit einer Tasse Tee in der Küche und sah sich noch einmal um. Die vergilbten Wände waren jetzt kahl. Man konnte lediglich die Konturen von zwei alten Bilderrahmen erkennen, die solange sie sich erinnern konnte, am gleichen Platz hingen.

Ihr Blick fiel auf das Küchenbord, auf dem der Schmalztopf gestanden war und dann auf den Ofen, in dem sie alles verbrannt hatte, was ihr zum Verhängnis hätte werden können.

Schlaftrunken erschien Ronald in der Küche, setzte sich ihr gegenüber und rieb sich die Augen. »Wann geht es denn heute los«?

»Ich hoffe bald«, antwortete sie. »Tracy wusste nicht genau, wann ihr Mann heute Zeit hat. Sie sagte, dass er am Morgen noch zwei Fuhren Kohlen abladen muss und dann hierherkommen will«.

»Es sieht so aus, als ob es heute nicht regnen wird«, sagte sie, als sie aus dem Fenster sah. »Am besten, wir bringen alles nach draußen, dann dauert das Aufladen nicht so lange und ...«.

Sie sprang auf. »Oh nein, die O'Kellys sind schon da«. Auch Ronald schob seinen Stuhl zurück und lehnte sich auf die Fensterbank. Natürlich hielt er nach Samantha Ausschau, die er aber im Moment nicht sehen konnte.

Betsy eilte indessen zur Tür und begrüßte die neuen Hausherren. »Kommen Sie doch herein und trinken Sie eine Tasse Tee mit uns«, sagte sie freundlich. »Allerdings haben wir unsere Sachen noch nicht in die Cornet-Street bringen können«.

Frank sah sie abweisend an. »Wieso denn nicht? Wir hatten doch ausgemacht, dass heute das Anwesen für mich und meine Familie frei ist«.

»Bitte Frank«, fiel ihm Lilly ins Wort. »Das ist doch nicht so schlimm. Unser Fuhrwerk kommt doch erst am Nachmittag an und ...«.

»Sei still«, blaffte er sie an. Lilly sah auf den Boden und sagte nichts mehr. An Betsy gewandt, fuhr er fort:

»Sie haben jetzt genau eine Stunde Zeit von hier zu verschwinden«.

Ohne ihre Antwort abzuwarten, ging er an ihr vorbei ins Haus. In der Küche traf er auf Ronald, der erschrocken alles mitverfolgt hatte. »Und Du? Willst Du nicht Deiner Mutter helfen, das Haus zu räumen? Los, los. Beweg Dich«. Ronalds Lippen wurden schmal.

Er wollte gerade etwas sagen, da kam Betsy herein und gab ihm ein Zeichen in den Flur zu kommen.

»Geh bitte nicht darauf ein«, flüsterte sie ihm eingeschüchtert zu. »Hilf mir die Sachen nach draußen zu bringen. Vielleicht kommen Tracy und ihr Mann bald, dann haben wir es hinter uns«.

Wütend griff der nach den Stoffsäcken, schleppte einen nach dem anderen auf den Hof und stapelte sie übereinander.

Plötzlich stand Samantha vor ihm. Sie hatte ihre kleinen Brüder Ryan und Billy an der Hand. »Hallo«, sagte sie leise. »Schön Dich wiederzusehen«.

Ronald strich sich den Schweiß von der Stirn. »Ich freue mich auch«, antwortete er heiser. Er sah die beiden Kleinen an. »Freut Ihr Euch hier zu sein«?

Die Jungen nickten.

»Samantha«, hörten sie Frank O'Kellys scharfe Stimme. »Kommt sofort alle ins Haus«.

»Vielleicht sehen wir uns später«, sagte sie schnell.
»Ja bestimmt«.

Betsy stellte gerade eine Kiste mit Gemüse neben ihm ab, als ein kleiner Laster auf den Hof getuckert kam und bremste. Tracy und ihr Mann stiegen aus. »Guten Morgen«, sagte sie gutgelaunt. »Ich habe Liam geholfen und deshalb sind wir jetzt schon da«.

Liam grinste und deutete mit dem Kopf zu den Sachen: »Morgen Mrs. Lombard. Ist das alles, was wir wegbringen müssen«?

Betsy betrachtete ihn. Tracy war erst Anfang dreißig und dieser ungepflegte, unrasierte Kerl war mindestens Mitte fünfzig, so schätzte sie. Außerdem fehlten ihm vorn mehrere Zähne, zwischen denen er ein halb abgebranntes Zigarillo hin und herjonglierte.

»Hast Du an das Obst gedacht«? fragte Tracy.
»Ja natürlich. Ich habe es in einem Korb getan, der noch im Schuppen steht. Warte, ich hole ihn«.

Schnell eilte sie dorthin, denn sie fürchtete jetzt, dass Frank O'Kelly behaupten könnte, es seien seine. Als sie damit zurückkehrte, hatte Ronald und Liam bereits damit begonnen, die Möbel und die Kisten auf die Ladefläche des kleinen Lasters zu schieben.

Bald war alles verstaut. Schließlich sah Betsy Ronald an. »Wollen wir uns von den O'Kellys verabschieden«?

»Ich rede mit diesem aufgeblasenen Typ kein Wort«, rief der aufgebracht. Sie hatte schon mit einer solchen Reaktion gerechnet und wusste, dass es sinnlos war ihn umzustimmen. »Dann bringe ich es allein hinter mich«.

Mit schnellen Schritten ging sie ins Haus. Kurz darauf kam sie wieder. »Lasst uns fahren, hier haben wir nichts mehr verloren«.

Als sie mit Ronald auf der Ladefläche saß, startete Liam. An der Ausfahrt sah er, dass Samantha am Küchenfenster stand und ihm wieder zulächelte.

Er hob die Hand und lächelte zurück. Immer weiter entfernten sie sich und der Hof war bald außer Sichtweite. Er sah zu seiner Mutter herüber, der auf dem

Weg in ihr neues Zuhause unentwegt Tränen über die Wangen liefen. Mitfühlend legte er den Arm um sie.

Als sie in der Cornet-Street ankamen, halfen ihnen Tracy und Liam, die Kommoden, Kisten und Stoffsäcke abzuladen und ins Haus zu tragen. Schließlich waren sie allein und Ronald inspizierte sofort das Dachgeschoss.

Die alten Holzdielen knarrten, als er sein Zimmer betrat. Er öffnete das Fenster und sah in den kleinen, mit reichlich Unkraut überwucherten Garten. Doch das war ihm im Moment egal. Er ging wieder nach unten.

Betsy hatte in der Küche bereits den kleinen Holzofen angeheizt und etwas Geschirr ausgepackt. Sie tat ihm vorhin aufrichtig leid, als sie Frank O'Kelly regelrecht vom Hof gejagt hatte.

»Kann ich helfen«? fragte er leise.
Sie antwortete, ohne ihn anzusehen: »Du könntest den Tisch und die Stühle vom Flur in die Küche ziehen und nach dem Essen sollten wir die Betten herrichten, denn ich habe keine Lust, die erste Nacht im neuen Haus auf dem Boden zu schlafen«.

Sie schleppten die wenigen Möbel im Haus umher und verstauten das Geschirr und die Wäsche darin.

Am Abend saßen sie gemeinsam in der Küche. Betsy hatte eine Öllampe auf dem Tisch entzündet und sah Ronald zu, der gerade eine Schluppe an seiner Uhrenkette befestigte. »Wie geschickt Du bist«, sagte sie staunend. »Hat Dir das Mr. Ward beigebracht«?

»Nicht wirklich«, antwortete er, ohne aufzusehen. »Einiges habe ich mir bei ihm abgeschaut, aber das meiste muss ich einfach selbst herausfinden«.

»Ist das gut«? fragte sie zweifelnd. »Du könntest doch Fehler machen«. Er begann zu schmunzeln. »Viele

Fehler kann ich mir nicht leisten, denn Ersatzteile sind rar und teuer. Mr. Ward bekäme einen Anfall, wenn ich Federn überdehnen oder Uhrengläser falsch einsetzen würde«.

»Und woher weißt Du dann, was Du tun musst«?
»Ich lese Mum. Ich lese alles nach, was ich zu fassen kriege. Und deshalb gehe ich morgen in die Bibliothek. Da soll es eine Menge Fachliteratur geben, die ich mir nie kaufen könnte«.

»Morgen ist aber Sonntag«.
»Ich habe mich erkundigt, einmal im Monat ist auch am Sonntag geöffnet, und zwar von neun bis zwölf«. Er legte die Uhr beiseite. »Und ab jetzt kann ich zu Fuß gehen. Das spart eine Menge Zeit und Geld«.

»Dann ist es ja gut, dass wir in der Stadt wohnen«.
»Ja Mum, ich bin wirklich froh darüber«.

Betsy gähnte. »Ich werde mich hinlegen, es war ein anstrengender Tag«.

Sie nahm seine Hand. »Und denke daran, was man in der ersten Nacht in einem neuen Heim träumt, wird wahr. Ich hoffe, es wird ein guter Traum«.

Er sah sie an. »Das wünsche ich Dir auch Mum«.
Am nächsten Morgen machte er sich auf den Weg zur Bibliothek. Kurz darauf betrat er das wunderschöne, kathedralen-ähnliche Gebäude und ging in den historischen Lesesaal im ersten Stock. Ronald staunte über die imposanten Statuen, die sich über den großen Raum hinweg ansahen. An den Wänden standen große Regale, die sich unter der Last der Bücher bogen.

Hinter einem Tresen saß ein älterer Mann, der ihn freundlich anlächelte. Er trug ein weißes Hemd und eine

Weste, auf der ein Schild befestigt war, das seinen Vornamen verriet. ›Howard‹.

»Guten Morgen Sir«, sagte Ronald etwas verlegen. »Ich bin an Literatur über Uhren interessiert«.

»So, über Uhren«, sagte der Mann. »Waren Sie schon einmal hier?«

»Nein, bisher noch nicht«.

»Dann brauchen Sie einen Bücherausweis. Macht fünfzig Cent pro Monat, dafür können Sie das ganze Jahr kommen, so oft Sie wollen und die Bücher, die sie interessieren für eine Woche behalten«.

Ronald überlegte, denn eigentlich hatte er vor, jetzt wo er in der Stadt wohnte, öfter mal ins Kino zu gehen. Er würde einmal mehr darauf verzichten müssen. Dann holte er sein Portemonnaie hervor und legte das Geld auf den Tresen.

Nachdem er eine kleine Karte, versehen mit dem Stempel der Bibliothek und dem Vermerk ›bezahlt‹ erhalten hatte, führte ihn Howard zu den Büchern, die er suchte. »Hier sind Sie richtig«.

Bevor der antworten konnte, drehte sich Howard um und ging zu einem Tisch, an dem sich zwei Mädchen gegenübersaßen und laut kicherten. »Meine Damen«, flüsterte er. »Bitte stören Sie nicht die anderen Leser«.

Ronald erstarrte. Es war Samantha.
Sie hatte ihn noch nicht entdeckt und beugte sich stattdessen wieder über ihr Buch, das sie aufgeklappt vor sich liegen hatte. Fieberhaft suchte er sich einen kleinen Bildband über den Uhrturm des Palace of Westminster in London und ein Buch über Accurist-Uhren heraus und setzte sich an einen Tisch, von wo er sie beobachten konnte. Doch die packte jetzt ein

Notizheft und ein Buch in ihren Korb, verabschiedete sich von ihrer Freundin und verließ die Bibliothek.

Ronald sah ihr nach und bereute jetzt nicht mehr seine außerplanmäßige finanzielle Investition. Schnell steckte auch er die Bücher ein und lief ihr nach.

Am Eingang stand Howard. »Warten Sie junger Mann, ich muss die Bücher noch registrieren, die Sie mitnehmen wollen«. Umständlich holte er einen blechernen Karteikasten hervor und trug die Titel ein. Es schien eine Ewigkeit zu dauern.

Als er schließlich auf die Straße trat, sah er Samantha gerade noch an einer Hausecke. Er rannte los, holte sie schnell ein und blieb stehen. »Hallo Samantha«.

Sie drehte sich erstaunt um »Ach Du bist es. Schön Dich zu sehen«.

»Ich war gerade in der Bibliothek und sah Dich gehen. Und naja, da bin ich eben hinter Dir her«.

Verlegen hielt sie ihren Korb in der Hand. »Wie geht es Dir und Deiner Mutter in der Cornet-Street«?

»Ist noch ein ziemliches Durcheinander, aber es wird schon. Und bei Euch«?

»Auch bei uns steht noch alles rum. Deswegen muss ich jetzt auch nach Hause. Dad wird böse, wenn ich zu spät komme«.

»Kann ich mir lebhaft vorstellen«, murrte Ronald. »Er war gestern nicht besonders nett zu uns«.

»Seit er aus dem Krieg heim ist, ist er so«, antwortete sie leise. »Mum versucht ständig ihm alles recht zu machen, aber je mehr sie tut, umso wütender wird er. Ich bin jedes Mal froh, wenn ich für eine Weile wegkann und deshalb gehe ich unter anderem auch in die Bibliothek. Habe ich in Bedfort auch so gemacht«.

»Wann bist Du denn wieder mal dort«? fragte Ronald vorsichtig.

»Mittwochnachmittag hätte ich vielleicht Zeit. So gegen fünf«.

»Ich muss bis halb sechs arbeiten und dann könnte ich kommen. Wäre das ok«?

Sie nickte. »Ja, das ist ok. Aber jetzt muss ich nach Hause. Bis dann«.

»Ich könnte mit bis zur Bushaltestelle gehen«.

»Nein, das geht nicht«, antwortete sie schnell. »Madeleine Ward wartet dort, weil sie bei uns zum Lunch eingeladen ist. Bestimmt würde sie meinem Vater sofort erzählen, dass ich mit Dir gesprochen habe«.

»Auch das noch«, seufzte er. »Woher kennt Ihr denn die Tochter von meinem Chef«?

»Meine Tante Thea und Onkel Samuel, die die Jeansfirma besitzen, waren mit Madeleines Mutter schon ewig befreundet«. Sie begann zu schmunzeln.

»Und Onkel Samuel ist natürlich noch immer der beste Freund von Deinem Boss«.

»Na dann viel Spaß mit Madeleine«, sagte Ronald sarkastisch. Er wurde wieder ernst. »Halte mich bitte nicht für herzlos. Ich mag mir auch nicht vorstellen, dass ich auf so eine Weise meine Mutter verliere, aber wenn Du Madeleine kennenlernst, weißt Du was ich meine«.

»Dann lasse ich mich mal überraschen«, antwortete sie. »Aber jetzt muss ich wirklich los«.

Er sah tief in ihre nussbraunen Augen. »Ich freue mich auf nächsten Mittwoch«.

»Ich auch«. Schnell drehte sie sich um und lief davon. Ronalds Herz machte einen Freudensprung. Er hatte das Mädchen, von dem er auch letzte Nacht geträumt hatte, wiedergesehen und sogar mit ihr allein sprechen können. Besser konnte dieser Tag nicht sein. Mit den Büchern im Rucksack machte er sich auf den Heimweg.

Dort traf er seine Mutter an, die gerade dabei war, das Wohnzimmer zu streichen. Es hatte sie viel Kraft gekostet, die zu einer klumpigen Masse gewordene lindgrüne Kreidefarbe so aufzurühren, dass sie sie jetzt verwenden konnte. Mühsam schwang sie den schweren Quastenpinsel hin und her.

»Lass mich das machen Mum«, sagte Ronald.
»Du«? fragte sie erstaunt.

»Ja ich«, antwortete er, während er sich im Flur pfeifend die Jacke auszog und die Ärmel hochkrempelte.

»Was ist Dir denn passiert, dass Du so gute Laune hast«? fragte sie, während sie sich die Hände an einem Lumpen abwischte.

Ronald nahm, ohne darauf zu antworten den Pinsel und strich die erste Wand in einem Tempo, das Betsy der Mund offenstehen blieb. »Das gibt es doch nicht«, sagte sie verblüfft. »Und ich habe immer gedacht, für so etwas bist Du nicht geschaffen«.

»So kann man sich irren«, sagte er mehr zu sich selbst. Plötzlich hörten sie den Türklopfer.

»Wer kann das sein«? fragte Betsy erschrocken. »Noch dazu am Sonntag«.

»Keine Ahnung, mach doch einfach auf«.
Sie ging leise durch den Flur und lugte vorsichtig durch den Spion. Da stand Tracy mit geröteten Augen.

Hastig öffnete sie. »Ist etwas passiert«?
»Liam«, flüsterte Tracy schniefend. »Er ist die ganze Nacht nicht nach Hause gekommen und …«.

»Komm erst einmal herein«, unterbrach sie Betsy. »Ich mache uns einen Tee und dann erzählst Du mir was passiert ist«. Als sie im Flur standen, fragte sie weiter: »Wo sind denn Deine Kinder«?

»Bei meiner Nachbarin. Sie kümmert sich immer um sie, wenn ich zur Arbeit muss, oder etwas zu erledigen habe«.

Dann erzählte sie, dass Liam kurz vor Mitternacht das Haus verlassen habe, wohin wollte er nicht sagen, nur das er mit einer Überraschung heimkäme und sie sich keine Sorgen machen solle. Spätestens um zehn am Vormittag wollte er wieder zurück sein. Und jetzt ist es schon nach eins. Das hat er noch nie gemacht«.

»Vielleicht ist er nur aufgehalten worden«, überlegte Betsy. »Oder er ist jetzt schon zu Hause, während Du Dir hier bei mir die Augen ausweinst«.

Tracy hörte ihr gar nicht zu. »Ich muss ihn suchen, bestimmt ist ihm etwas passiert«.

»Aber wo willst Du ihn denn suchen, wenn du nicht weißt, wohin er gegangen oder gefahren ist«?

Tracy sah zu ihr hin. »Vielleicht steckt eine andere Frau dahinter und seine Story mit der Überraschung war nur ein Vorwand«.

Betsy lehnte sich zurück und verschränkte die Arme voreinander. Möglich wäre Vieles, aber da sie diesen verlotterten Mann kennengelernt hatte, konnte sie sich beim besten Willen nicht vorstellen, dass eine andere Frau sich mit ihm einlassen würde. Ihr fehlte selbst die Vorstellungskraft, was Tracy an ihm fand, nur das konnte sie ihr natürlich nicht sagen.

»Jetzt gehst Du erst einmal heim«, sagte sie beschwichtigend. »Und wenn er nicht da ist, wartest Du noch ein oder zwei Stunden. Sollte er dann immer noch nicht auftauchen, gehen wir zur Polizei und geben eine Vermisstenanzeige auf. Anders geht es nicht«.

Tracy schüttelte den Kopf. »Nein, keine Polizei. Liam war ein Jahr wegen Diebstahl in Haft und ist erst seit drei Monaten wieder draußen. Er hatte auf einem Feld Kartoffeln und Mais gestohlen und der Besitzer hat ihn erwischt. Niemand wird mir glauben, wenn ich sage, dass ihm etwas passiert sein könnte, sondern sie werden vermuten, dass er wieder das Gesetz gebrochen hat und sich versteckt hält«.

»Jetzt sieh' bitte nicht so schwarz«, entgegnete Betsy, während sie ihr noch eine Tasse Tee einschenkte.

»Und wenn er zu seiner Exfrau zurückgegangen ist«? überlegte Tracy.

»Seine Exfrau? Liam war schon mal verheiratet«? Tracy sah auf den Boden. »Ja«, murmelte sie. »Ich war ja auch nicht ganz unschuldig, dass er sie meinetwegen verlassen hatte. Er fuhr in unserer Straße die Kohlen aus und so lernten wir uns kennen. Ich weiß, dass es eigentlich eine Sünde ist, einer anderen Frau den Mann wegzunehmen, dass er keine Schönheit ist und fast fünfundzwanzig Jahre älter, aber es ist auch kein Geheimnis, dass seit dem Krieg ledige Männer ›Mangelware‹ sind«.

»Bitte verlange nicht, dass ich das gutheiße«, antwortete Betsy kurz angebunden. »Aber wenn Du so etwas in Erwägung ziehst, solltest Du dort zuerst suchen«.

»Könntest Du bei ihr nachfragen«?
Betsy schüttelte heftig den Kopf. »Nein Tracy, das werde ich ganz bestimmt nicht machen. Das musst Du schon

allein herausfinden«. Sie legte den Arm um sie. »Und jetzt gehst Du erst einmal wieder nach Hause zu Deinen Kindern. Wie geht es eigentlich Zoey? Hast Du ihr das Obst gegeben«?

»Ja natürlich«, schniefte Tracy. »Ich habe es unter allen Kindern aufgeteilt«.

Betsy stand auf und ging in den kleinen Innenhof, wo die Kiste mit den Karotten stand, steckte ein paar in einen Stoffbeutel und kam zurück.

»Hier, mach Deinen Kindern damit eine Suppe, sie können sicher eine solche Stärkung gebrauchen, denn der Winter steht vor der Tür«.

»Danke«, flüsterte Tracy und verließ das Haus.

***

Vincent Powel und Adam Mitchell waren auf dem Weg zum Peak District Nationalpark. Die Sonne stand noch tief und spitzelte lediglich mit ein paar Strahlen durch den bunt verfärbten Laubwald, der im Morgentau vor ihnen lag.

»Wie weit müssen wir denn fahren«? fragte Vincent, während sie die Brücke am River Hamps passierten.

»In Calton Moor biegen wir ab und fahren in das Dorf Ilam. Der ›Thorpe Cloud‹ ist ein Kalksteinhügel und liegt direkt an der Grenze zwischen Derbyshire und Staffordshire. Er ist zwar nur knapp 300 Meter hoch, aber der Aufstieg ist ziemlich steil und der Weg bergab ist auch manchmal etwas schwierig und wenn es geregnet hat, was der Fall war, auch sehr rutschig. Nie im Leben hat Jaspar Ward von dort allein ein Reh zu seinem Auto getragen«.

»Sind Sie wirklich sicher«?

»Ja, sehr sicher. Haben Sie zufällig auch auf Jaspers Schuhe geachtet, als wir ihn getroffen hatten«? fragte Adam, während er sich zurücklehnte. »Ich schon. Er trug glänzend gewienerte Lederschuhe, mit denen er dort ganz bestimmt nicht zurechtgekommen wäre«.

»Und wenn er sich umgezogen hat«?

»Im Kofferraum waren weder feste Schnürschuhe noch Regenkleidung«.

Vincent bremste den Wagen und bog links ab. »Das hätten Sie mir längst sagen müssen«, murrte er. »Die Ermittlungen leite immer noch ich«.

»Da ich letzte Nacht wegen Emely wieder nicht schlafen konnte, bin ich alles nochmals in Gedanken durchgegangen. Erst da fiel mir ein, was er anhatte«.

Er sah Vincent von der Seite an. »Sorry Boss, ich wollte Ihnen nichts vorenthalten«.

Plötzlich bremste Vincent scharf und das Auto kam nach einigem Schlingern zum Stehen. »Oh Gott«, keuchte er. »Das ging gerade noch einmal gut«.

Vor ihnen trabte blökend eine Herde Schafe über die Straße, die von zwei Hirtenhunden unentwegt angebellt wurde.

»Wo ist denn der Schäfer«? fragte Vincent, stieg aus und sah sich um, während er mit einer Hand seine Augen gegen die aufsteigende Sonne schützte.

Auch Adam stand jetzt neben ihm und zeigte mit dem Finger auf einen Mann in einer verwitterten Jacke, der etwa einhundert Meter entfernt am Straßenrand kniete.

»Da Sir, da vorne könnte er sein«.

»Hey, Sie da«, rief Vincent. »Schaffen Sie die Schafe von der Straße. Fast wäre ich in die Herde hineingerasselt«.

Der Mann erhob sich langsam und drehte sich zu ihm um. Er hatte ein sonnengegerbtes faltiges Gesicht und stützte sich auf einen Stock. Dann rief er: »Könnten Sie zum nächsten Dorf fahren und die Polizei rufen? Ich habe einen Toten gefunden«.

Vincent und Adam sahen sich erschrocken an und drängten sich sogleich zwischen den Schafen hindurch.

»Wir sind von der Polizei«, sagte Vincent, während er sichtlich angewidert versuchte, ein paar Wollhaare abzustreifen, die sich auf seiner Anzughose verfangen hatten.

Adam kniete bereits neben dem Toten und betrachtete ihn eingehend. »Er scheint schon eine ganze Weile hier zu liegen«. Er holte ein Stofftaschentuch heraus, drehte vorsichtig den Kopf zur Seite und entdeckte eine klaffende Platzwunde an der Schläfe.

Dann sah er sich am Boden um. Der Straßenrand war übersät mit spitzen Steinen, die aus dem Kiesbett ragten und nach einem Sturz ohne weiteres eine solche Verletzung herbeiführen konnten.

Auch Vincent war jetzt bei ihm. »Seine Jacke ist am Kragen zerrissen. Sieht also so aus, als ob es kein Unfall war und es stattdessen einen Kampf gegeben hat. Kennen Sie den Mann«? fragte er den Schäfer.

»Nein Sir. Der ist nicht aus der Gegend, sonst wüsste ich, wer er ist. Ich bin schon mit meiner Schafherde hier, solange ich denken kann«.

»Wie heißen Sie«? fragte Vincent weiter, während er einen Notizblock aus der Manteltasche holte.

»Elias Smith, Sir«.

»Wie können wir Sie denn erreichen, falls wir noch eine Frage hätten«?

Elias grinste. »Meine Schafe sind nicht zu übersehen. Ich bin überall da, wo es Futter für sie gibt. Nur Ende der Woche fahre ich nach Manchester zu meinem Bruder. Er feiert seinen siebzigsten Geburtstag. Mir ist zwar nicht wohl, mit all den feinen Pinkeln am Tisch zu sitzen, aber ich habe es ihm versprochen«.

»So, nach Manchester«, sagte Vincent gedehnt. »Dann nennen Sie am besten gleich die Adresse, wo Sie sich aufhalten und ersparen mir eine Menge Zeit, Sie gegebenenfalls finden zu müssen«.

»Gemischtwarenhandel Ralph Smith, Sie können es nicht verfehlen. Direkt neben einer Schule«.

Vincent stutzte. »Ihr Bruder ist Ralph Smith«?

»Ja, er ist mein Bruder. Dachte ich mir doch, dass Sie ihn kennen. Aber eins sage ich Ihnen gleich. Stellen Sie mir lieber jetzt alle Fragen, denn seit sein bester Freund unschuldig eingebuchtet wurde, ist er auf die Polizei nicht gut zu sprechen«.

Vincent lief rot an. »Meinen Sie Angus Hunt«?

Elias trat einen Schritt zurück. »Sie kennen ihn«?

Vincent richtete sich auf und verschränkte die Hände hinter seinem Rücken. »Ja Mr. Smith, ich kenne ihn. Und um gleich irgendwelche Spekulationen auszuräumen, sage ich Ihnen, dass auch ich es war, der Angus Hunt hinter Gitter gebracht hat«.

Elias verschlug es einen Moment die Sprache. »Also gut Sir, haben Sie noch irgendwelche Fragen an mich? Falls nicht, würde ich gerne weiterziehen«.

»Zwei Fragen habe ich tatsächlich an Sie. Seit wann sind Sie heute schon mit Ihrer Herde unterwegs und ist Ihnen auf dieser Straße jemand begegnet«?

»Meine Hunde hatten gerade damit begonnen die Herde über die Straße zu treiben, als ich den armen Kerl am Straßenrand entdeckt hatte. Und bis auf Sie beide habe ich heute noch keine Menschenseele gesehen. Ist ja auch erst kurz nach sechs. So früh trifft man hier niemanden«.

Vincent notierte etwas auf einen Zettel, riss ihn ab und hielt ihn Elias hin. »Hier, die Adresse und meine Telefonnummer. Melden Sie sich, falls Ihnen noch etwas einfällt«. Elias nickte und stieß zwischen seinen Fingern einen gellenden Pfiff aus. »Alfie, Conor, hierher«.

Seine Hunde waren mit ein paar Sätzen bei ihm. »Los, auf geht's. Wir müssen weiter«.

Vincent Powel und Adam Mitchell sahen zu, wie die Hunde geschickt die restlichen Schafe über die Straße trieben und bald mit Elias hinter einer Felsengruppe verschwunden waren.

»Glauben Sie, dass er mit dem Tod dieses Mannes etwas zu tun haben könnte«? fragte Adam.

»Nein. Dann hätten wir ihn hier nicht mehr getroffen und er wäre längst mit seinen Schafen über alle Berge. Wenden wir uns wieder dem Toten zu. Vielleicht hat er irgendetwas dabei, woraus wir erkennen können, wer er ist«. Er tastete die Jackentaschen ab.

Schließlich fasste er in eine hinein und zog ein Stück Papier heraus. »Ein Lieferschein«, murmelte er.

»Kohlehandel Liam Rogers aus Manchester«. Er sah zu Adam herüber. »Ist Ihnen diese Firma bekannt«?

»Kenne ich nicht, zumal wir nur Ölöfen im Haus haben«.

Vincent stand auf. »Zufällig wird er den Zettel nicht in der Tasche haben. Entweder ist er es selbst, ein

Angestellter, oder ein Käufer. Ich fahre jetzt zurück nach Calton Moor und versuche ein Telefon zu finden. Sie bleiben hier und sorgen dafür, dass nichts verändert wird, denn ich vermute, dass der Fundort auch der Tatort ist«.

»Ich bin ganz Ihrer Meinung Sir«, antwortete Adam. »Wir sollten sofort die Gegend nach Spuren absuchen, falls die Schafe nicht schon alles zertrampelt haben«.

Vincent stieg ins Auto. »Fangen Sie schon mal an«. Schnell setzte er sich hinein und startete. »Ich bin bald wieder zurück«.

Unterwegs grübelte er. ›Ausgerechnet hier, mitten im Nirgendwo treffen wir einen Schäfer, dessen Bruder mit Angus Hunt befreundet war und auch behauptet, dass der unschuldig sei. Habe ich damals wirklich etwas übersehen‹? Seine Hände umschlossen fest das Lenkrad.

›Nein, diese Akte bleibt geschlossen, da lasse ich mir nichts einreden‹.

In Calton Moor bremste er an einem Pub, wo gerade der Wirt dabei war, hölzerne Fässer aufzuladen. »Guten Morgen«, sagte er, als er aus dem Auto gestiegen war. »Kann ich Sie kurz sprechen«?

Der Mann wischte sich den Schweiß von der Stirn. »Wir haben um diese Zeit noch nicht geöffnet«.

»Kein Problem«, antwortete Vincent und holte seinen Dienstausweis hervor. »Ich bin von der Polizei und muss dringend telefonieren. Haben Sie ein Telefon«? Der Wirt grinste. »Da haben Sie aber Glück. Seit letzter Woche haben wir endlich eins und müssen nicht immer zu Amy in den Post-Office. Wurde ja auch Zeit«. Er drehte sich um und ging zur Tür. »Kommen Sie mit«.

Vincent atmete auf. Er hatte schon befürchtet, nach Manchester zurück und dann erneut hierherfahren zu müssen. Kurz darauf war er wieder auf dem Weg zum Tatort. Als er dort ankam, kniete Adam gerade auf der danebenliegenden Wiese und schien etwas in der Hand zu halten.

»Was haben Sie gefunden«? fragte Vincent, während er sich seine Brille aufsetzte. Noch wollte er nicht zugeben, dass er die eigentlich immer tragen sollte, was ihm sein Hausarzt dringend riet. Doch eitel wie er war, sträubte er sich dagegen, weil er meinte, dadurch älter auszusehen, als er sich fühlte.

»Ich habe einen Dufflecoat-Verschluss gefunden Sir«, sagte Adam und drehte ihn zwischen seinen Fingern hin und her. »Allerdings fehlt eine Schlaufe. Möglicherweise ist sie bei einer Rangelei abgerissen worden, oder sie liegt schon länger hier und hat mit unserem Toten gar nichts zu tun«. Er sah nachdenklich zu Vincent herüber. »Können Sie sich erinnern, was uns Professor Palmer gesagt hat«?

»Was meinen Sie genau«?

»Er sagte, dass das Messer, mit dem die Tat an Mrs. Ward verübt wurde, oft von Seeleuten und Fischern benutzt wird. Und deren traditionelle Kleidung sind nun mal Mäntel mit solchen Verschlüssen«.

»Sie wollen doch nicht im Ernst behaupten, dass dieser Fall etwas mit unserem zu tun hat«?

Adam stand auf. »Behaupten möchte ich es nicht, aber ausschließen kann man es im Moment auch nicht«.

»Dann liefern Sie mir doch einen Seemann oder einen Fischer«, rief Vincent aufgebracht. »Also ich kann weit und breit keinen entdecken«. Er ärgerte sich darüber, dass ihm nach seinem Empfinden, die Ermittlungen von einem Sergeant aus der Hand genommen wurden.

Adam konnte seine Gedanken lesen. »Entschuldigen Sie Sir, aber ich bin sicher, dass Sie den Knopf auch entdeckt hätten, wenn Sie an meiner Stelle hier gesucht hätten. Und falls Sie es wünschen, behalte ich in Zukunft meine Vermutungen für mich«.

»Schon gut«, murrte Vincent. »Nur im Ernst, ich weiß niemanden, auf den die Beschreibung zutrifft und kann mir im Moment keinen Zusammenhang vorstellen«.

Von weitem hörten sie jetzt zwei Autos, die immer näherkamen und schließlich hielten. Zwei Polizisten stiegen aus. Einer tippte sich an die Mütze:

»Da sind wir Sir und einen Leichenwagen haben wir auch mitgebracht. Professor Palmer ist ebenfalls informiert und erwartet uns dann«.

»Gut«, antwortete Vincent. »Laden Sie den Mann auf und bringen sie ihn in die Pathologie. Sergeant Mitchell und ich kommen dann nach«.

Als sie allein waren, fragte Adam: »Wollen wir jetzt weiterfahren und uns die Stelle ansehen, an der Jaspar Ward das Reh gefangen haben will«?

»Ja. Deswegen sind wir ja hierhergefahren. Abgesehen davon können wir in dem anderen Fall sowieso nichts tun, bis Professor Palmer ein Ergebnis hat«. Er sah ihn ernst an. »Haben Sie hier sonst noch irgendetwas entdeckt, das es zu untersuchen gilt«?

»Nein Sir, nichts von Bedeutung und auch keine Fußabdrücke oder irgendwelche Reifenspuren. Nur sollte es die gegeben haben, wurden sie sicher durch die Schafherde zerstört«.

»Dann lassen Sie uns fahren«.

Bald kamen sie zum Ilam-Park, stellten das Auto ab und nahmen einen Fußweg Richtung Dorf. In der Ferne sahen sie schon den großen flachen Hügel ›Thorpe Cloud‹. Als sie das Mary Watts-Russell Memorial Cross erreichten, überquerten sie die Straße vor einer Steinbrücke und gingen durch ein kleines Holztor.

Danach folgten sie einem kurzen steilen Hang zum Fußweg. Die Route führte sie über Wiesen und Felder, die gesäumt von Schafen und Lämmern war.

Schließlich blieb Adam stehen und wies in die Gegend. »›Bunster Hill‹ befindet sich jetzt zu unserer Linken und der ›Thorpe Cloud‹ liegt mit der flachen Oberseite direkt vor uns«.

»Aha«, antwortete Vincent prustend. »Und wie weit haben wir es noch? Ich muss ehrlich gestehen, dass ich nicht mehr gewillt bin, endlose Meilen zurückzulegen. Und jetzt weiß ich auch, was Sie damit gemeint hatten, das Jaspar Ward ein Tier von hier nach Hause getragen haben will«.

Adam setzte seinen Rucksack ab, holte eine Trinkflasche hervor und gab sie Vincent. »Eine kleine Erfrischung wird Ihnen guttun. Und dann lassen Sie uns den Weg entlang ins Tal gehen, vorbei an einer kleinen Holzbrücke und wir sind in Dovedale. Dort verläuft der River Dove mit seinen berühmten Stepping-Stones, am Fuße des ›Thorpe Cloud‹«.

»Und dann klettern wir auch noch auf diesen Berg«? fragte Vincent entsetzt.

Adam schüttelte den Kopf. »Ich glaube, dass Sie das nicht müssen und ich besser allein nach oben steige«.

»Ich danke Ihnen«, antwortete Vincent und gab ihm die Flasche nach einem kräftigen Schluck zurück. »Aber vielleicht finden wir tatsächlich schon etwas am Fuß des Berges«. Langsam gingen sie weiter.

Als sie dort ankamen sahen sie, dass die Stepping-Stones im Fluss durch den vielen Regen der vergangenen Tage überflutet waren. »Hier gehen wir nicht weiter«, sagte Adam. »Ich halte das für zu gefährlich«.

Plötzlich kam ihnen ein Mann entgegen, der ein Gewehr auf der Schulter trug und argwöhnisch ihre Kleidung betrachtete. Abrupt blieb er stehen und fragte mit heiserer Stimme: »Sind Sie Touristen«?

Vincent holte seinen Dienstausweis hervor. »Wir sind von der Polizei und überprüfen im Rahmen einer Ermittlung eine Aussage«.

»Hier? Was wollen Sie denn hier ermitteln«?

»Es geht um einen Mordfall in Manchester. Der Verdächtige behauptet, vorgestern den ganzen Tag hier gewesen zu sein und ein Reh gefangen zu haben«.

Der Mann bekam schmale Augen. »Hier ist das Jagen strengstens verboten. Der gesamte Park steht unter Naturschutz«.

»Das wissen wir«, entgegnete Vincent. »Sind Sie Ranger«?

»Ja, das bin ich. Niemand wird etwas derartiges wagen, solange ich hier aufpasse. Allerdings treibt der Hunger manche Leute dazu, nur Nachsicht ist der falsche Weg. Wird einer erwischt, geht es ihm an den Kragen«.

»Wie meinen Sie denn das, an den Kragen«? fragte Adam. »Wir reden doch wohl nicht über Selbstjustiz«?

»Natürlich nicht. Wilderer werden festgenommen und dann bekommt derjenige seine gerechte Strafe«.

Vincent fragte: »Ist Ihnen hier die letzten Tage jemand begegnet? Wir werden bestimmt nicht die Einzigsten gewesen sein, die hier entlanggekommen sind«.

»Viel war wegen dem ewigen Regen nicht los«, antwortete er und steckte die frierenden Hände in seine opulenten Manteltaschen.

Ein leises Klirren ließ Vincent aufhorchen. »Was haben Sie da drin? Zeigen Sie doch mal her«.

»Nichts Besonderes Sir«, antwortete er schnell.
Adam trat vor ihn hin. »Sie leeren sofort Ihre Taschen, sonst nehmen wir Sie mit und dann in einer Arrestzelle auseinander. Vielleicht ist Ihnen das lieber«.

Er zeigte mit dem Finger auf den nassen moosigen Boden. »Und als Erstes legen Sie Ihr Gewehr beiseite«.

Der erwiderte seinen strengen Blick mit einem verächtlichen Grinsen. »Ihr feinen Herren glaubt doch, dass Ihr was Besseres seid, oder? Das Ihr mehr Macht habt, als jeder andere, nur weil Ihr Dienstmarken tragt und …«.

»Sparen Sie sich Ihre Bemerkungen«, fiel ihm Vincent ins Wort. »Wir tun auch nur unsere Pflicht, genau wie Sie. Und wenn Sie nichts zu verbergen haben, lassen wir Sie in ein paar Minuten gehen«.

Langsam zog er einen rostigen Gegenstand, der an einer Kette hing aus der Manteltasche und ließ ihn achtlos auf den Boden gleiten.

»Da haben wir es«, sagte Vincent. »Ein Tellereisen, mit dem Wild gefangen wird und wenn ich es richtig sehe, an dem sogar Blut klebt. Ich nehme doch an, dass Sie es nur sichergestellt haben und nicht etwa selbst einem solchem Hobby frönen. Wo haben Sie es her«?

»Ich habe es gestern Abend zufällig gefunden«.

»Gestern Abend zufällig gefunden«, höhnte Vincent. »Und natürlich wollten Sie es gerade zur Ranger-Station bringen, nehme ich weiterhin an«. Der Sarkasmus in seiner Stimme war nicht zu überhören. Er sah zu Adam herüber. »Durchsuchen Sie ihn. Vielleicht hat er noch weitere unerlaubte Dinge bei sich«.

»Ziehen Sie den Mantel aus«, sagte Adam mit scharfer Stimme, die keinen Widerspruch zuließ.

Er tastete anfangs alles sorgfältig ab und zog nacheinander einen Lederbeutel, in dem er etwas Geld fand und eine Tabakdose heraus. Zuletzt griff er in das Innenfutter. Er stutzte, denn er fühlte einen kleinen undefinierbaren Gegenstand. Als er ihn in den Händen hielt, sah er erschrocken zu Vincent herüber. »Sehen Sie selbst Sir«.

Der trat näher und erkannte zweifellos die abgerissene Schlaufe des Dufflecoat-Verschlusses, den sie am Morgen auf der Wiese neben dem Toten entdeckt hatten. Er sah ihn an. »Wir nehmen jetzt Ihre Personalien auf und dann kommen Sie mit uns mit«.

»Bin ich etwa wegen einem abgerissenen Knopf verhaftet«?

»Ja das sind Sie, zumindest vorläufig«. Schnell holte er seinen Block hervor. »Ihr Name und Ihr Wohnsitz«.

»Jacob Tremblay«, murrte er. »Ich wohne in Ilam«. Adam drehte ihm mit einem Ruck die Hände auf den Rücken und ließ die Handschellen klicken. Dann schulterte er das Gewehr und schob ihn vor sich her. »Los kommen Sie«. Während er vor den Polizisten herlief, flüsterte Vincent Adam zu: »Ich wette eine Flasche Gin, dass der kein echter Wildhüter ist, oder hatte er so etwas wie einen Ausweis dabei«?

Adam schüttelte den Kopf. »Nein Sir, nichts was darauf schließen lässt«.

Wortlos gingen sie weiter, Jacob Tremblay im Auge behaltend und erreichten schließlich Ilam Park.

Adam setzte sich neben ihn auf den Rücksitz des Autos und sie fuhren los. Gegen vier am Nachmittag erreichten sie wieder die Police-Station in Manchester und führten den Gefangenen vorerst in eine Zelle.

Vincent wollte ihn später verhören, denn er schwor darauf, dass ein derartiger Aufenthalt, auch wenn es nur für kurze Zeit war, manchmal Wunder wirkte.

Er eilte sogleich in sein Büro und wechselte seine verschmutzten Schuhe. Er hatte immer ein zweites Paar unter dem Schreibtisch stehen, denn es kam für ihn einem Alptraum gleich, so seinen Dienst zu tun.

Dann wusch er sich die Hände, ließ sich von der Sekretärin einen Tee bringen und setzte sich in seinen Ledersessel. Er wählte ein Amt und verlangte Professor Palmer. Doch der war noch bei einer Obduktion, wurde ihm gesagt. Er legte wieder auf.

›Schade‹, dachte er. ›Wäre nicht schlecht gewesen, wenn ich jetzt schon wüsste, ob die Platzwunde am Kopf des Mannes die Todesursache war‹.

Adam klopfte an und betrat das Büro mit einer Akte in der Hand. »Sir, es gibt schlechte Nachrichten«.

»Schlechte Nachrichten werden durch Verschweigen nicht besser«, entgegnete Vincent, während er Milch in die Teetasse goss. »Was gibt es also«?

»Während wir in Ilam waren, hat eine Mrs. Rogers eine Vermisstenanzeige aufgegeben. Ihr Mann Liam sei verschwunden«.

Vincent sah ihn erstaunt an. »Dann ist sie bestimmt die Ehefrau des Toten und der damit identifiziert«.

Adam nickte. »Ja, so scheint es zu sein«.

»Aha«, rief Vincent. »Vielleicht sind Jacob Tremblay und der Tote aus irgendeinem Grund in Streit geraten und es kam zu einem Kampf, dessen Ausgang wir kennen«.

»Liam Rogers war übrigens kein unbeschriebenes Blatt«, erklärte Adam weiter. »Er saß bis vor drei Monaten wegen Diebstahl ein. Und seine Frau Tracy Rogers war nicht allein hier. Was glauben Sie, wer sie begleitet hat«?

»Jetzt machen Sie es nicht so spannend, sagen Sie schon«.

»Betsy Lombard, die Mutter des Uhrmacherlehrlings von Jasper Ward«.

Vincent sah ihn einen Moment fassungslos an. »Was hat die denn damit zu tun? Und warum reden Sie von schlechten Nachrichten? Scheinbar fügt sich doch ein Puzzlestück an das andere«. In diesem Moment klingelte das Telefon. Er hob ab. »Chief-Inspector Powel«.

Am anderen Ende war Professor Palmer. Vincent hörte ihm zu und erfuhr, dass der Tote aufgrund der Kopfverletzung gestorben war, jedoch auch mehrere schwere Schläge im Brustkorbbereich erlitten hatte.

»Danke Professor«, sagte er schließlich. »Ist Ihnen sonst noch etwas aufgefallen, was für uns wichtig wäre zu wissen«? Wieder hörte er zu und bekam plötzlich große Augen. »Ich danke Ihnen Professor und erwarte Ihren schriftlichen Bericht. Auf Wiederhören«.

Als er aufgelegt hatte, klatschte er in die Hände. »Wir hatten recht Sergeant Mitchell. Jacob Tremblay ist unser Mann. Der Tote trug unter seiner zerrissenen Jacke eine

Kord-Weste mit Dufflecoat-Verschlüssen, von denen einer abgerissen war. Das kann kein Zufall sein. Führen Sie Tremblay sofort vor«.

Adam legte die Akte beiseite und sah ihn ernst an.
»Das geht leider nicht mehr«.
»Wieso«?
»Weil er sich vorhin mit seinen zusammengeknoteten Socken am Zellenfenster erhängt hat«.

Vincent sprang auf und sein schwerer Lederstuhl kippte nach hinten. »Was«? rief er ungehalten. »Ist er nicht durchsucht worden«?
»Ja schon. Seine Kleidung wurde verwahrt, aber die Socken haben wir ihm nicht weggenommen. Schließlich sollte er ja gleich verhört werden. Niemand, auch Sie und ich nicht konnte damit rechnen, dass er sich jetzt umbringt«.

Vincent hob seinen Stuhl auf und ließ sich darauf fallen. »Bei einem Selbstmord auf unserer Police-Station bin ich verpflichtet das Präsidium zu informieren und es wird eine Untersuchung über den Hergang geben. Chief-Constable Godfrey Anderson wird es also erfahren«.

***

Jaspar Ward saß im Morgengrauen im Esszimmer. Während er Tee trank, betrachtete er ein Porträtfoto seiner Frau Abygail aus ihrer Jugendzeit, dass er vor sich aufgestellt hatte. Immer wieder kamen ihm die Tränen, wenn er in ihr liebevolles Gesicht schaute.

›Wer um alles in der Welt hatte ihr das nur angetan‹? dachte er und rieb sich die feuchten Augen. Das ihn zu allem Überfluss auch noch die Polizei verdächtigte, etwas so Grausames getan zu haben, schmerzte und verletzte ihn gleichermaßen noch mehr.

Auch beschäftigte ihn, dass sie das Wild in seinem Kofferraum entdeckt hatten. Der Kohlehändler, der ihn belieferte, hatte ihm zwar erzählt, wo er im Peak District Nationalpark ungefähr jagte, aber so genau wollte er es letztendlich auch gar nicht wissen. Nur im Nachhinein ärgerte er sich, dass er der Polizei nicht eine andere Story aufgetischt hatte, woher er das Reh hatte, aber das konnte er jetzt nicht mehr ändern.

Und hoffentlich prüften dieser Chief-Inspector und dessen Sergeant seine Angaben nicht im Einzelnen.

»Nein«, sagte er laut. »Dafür halte ich sie einfach für zu bequem«.

Er sah zu einer Uhr auf dem Kaminsims, die er all die Jahre liebevoll ›Rosalind‹ genannt hatte, weil sie ihn an seine geliebte Mutter erinnerte, von der er sie geerbt hatte.

Jetzt tickte sie jedoch nur gnadenlos und unerträglich laut vor sich hin. Er schreckte auf, als er plötzlich nichts mehr von ihr hörte. Irritiert holte er seine Taschenuhr aus der Weste und verglich die Zeit.

›Seltsam‹, dachte er. ›Seit wann geht die Kaminuhr nicht richtig? Ich habe sie doch erst vor kurzem gereinigt, das Federwerk kontrolliert und gestern Abend vor dem Schlafengehen wieder aufgezogen‹.

Schnell ging er hin, drehte den großen Zeiger auf vier Uhr und zog sie erneut auf. Sofort begann sie zu schlagen, aber das Ticken wurde bald wieder leiser und das Pendel blieb schließlich stehen.

»Das gibt es doch nicht«, murmelte er und drehte die Rückseite der Uhr zu sich. Dann löste er die Klemmen des Deckels, legte ihn beiseite und sah hinein.

Er stutzte, als er einen glänzenden Ring erkannte, der sich in einer Feder verfangen hatte und keinesfalls zum Uhrwerk gehörte. Schnell holte er eine Pinzette aus der Kommode, in der er immer einiges Werkzeug verwahrte, packte den Ring geschickt und legte ihn vor sich hin.

Dann nahm er sein Okular, dass er immer bei sich trug und betrachtete den blauen Stein, der von einer Krappenfassung gehalten wurde und so hervorragend zur Geltung kam. Jetzt erkannte er in der Innenseite des Ringes Initialen. ›A&T‹, sowie eine kleine Rose.

Er schüttelte den Kopf, denn noch nie hatte er diesen Ring gesehen. Auch auf die Anfangsbuchstaben der Gravur konnte er sich keinen Reim machen.

Abygail konnte er nicht gehört haben, dachte er sich, oder etwa doch? A wie Abygail, aber T? Wofür sollte denn dieser Buchstabe stehen? Und er kannte ihren gesamten Schmuck, den sie nur an Festtagen trug und solange er denken konnte, in einer perlmuttfarbenen Schatulle in einem Geheimfach im Schlafzimmer aufbewahrte. Nur warum hätte sie diesen wertvollen Ring in der Kaminuhr verstecken sollen?

Er stand auf, eilte ins Schlafzimmer und zog die Schublade unter der Frisierkommode auf.

Mit zittrigen Händen hob er einen doppelten Boden heraus und atmete auf, als er die Schatulle unbeschadet herausholte.

»Gott sei Dank«, flüsterte er. »Die Polizei hat sie bei der Hausdurchsuchung nicht entdeckt und ich Idiot hatte auch nicht mehr daran gedacht«.

Als er sie jedoch öffnete erstarrte er. Sie war leer.

All die goldenen und silbernen Halsketten, mehrere Armreife und der Erbschmuck seiner und ihrer Mutter fehlten. Jaspar setzte sich fassungslos auf den Bettrand und starrte in den Spiegel. »Das kann doch nicht wahr sein«, flüsterte er. »Außer Abygail und mir wusste doch niemand, wo die Sachen sind«.

Plötzlich sprang er auf, rannte so schnell er konnte die Treppe nach oben und versuchte, Madeleines Zimmertür aufzureißen. Doch die Tür war verschlossen. Er trommelte dagegen. »Mach auf«, rief er. »Sofort«.

Madeleine, die noch tief und fest geschlafen hatte, öffnete erschrocken. »Dad, was machst Du um diese Zeit hier«? Sie warf sich wieder ins Bett und zog die Decke bis zum Kinn. »Was fällt Dir überhaupt ein? Ich habe nur ein Nachthemd an«.

»Das ist mir egal«, schrie er und öffnete ihren Schrank. Dann warf er alle Kleider und Blusen auf den Boden. »Sag mir, wo Du es versteckt hast, oder Du wirst mich kennenlernen«.

»Was suchst Du denn und wovon redest Du überhaupt«?

Er drehte sich keuchend um. »Vom Schmuck Deiner Mutter rede ich. Er ist weg, spurlos verschwunden. Niemand außer mir wusste, wo sie ihn aufbewahrte und auch die Polizei hatte ihn nicht gefunden. Also bleibst nur noch Du übrig«.

»Dad ich schwöre Dir, dass ich nicht wusste, wo sie ihn hatte, so glaube mir«, antwortete sie mit weinerlicher Stimme. Noch nie hatte sie ihren Vater so erlebt.

»Steh auf«, rief er, ohne ihr zuzuhören.

Ängstlich schlug sie die Bettdecke zurück und schlüpfte in ihren Morgenmantel. Dann griff sie nach ihrer Nickelbrille und setzte sie auf. »Dad«, begann sie vorsichtig. »Ich weiß wirklich nicht, wo Mum ihren Schmuck aufbewahrt hat. Euer Schlafzimmer war immer tabu für mich, das solltest Du wissen«.

»Du warst aber oft genug allein zu Hause. Jederzeit hättest Du nachschauen können«.

»Habe ich aber nicht«, flehte sie. »Mum hätte es sofort bemerkt«.

»Schwöre es Madeleine«, sagte er, nahm eine kleine Bibel vom Regal und hielt sie ihr hin. »Schwöre es bei Deinem Leben«.

»Ich schwöre es«, antwortete sie mit zittriger Stimme.

Sie sahen sich einen Moment wortlos an, dann warf er die Bibel achtlos auf ihr Bett, drehte sich um und ging.

Im Esszimmer lag noch immer der Ring. Jaspar nahm ihn erneut ungläubig in die Hand und steckte ihn schließlich in seine Westentasche.

Madeleine hatte sich vorerst nicht mehr blicken lassen, sich aber sehr früh angekleidet, die Morgentoilette verrichtet und ihre Brotdose, die sie jetzt selbst, da ihre Mutter nicht mehr da war, immer abends für den kommenden Tag vorbereitete, in ihre Schultasche geschoben und das Haus verlassen. Noch nie hatte sie so leise die Tür hinter sich zugezogen.

Jaspar dachte: ›Was mache ich denn jetzt? Zur Polizei kann ich nicht gehen, denn niemand wird mir glauben. Nein, ich mache mich nur noch umso mehr verdächtig, denn dieser seltsame Chief-Inspector meint womöglich, dass ich Abygail wegen dem Schmuck aus dem Weg geschafft habe. Für den wäre es das perfekte Motiv‹.

»Nur wo kann der Schmuck jetzt sein«? flüsterte er, während er mit den Händen die Stuhllehne so fest umklammerte, dass seine Knöchel weiß wurden.

Irgendjemand muss doch davon gewusst haben. Nur wer? Und mit wem konnte er darüber reden. Und um diese Zeit? Er sah wieder auf seine Taschenuhr und ihm fiel Samuel O'Kelly ein. Sicher war er schon in seiner Jeansfabrik. Er und seine Frau Thea kannten schließlich Abygail gut.

Wieder grübelte er: ›Etwa A wie Abygail und T wie Thea‹? Er schüttelte den Kopf. Er wusste zwar, dass die Frauen beste Freundinnen waren, aber einen solchen Ring, der zu einem Liebespaar passte, haben sie sich ganz bestimmt nicht geschenkt. Ausgeschlossen.

Schnell ging er in die Werkstatt, wo Ronald gerade dabei war, den Vorhang am Schaufenster zurückzuziehen und das Licht einzuschalten.

»Guten Morgen. Ich habe einen wichtigen Termin außer Haus«, sagte Jaspar hastig. »Mrs. Wilson soll bitte warten, ich bin in etwa einer Stunde zurück«.

Ronald nickte. »Ja Sir«. Er sah ihm verwundert nach, denn sonst war sein Boss am Morgen immer die Ruhe selbst.

Samuel O'Kelly saß in seinem Büro, als Jaspar kurz darauf bei ihm anklopfte. »Jaspar«, sagte er sichtlich überrascht. »Was tust Du denn hier um diese Zeit«?

»Ich muss Dich dringend sprechen«.

»Dann setz Dich doch und trinke mit mir einen Tee«. Etwas unbehaglich fügte er hinzu: »Ich hatte noch gar keine Gelegenheit Dir mein Beileid auszusprechen mein

Lieber. Es tut mir furchtbar leid, was Abygail geschehen ist. Wie geht es Dir und Madeleine jetzt«?

Jaspar nahm seine Mütze ab. »Nicht besonders gut«. Er sah ihn ernst an. »Samuel, ich bin nicht ohne Grund hier und das, was ich Dir jetzt erzähle, muss unter uns bleiben«.

»Aber nicht ohne Tee«, entgegnete der und holte eine zweite Tasse aus seinem Schreibtisch. Umständlich schenkte er ein und stellte die Zuckerdose daneben.

»Und jetzt schieß los. Was gibt es denn so Geheimnisvolles«?

Anfangs etwas stockend, erzählte ihm Jaspar von dem Ring und Abygails Schmuck. Zum Schluss fragte er: »Hast Du, oder Thea dafür eine Erklärung«?

Samuel, der aufmerksam zugehört hatte, sagte schließlich: »Wer Deinen Familienschmuck gestohlen hat, kann ich natürlich beim besten Willen nicht sagen und wegen dem Ring müsstest Du mit Thea reden. Mir hat sie niemals etwas davon erzählt. Nur hin und wieder erwähnte, nein beneidete sie Abygail um manches Schmuckstück, dass sie auf unseren gemeinsamen Silvesterfeiern, oder an Geburtstagen trug. Soviel kann ich sagen«.

»Meinst Du, ich sollte zur Polizei gehen«? fragte Jaspar weiter. »Nur denen traue ich nicht, denn bis jetzt gibt es meines Wissens keinen Verdächtigen und dieser Chief-Inspector ist sowieso nicht gut auf mich zu sprechen«.

»Auch da bin ich ein schlechter Ratgeber, aber die Polizei war übrigens gestern hier im Haus«, raunte Samuel. »Eine Näherin wurde mitgenommen, deren Mann vermisst und schließlich tot aufgefunden wurde«.

»Etwa dieser Chief-Inspector Powel«? fragte Jaspar entsetzt.

Samuel schüttelte den Kopf und legte beruhigend die Hand auf seinen Arm. »Nein, mach Dir keine Sorgen. Es waren nur zwei Officer hier, die ihr die Nachricht überbracht haben. Dann musste sie ihn wohl identifizieren«.

Nachdenklich drehte er einen Bleistift in der Hand. »Ich habe dem armen Ding heute ausnahmsweise freigegeben, damit sie ihre Angelegenheiten regeln kann. Sie hat sechs Kinder, die sie jetzt allein durchbringen muss«.

»Ist Thea im Moment zu Hause«? fragte Jaspar, der ihm scheinbar bei seinen letzten Worten gar nicht zugehört hatte.

»Nein. Thea ist bei ihrer Cousine Margaret in Leeds und weiß noch nichts von Abygails Tragödie. Heute Nachmittag gegen drei ist sie wieder da. Komm doch einfach zu uns nach Hause. Dann kannst Du es ihr selbst schonend beibringen, denn so etwas war noch nie meine Stärke und Du weißt ja selbst, wie die beiden aneinander hingen«.

»Auch das noch«, murmelte Jaspar. »Aber schlimmer, als meiner eigenen Tochter eine solche Nachricht zu überbringen, kann es nicht werden«.

»Wie kommt sie denn damit zurecht«?

»Naja, sie weint viel und verkriecht sich im Moment oft in ihrem Zimmer. Man muss ihr Zeit lassen, allerdings war ich heute Morgen außer mir, denn ich hatte in einem Anflug von Wahn die Idee, dass sie den Schmuck von Abygail genommen hat. Sogar angeschrien habe ich Madeleine, nachdem ich sie ziemlich unsanft aus dem

Bett geworfen hatte. Zu guter Letzt musste sie bei ihrem Leben auf die Bibel schwören, dass sie es nicht war«.

»Jaspar, so etwas darfst Du nicht tun«, entgegnete Samuel. »Und hoffentlich verzeiht sie Dir«.

Der sah ihn ernst an. »Hoffentlich war sie es wirklich nicht«.

»So etwas darfst Du nicht einmal denken, oder hast Du einen Grund Deinem eigenen Kind nicht zu trauen«?

Jaspar trank einen Schluck Tee und setzte seine Tasse klirrend ab. »Wie soll ich es Dir erklären. Madeleine hat vor allem von meiner Frau alles bekommen, was sie wollte, sofern es möglich war. Sie ist ein verzogenes Mädchen und war schon als kleines Kind dafür bekannt, ohne mit der Wimper zu zucken, zu lügen«.

»Jaspar«, antwortete Samuel beschwichtigend. »Da ging es doch nur um belanglose Dinge, wie Gebäck oder ein Spielzeug. Das hier kann man sicher nicht vergleichen. Am besten, Du bringst sie heute mit zu Thea. Sie ist schließlich auch eine Mutter und kann bestimmt etwas einfühlsamer auf sie eingehen als Du«.

»Vielleicht hast Du recht«, seufzte der und stand auf. »Ich werde Madeleine fragen, aber jetzt muss ich zurück ins Geschäft. Mein Lehrling ist ganz allein und nachher kommt eine Kundin«.

»Ach ja Dein Lehrling«, sagte Samuel. »Seine Mutter arbeitet seit kurzem hier bei mir. Ist er auch so fleißig wie sie? Stellt sich recht geschickt an und hat sich mit der armen Tracy angefreundet«.

»Ronald ist ein aufgeweckter schlauer Bursche und auch sehr umgänglich. Abygail und ich hätten es gerne gesehen, wenn er mit Madeleine, na sagen wir mal mehr als nur befreundet wäre. Du weißt ja, dass mir ein Sohn, der das Geschäft fortführen könnte, nicht vergönnt war«.

»Wer weiß«, antwortete Samuel lächelnd. »Vielleicht wird es ja noch was mit den beiden. Denk daran, die Hoffnung stirbt zuletzt«.

»Diese Hoffnung habe ich inzwischen begraben. Da mache ich mir nichts vor. Ronald sucht das Weite, sobald Madeleine in der Werkstatt auftaucht und im Grunde kann ich es ihm nicht einmal verdenken. Wenn ich mir andere Mädchen in ihrem Alter ansehe, wird mir schwer ums Herz«.

»Warum«?

»Weil Madeleine mindestens zwanzig Pfund abnehmen müsste, um nicht meines Geldes oder des Geschäftes wegen geheiratet zu werden«.

»Übertreib nicht Jaspar«, sagte Samuel und klopfte ihm auf die Schulter. »Bis jetzt hat fast noch jeder Topf seinen Deckel gefunden und eines Tages wird es auch bei Deiner Tochter so sein. Glaube mir«.

Jaspar begann zu schmunzeln. »Wenn ich Dir so zuhöre, kann man Dein Verständnis für andere Menschen kaum in Worte fassen«.

Er eilte wieder zurück ins Geschäft wo Mrs. Wilson bereits auf ihn wartete. Mit grimmiger Miene saß sie auf einem Stuhl und hielt einen kleinen Hund auf dem Arm.

»Ich bin nicht besonders amüsiert Mr. Ward, dass Sie mich hier allein warten lassen, obwohl wir einen Termin hatten«, sagte sie mit schnippischer Stimme. »Außerdem habe ich noch einen Termin beim Frisör und ...«.

Er unterbrach sie: »Entschuldigen Sie bitte, aber eine dringende Angelegenheit duldete keinen Aufschub«.

Schnell zog er sich die Jacke aus und setzte sich ihr gegenüber. »Was ist denn mit Ihrer Armbanduhr«?

»Der Verschluss ist kaputt und heute Abend möchte ich sie bei einem Empfang des Bürgermeisters tragen, denn Sie passt perfekt zu meinem neuen Kleid«.

Jaspar deutete auf Ronald. »Wenn Sie ihm die Uhr gegeben hätten, wäre sie längst repariert. Aber natürlich mache ich das jetzt selbst«.

Ohne ihre Antwort abzuwarten, drehte er sich zu seinem Uhrentisch und lötete ein abgebrochenes Glied wieder an. Kurz darauf gab er sie ihr zurück. »Hier bitte«.

Erstaunt setzte sie ihren Hund auf den Fußboden und sah ihn an. »Das war schon alles«?

»Ja Mrs. Wilson, das war schon alles und da Sie warten mussten, kostet Sie diese Reparatur ausnahmsweise nichts. Geht aufs Haus«.

»Akzeptiert«, antwortete sie und stand auf. »Und jetzt muss ich mich beeilen, ich habe noch einen anderen Termin. Auf Wiedersehen Mr. Ward«.

Ohne Ronald eines Blickes zu würdigen, leinte sie etwas ungeschickt ihren Hund an und stolzierte hinaus.

Der sah ihr nach. »Was für eine seltsame Frau. Hoffentlich bekomme ich nicht mal so eine«.

Jaspar sah ihn an. »Meine Mutter sagte immer: Jeder ist seines Glückes Schmied und wer die Qual hat, hat die Wahl«.

Er zog den Stecker des Lötkolbens heraus und fragte: »Aber mal im Ernst, hast Du eigentlich eine Freundin«?

Ronald merkte, wie ihm die Röte ins Gesicht stieg. Sein Chef hatte noch nie privat mit ihm gesprochen und schon gar nicht über ein solches Thema. »Ich habe vor kurzem ein nettes Mädchen kennengelernt«, begann er zögernd. »Nur ob es was wird, weiß ich nicht«.

»Lass Dir Zeit Junge. Nur eins möchte ich Dir sagen, auch in meiner Familie wärst Du herzlich willkommen«.

Jetzt wurde Ronald endgültig rot. »Danke Sir«.
Er wusste nicht mehr, was er noch sagen sollte und begann hastig, mit einem Pinsel den Staub von seinem Uhrentisch zu wischen.

Jaspar hielt seine Hand fest. »Schon gut Ronald. Ich habe verstanden und mach Dir deswegen keine Sorgen. Ich werde Dich in dieser Sache keinesfalls unter Druck setzen. Übrigens wollte ich Dir auch noch sagen, dass ich trotz des Todes meiner Frau dieses Geschäft nicht aufgeben werde. Solltest Du also nach Deinem Abschluss wollen, kannst Du gerne bleiben. Ich habe genügend Aufträge und kann einen fleißigen jungen Uhrmacher wie Dich gut gebrauchen«.

Ronald strahlte. »Danke Sir, das ist sehr freundlich«.
»Übrigens, bitte verstehe mich nicht falsch. Ist hier mal irgendjemand gewesen, der zu meiner Frau oder mir wollte, den Du nicht kanntest«?

»Naja, fremde Kundschaft kam ja immer wieder mal vorbei, aber zu Ihrer Frau wollte von denen niemand. Haben sich immer nur vor oder im Geschäft umgesehen«.

»Alles klar. Ich muss jetzt nach oben, denn Madeleine kommt nachher aus der Schule. Könntest Du hier die Stellung bis zum Feierabend halten und dann auch abschließen? Ich bin nämlich mit ihr unterwegs«.

»Mach ich Sir«, antwortete Ronald stolz. »Sie können sich auf mich verlassen«.

Jaspar stand kurz nach drei Uhr zusammen mit Madeleine vor der Haustür der O'Kellys. Sie lehnte mit verschränkten Armen bockig am Gartenzaun, denn sie hatte heute so gar keine Lust mit ihrem Vater etwas zu unternehmen.

»Komm schon Madeleine«, sagte er versöhnlich. »Ich habe mich bei Dir wegen heute Morgen entschuldigt und damit muss es gut sein«.

Mit beleidigter Miene sah sie abrupt zur Seite. »So einfach ist das nicht Dad«, antwortete sie schnippisch. »Du hast mir etwas unterstellt, ohne es beweisen zu können. Wäre Mum noch da, dann ….«.

»Sie ist aber nicht mehr da«, fiel er ihr scharf ins Wort. »Sie ist tot Madeleine, tot. Wir müssen das beide akzeptieren und versuchen, damit zurechtzukommen«.

»Das gibt Dir aber nicht das Recht mich mit Deinen Verdächtigungen zu traktieren«.

»Traktieren«? fragte er. »Du weißt doch gar nicht, was dieses Wort bedeutet. Aber Du kannst es gerne herausfinden. Ab sofort gelten nämlich in meinem Haus auch meine Regeln, und zwar ohne nachträgliche Entschuldigungen. Merke Dir das«.

Ohne ihre Antwort abzuwarten, griff er nach dem Türklopfer und ein älterer hagerer Mann, gekleidet mit weißem Hemd und blauer Latzschürze, öffnete.

»Sie wünschen«? fragte er spitz.

Als er Jaspar erkannte, hielt er sich erschrocken die Hand vor den Mund. »Oh entschuldigen Sie Mr. Ward, ich hatte sie nicht gleich erkannt. Mrs. O'Kelly ist eben von einer längeren Reise zurückgekehrt und macht sich gerade frisch. Sie müssten einen Moment warten«.

Schnell trat er an die Seite und zeigte einladend in den geräumigen Flur.

»Danke Ed«, antwortete Jaspar lächelnd. »Ich dachte schon, Sie würden uns abweisen«.

»Nicht doch Sir. Thea wird sich bestimmt freuen Sie und Madeleine zu sehen«. Er nahm ihnen die Jacken ab und führte sie ins Wohnzimmer. »Ich bin noch im Garten beschäftigt, bringe aber gleich den Tee. Und Thea hat wundervolles Gebäck aus Leeds mitgebracht«.

Die kam gerade die Treppe herunter. Sie war eine schlanke grazile Frau, die sich immer schminkte, auch wenn sie zu Hause war. Mehrmals am Tag frisierte sie ihr dunkelgelocktes Haar und band sich bunte Bänder hinein. Dabei achtete sie streng darauf, dass die farblich zu ihren Kleidern passten. »Oh wie nett«, rief sie gutgelaunt. »Jaspar und Madeleine sind da«. Sie sah sich um. »Wo ist denn Abygail? Hatte sie keine Zeit«?

Jaspar ging zu ihr hin und küsste sie auf die Wange. »Das erkläre ich Dir gleich«. Kurz darauf saßen sie sich im Wohnzimmer gegenüber.

»Nun sag schon Jaspar, wo ist sie«? fragte Thea ungeduldig, während Ed Tee einschenkte. »Oder sag Du es mir Madeleine, wo Deine Mum steckt«.

»Abygail ist tot«, sagte Jaspar mit heiserer Stimme. »Sie wurde umgebracht«.

Thea ließ ihre Tasse fallen. Klirrend zerschellte sie und der Tee ergoss sich auf dem glänzenden Parkettboden.

»Was«? rief sie entsetzt, während sich ihre Augen mit Tränen füllten. »Das kann doch nicht wahr sein. Bitte Jaspar, sag dass das nicht wahr ist«.

Unsicher sah er sie an. »Leider ist es wahr. Abygail lebt nicht mehr«. Thea brach in Tränen aus. Ed eilte zu ihr und gab ihr ein Taschentuch. »Weiß man schon, von wem sie umgebracht wurde«? schluchzte sie.

Jaspar schüttelte den Kopf. »Nein, die Polizei tappt noch völlig im Dunkeln«.

»Aber warum denn«? schluchzte sie weiter. »Abygail war doch eines der liebsten und nettesten Geschöpfe, die ich kannte«.

»Das fragen Madeleine und ich uns auch die ganze Zeit«, antwortete Jaspar ernst. »Wir können uns das auch nicht erklären«. Dann schilderte er ihr den Verlauf des Tages, an dem er Abygail verloren hatte. Zum Schluss sagte er: »Und zu allem Überfluss verdächtigt mich auch noch die Polizei, es getan zu haben. Ich, der ich meine Frau immer geliebt und geachtet habe. Kannst Du Dir vorstellen, wie ich mich fühle«?

»Es tut mir sehr leid für Euch und wenn ich etwas tun kann, so sagt es bitte. Es ist mir sehr wichtig, Euch in jeder nur denkbaren Weise zu unterstützen«. Sie sah zu Madeleine herüber. »Du bist mein Patenkind und kannst immer zu mir kommen, wenn Du mich brauchst«.

»Danke Tante Thea«, antwortete Madeleine leise. Jaspar sah zu ihr herüber. »Könntest Du für eine Weile mit Ed in die Küche gehen Madeleine? Ich muss etwas Wichtiges mit Thea besprechen«.

»Ich bin kein kleines Kind mehr Dad«, antwortete sie sichtlich genervt.

»Leider muss ich darauf bestehen und ….«.
»Oh ja«, sagte Ed schnell. »Dann brauche ich die Torte nicht allein zu dekorieren«.

Madeleine stand auf und verließ den Raum.

Jaspar lehnte sich nach vorn und erzählte ihr eilig von dem verschwundenen Schmuck und dem Ring. »Kannst Du Dir vorstellen, von wem sie den haben könnte und wer mit den Initialen gemeint ist«?

Thea wurde blass und schüttelte ungläubig den Kopf. »Dass sie diesen Ring aufgehoben hat, wundert mich«, begann sie. »Denn sie hat ihn von einem Mann bekommen, in den sie unsterblich verliebt war, er aber bereits vergeben«. Sie sah ihn ernst an. »Das war aber weit vor Deiner Zeit mit ihr«.

»Wer war der Mann«?

Thea lehnte sich zurück und verschränkte die Arme. »Das kann ich Dir nicht sagen, denn ich hatte ihr damals geschworen, niemanden davon zu erzählen. Nur so viel, dieser Mann ist nicht aus dem Krieg zurückgekehrt und damit spielt es jetzt auch keine Rolle mehr«.

Jaspar sah sie fassungslos an. »Ich war immer der Meinung, dass Abygail vor mir keinen anderen Mann hatte«.

Thea antwortete nicht und nippte stattdessen an ihrem Tee. Schließlich sagte sie: »Abygail war damals gerade mal sechzehn Jahre alt, als es mit dem anderen Mann vorbei war und kurz darauf, als Eure Familie nach Manchester kam und sie Dich kennenlernte, war sie Dir immer treu. Also lass es auf sich beruhen«.

Jaspar grübelte: »Ich werde mit Deinem Schwager Frank und Lilly reden, vielleicht haben die damals etwas mitbekommen. Schließlich waren sie schon ein Jahr eher hier als ich. Erst später sind sie nach Bedfort gezogen«.

»Bitte Jaspar«, beschwor ihn Thea. »Lass es bleiben, das bringt Dich doch nicht weiter«.

Er sah sie ernst an. »Ich werde die Wahrheit mit oder ohne Dich herausfinden, verlass Dich drauf«.

In diesem Moment kam Ed mit Madeleine herein. »Sie sollte Konditorin statt Uhrmacherin werden«.

Theatralisch stellte er die Torte auf den Tisch. »Madeleine beherrscht die Patisserie ja jetzt schon wie ein Profi, auch wenn es im Moment schwer ist, alle Zutaten zu bekommen«.

»Wer hat denn gesagt, dass sie Uhrmacherin werden soll«? fragte Jaspar gereizt. »Davon war nie die Rede«.

Madeleine sah ihn mit schmalen Augen an. »Seit Du Deinen großartigen Ronald hast, bin ich bei Dir sowieso abgeschrieben«.

»Genug«, rief Thea und hob die Hände. »Ich möchte diese Streiterei nicht. Bitte lasst uns jetzt den Kuchen genießen«.

Plötzlich ging die Tür auf, Samuel kam herein und begrüßte und umarmte seine Frau überschwänglich.

»Schön das Du wieder da bist Darling. Wie war es bei Margaret«?

»Ihr und William geht es gut und sie lassen Dich herzlich grüßen«. Samuel wurde ernst. »Weißt Du schon, was passiert ist«? Sie nickte und wieder stiegen in ihr die Tränen auf. »Ich habe es nur noch nicht begriffen«, schluchzte sie.

»Wir müssen alle zusammenhalten«, sagte Samuel und umarmte sie erneut. »In guten wie in schlechten Zeiten«.

Thea sah zu Jaspar herüber. »Ja. Und wir sollten nach vorne schauen und nicht zurück«.

***

Ronald hatte das Geschäft abgeschlossen und war auf dem Heimweg. Heute war er besonders zufrieden, denn ihm war die Reparatur einer Standuhr geglückt.

Er hatte die Aufhängungen der Gewichte repariert, das wunderschön gravierte versilberte Ziffernblatt gereinigt und die schwarz lackierten Zeiger befestigt.

Als er schließlich das schlanke, aus dunkel gebeizter Eiche und mit einigen Reliefs verzierte hohe Gehäuse betrachtete, nahm er die Kurbel und setzte das massive Uhrwerk in Gang. Das Pendel begann gleichmäßig zu schwingen und gab jeweils zur halben und vollen Stunde einen sehr tief klingenden Gong von sich.

Als der Eigentümer, ein hochangesehener Stadtrat in Manchester, kurz vor Feierabend das Geschäft betrat, hatte er ihm stolz die Uhr vorgeführt und zwei Pfund Trinkgeld erhalten.

›Zwei Pfund‹, dachte er glücklich. ›Jetzt kann ich Samantha am Sonntag ins Kino einladen und Mr. Ward wird es auch freuen‹.

Tagsüber hatte er hin und wieder überlegt, warum der am Morgen so hektisch das Haus verlassen und am Nachmittag mit Madeleine unterwegs war. Irgendetwas musste geschehen sein, aber im Grunde ging es ihn ja nichts an. Nur über sein Statement, dass er das Geschäft weiterführen und ihn nach seiner Lehrzeit übernehmen würde, war er sehr froh.

Es gab nicht viele Werkstätten in der Stadt und ob die sich einen Gesellen leisten konnten, wäre sicher auch fraglich gewesen. Ihm schauderte bei dem Gedanken, von den Meistern abgewiesen zu werden, um dann zwangsläufig in einer Fabrik zu arbeiten, wo auch seine

Freunde Steve und Niklas für einen kargen Lohn schufteten.

Er kam zu der Bushaltestelle, wo er oft frierend im Regen gestanden war, um nach Littleborough zu fahren.

›Gott sei Dank‹, dachte er. ›Das ist vorbei‹.

Er ging weiter, als ihm plötzlich seine Mutter, zusammen mit einer weinenden Frau entgegenkam.

Er erkannte Tracy, die in ein Taschentuch schluchzte.

»Ronald«, sagte Betsy. »Bist Du auf dem Heimweg«?

»Ja natürlich. Und wohin geht Ihr gerade«?

»Ich bringe Tracy heim, mache den Kindern etwas zu essen und dann komme ich nach«.

»Ist etwas passiert«? fragte er erstaunt und sah zu Tracy herüber, die mit geröteten, verheulten Augen vor ihm stand. »Ich komme schon allein zurecht«, murmelte die an Betsy gewandt. »Geh nur mit Deinem Sohn nach Hause«.

»Wirklich«? fragte Betsy besorgt. »Schaffst Du das«? Tracy nickte. »Ich muss es schaffen und schließlich bin ich durch die Kinder nicht allein«.

Betsy nahm sie in den Arm. »Na gut, dann sehen wir uns morgen in der Arbeit«.

»Was ist passiert«? fragte Ronald ungeduldig. »Mrs. Rogers war ja total aufgelöst«.

»Ihr Mann wurde tot aufgefunden«, antwortete Betsy ernst. »Und jetzt ist das arme Ding mit den Kindern allein«.

»Meinst Du den alten Kerl, der den Laster gefahren hat und ….«?

»Ja den meine ich«, fiel ihm Betsy ins Wort. »Tatsache ist, dass sie nun mal mit ihm verheiratet war und er der Vater ihrer Kinder ist. Wir haben uns kein Urteil darüber zu erlauben«.

»Schon gut Mum«, entgegnete Ronald und hob die Hände. »Es geht mich nichts an«.

»Es geht Dich zwar nichts an, aber ein bisschen Mitgefühl könntest Du schon zeigen. Du weißt auch noch nicht, was Dir später einmal widerfährt«.

»Ich kann aber nicht die ganze Welt retten und abgesehen davon, habe ich auch von niemandem Zuspruch erhalten, als Großvater starb. Wer hat mich denn getröstet? Aber um andere Leute kümmerst Du Dich, gibst denen unser Gemüse und kochst für Sie«.

Sein vorwurfsvoller Blick traf Betsy wie ein Keulenschlag. »Das ist unfair Ronald«, stammelte sie. »Ich habe immer für Dich gesorgt und gegeben was ich konnte. Und nun lass uns nach Hause gehen und nicht mitten auf der Straße streiten«.

Ronald ärgerte sich jetzt, denn er wusste natürlich, dass sich seine Mutter ständig um ihn sorgte. Er hätte sich am liebsten selbst geohrfeigt, aber was gesagt war, war nun mal gesagt. Das konnte er nicht mehr rückgängig machen.

»Entschuldige, war nicht so gemeint«, murmelte er und nahm ihr den Korb ab. »Der ist aber schwer. Was ist denn da drin«?

»Unser Abendessen«, antwortete sie steif und ging weiter, ohne ihn anzusehen. An der Haustür angekommen, drehte sie sich zu ihm um. »Eigentlich habe ich eine Überraschung für Dich und mich den ganzen Tag darauf gefreut, es Dir zu zeigen«.

Ronald schluckte. »Eine Überraschung«?
Sie nickte. »Möchtest Du wissen, was es ist«?

Er umarmte sie. »Ja Mum, natürlich«. Während er sie im Arm hielt, bemerkte er, dass sie abgenommen haben musste. ›So dünn war sie noch nie‹, dachte er.

Kurz darauf betrat er sein Zimmer und traute seinen Augen nicht. Da stand ein nagelneues Bett, vor dem ein kleiner buntgemusterter Teppich lag. Darüber prangte ein Poster von Buddy Holly. Und unter der Dachschräge stand eine passende Kommode, auf die Betsy sein Röhrenradio gestellt hatte.

»Mum«, sagte er. »Ich fasse es nicht. Wo ist denn das alles her? Heute Morgen bin ich doch noch in dem alten knarrenden Kojen-Bett aufgewacht«.

Sie lächelte. »Mr. Manson, der für Großvater immer den Holzkarren repariert hat, war so nett, die Möbel zu bauen und mir zu helfen alles einzurichten«.

Wieder umarmte er sie. »Das ist großartig. Ich weiß gar nicht, wie ich Dir danken soll«.

»Schon gut«.

Später saßen sie beim Abendessen gemütlich zusammen und Betsy erzählte ihm von Tracy und ihrem Unglück.

Schließlich schilderte er stolz, wie er allein die Standuhr repariert hatte und dass er ein großzügiges Trinkgeld erhalten hatte. »Damit gehe ich am Sonntag ins Kino«, verkündete er.

»Allein«?

Er sah sie ernst an. »Ich hoffe nicht«.

»Haben Steve und Niklas etwa keine Zeit«? fragte sie überrascht.

»Ich möchte ein Mädchen einladen«.

»Ein Mädchen? Kenne ich sie«?

»Samantha O'Kelly«.

»Die Tochter von Frank und Lilly«?

Ronald nickte. »Ja. Sie geht mir nicht mehr aus dem Kopf, seit ich sie das erste Mal auf dem Hof sah und letzten Sonntag habe ich sie zufällig in der Bücherei getroffen«.

Betsy schob ihre Teetasse beiseite. »Ich habe meine Zweifel, dass das Frank O'Kelly gutheißen wird, so wie er uns behandelt hat«.

»Das ist mir völlig egal«, antwortete er schnell. »Ich glaube nämlich, dass sie mich auch mag«.

»Dann wünsche ich Dir viel Glück«, antwortete sie und stand auf. »Meinen Segen hast Du, aber es wird sicher nicht leicht«.

»Wir sind es doch gewohnt uns durchzubeißen, oder etwa nicht«? fragte er schelmisch und nahm das Geschirrtuch, während sie damit begonnen hatte, abzuwaschen.

Betsy staunte, denn um diese Arbeit drückte er sich nur zu gern herum und war nie um eine Ausrede verlegen, was er stattdessen noch dringend zu erledigen hätte.

Am nächsten Morgen machte sich Ronald schon früh auf den Weg zur Arbeit, nachdem es ihm schwergefallen war einzuschlafen. Die Holzmöbel rochen noch streng nach frischem Lack und immer wieder ging ihm Samantha durch den Kopf.

Als er im Geschäft ankam, stand Madeleine in der Werkstatt. Seine Laune sank schlagartig auf den Nullpunkt, als sie mit gespielt süßlicher Stimme sagte:

»Guten Morgen Ronald. Die Ferien haben begonnen und deshalb werde ich hier mithelfen«. Er stellte seinen Rucksack ab. »Was willst Du denn hier tun«?

Sie hob die Schultern. Dabei wippte ihr üppiger Busen hin und her, denn sie trug eine weiße Spitzenbluse mit großem Ausschnitt. »Dad hat mich gebeten, in der Auslage des Schaufensters den Staub wegzuputzen«.

»Nicht nötig«, murrte er. »Das habe ich vor zwei Tagen bereits erledigt«.

»Willst Du mich etwa loswerden«? fragte sie spitz. »Das schaffst Du nicht, schließlich bin ich die Tochter des Inhabers und Du der Lehrling«.

»Darüber bin ich mir durchaus bewusst Madeleine«, fuhr er sie an. »Wenn Du die Auslage putzen willst, dann mach es doch, nur mich lass bitte in Ruhe«.

Schnell drehte er ihr den Rücken zu, setzte sich an seinen Tisch und begann das Werkzeug herauszulegen.

Madeleine stieg die Röte ins Gesicht. »Das sage ich Dad. So hast Du nicht mit mir zu reden«.

Ronald drehte sich zu ihr um und sah sie verächtlich an. »Mach was Du willst, aber ab sofort werde ich gar nicht mehr mit Dir reden«.

Wütend warf sie das Staubtuch neben ihn auf den Tisch und stampfte aus der Werkstatt. Sie hatte alles vermasselt, denn eigentlich wollte sie ihn wieder einmal fragen, ob er mit ihr ausginge. An der Tür kam ihr ihr Vater entgegen. »Nanu«? fragte er. »Ich denke, Du wolltest helfen«?

»Ronald meint, dass ich hier überflüssig bin«, entgegnete sie kühl. »Soll er doch jetzt selbst diese Arbeit machen«. Jaspar nahm sie am Arm. »So geht das nicht. Was war hier los«?

»Er behandelt mich wie den letzten Dreck«, sagte sie vorwurfsvoll.

Jaspar betrachtete ihre Bluse, die ihr Abygail letztes Jahr gekauft hatte und die sie sonst nur an Festtagen trug. Jetzt war ihm klar, was sie damit bezweckte. »Ist es üblich Sonntagskleidung beim Putzen zu tragen«? fragte er streng. »Geh nach oben und zieh Dich sofort um«.

Madeleine stiegen vor Wut die Tränen in die Augen, dass selbst ihre Nickelbrille anlief. »Das ist ja mal wieder typisch«, kreischte sie. »Ständig hälst Du zu Ronald und stellst mich zu allem Überfluss auch noch vor ihm bloss«.

Jaspar stand mit hängenden Armen da und wollte den Streit scheinbar nicht eskalieren lassen.

»Mich stört es nicht, was sie trägt Sir«, sagte Ronald leise. »Ich habe sie lediglich darauf hingewiesen, dass ich die Auslagen im Schaufenster bereits geputzt hatte. Aber vielleicht kann sie ja etwas anderes tun«.

»Geh an Deine Arbeit«, antwortete er unwirsch. »Das hier ist eine Angelegenheit zwischen meiner Tochter und mir«. Er stieß die Tür auf und zog Madeleine nach draußen. Kurz darauf sah Ronald durch das Seitenfenster, dass sie den Hof fegte.

Er konnte sich ein Grinsen nicht verkneifen, als sie mit wütenden Schwüngen das Pflaster regelrecht abzubürsten schien.

Jaspar kehrte zurück, setzte sich ihm gegenüber und begann die Buchhaltung zu prüfen.

Erstaunt sah er auf. »Hat etwa Mr. Johnson die Standuhr gestern schon abgeholt«?

»Ja Sir. Ich habe sie zu seiner vollsten Zufriedenheit repariert«.

»Und was ist mit der Damenuhr von Mrs. Martin? Ist die auch schon fertig«?

»Nein Sir, die bringe ich heute in Ordnung. Ich denke aber, dass ich nur das Uhrenglas öffnen muss, denn da ist nur etwas Feuchtigkeit drin, mehr nicht. Sie hatte wohl vergessen, sie vor dem Wäschewaschen vom Handgelenk zu nehmen«.

Bald hörten sie laute Schritte auf der Treppe. Das konnte nur Madeleine sein die, noch immer beleidigt wie eine Leberwurst, wieder nach oben ging.

Die Glocke an der Tür schellte und ein Mann betrat das Geschäft. Ronald erschrak, als er Frank O'Kelly erkannte, der ihn keines Blickes würdigte.

Jaspar nickte ihm freundlich zu. »Guten Tag Frank. Was kann ich für Dich tun«?

Der löste wortlos seine Taschenuhrkette von der Weste und ließ sie samt Uhr auf den Tisch gleiten.

»Kannst Du die reparieren? Seit gestern läuft sie nicht mehr«.

Jaspar öffnete geschickt den Deckel und wiegte den Kopf. »Hier ist einiges kaputtgegangen«.

Er drehte sich zu Ronald um. »Komm bitte her und schau Dir das mal an, denn so ein schönes Stück sieht man nicht alle Tage. Ich habe eine Schweizer Uhr mit Ankerhemmung und fliegendem Federhaus vor mir«.

»Ich möchte nicht, dass ein Lehrling die Uhr anfasst«, sagte Frank schroff. »Sondern ich erwarte, dass Du die Reparatur selbst durchführst«.

Jaspar zog die Augenbrauen hoch. »Ronald steht kurz vor seinem Lehrabschluss und hat noch nie ein Uhrwerk zerstört. Es gibt also keinen Grund ihm zu misstrauen und …«.

»Ich bestehe aber darauf«, fiel ihm Frank ins Wort. »Falls Du den Auftrag ausführen willst«.

Jaspar überlegte einen Moment, dann sagte er: »Ich lasse mir nicht von meiner Kundschaft und auch nicht von Dir sagen, wie ich Reparaturen durchzuführen habe. Daher glaube ich, dass es besser wäre, wenn Du Dich an meine Konkurrenz wendest«.

Schnell setzte er die Uhr wieder zusammen, schob sie ihm hin und nickte ihm gespielt freundlich zu. »Ich wünsche Dir noch einen schönen Tag«.

Bei Frank O'Kelly begannen sich die Wangenknochen zu bewegen, denn damit hatte er nicht gerechnet. Während er ihn verächtlich ansah, grapschte er nach der Uhr, drehte sich wortlos auf dem Absatz um und verließ das Geschäft. »Was für ein unangenehmer Zeitgenosse«, seufzte Jaspar und schüttelte den Kopf. »Ganz im Gegenteil zu seinem Bruder«.

Inzwischen hatte er den Gedanken verworfen, mit ihm über die Herkunft des Ringes zu reden. Er würde es stattdessen bei Lilly versuchen.

»Das war der neue Besitzer unseres Hofes«, sagte Ronald.

»Du kennst ihn also bereits«, sagte Jaspar und setzte sich wieder an seinen Schreibtisch. »Ich habe mich schon gewundert, woher er wusste, dass Du noch Lehrling bist«.

»Er hat neulich schon meine Mutter und mich grundlos heruntergeputzt, als wir ausgezogen sind«.

»Auch wenn ich den Auftrag gerne ausgeführt hätte und jedes Pfund brauche, bin ich jetzt froh, nicht auf seine Forderung eingegangen zu sein«.

Ronald schmunzelte. »Ja, dem kann ein bisschen Gegenwind nicht schaden«.

An diesem Vormittag war es jetzt ruhig. Niemand kam herein und auch Madeleine ließ sich nicht mehr blicken. So gingen sie ihrer Arbeit nach, während mehrere Wanduhren leise vor sich hin tickten.

Schließlich begann Jaspar zu gähnen. »Ich ziehe mich für eine Stunde zurück«. Er stand behäbig auf, band seine Latzschürze ab, verriegelte die Ladentür und drehte am Glasausschnitt das Schild ›Geschlossen‹ nach außen um. »Falls etwas Dringendes ist, weißt Du ja, wo Du mich findest«.

Ronald nickte ihm zu. »Selbstverständlich Sir«.

Als er allein war, holte er seine Teeflasche und seine Brotdose heraus. Seine Mutter hatte ihm etwas Frühstücksfleisch, frisches Brot und einen Apfel eingepackt, dass er sich jetzt genüsslich schmecken ließ.

Während er aß, dachte er daran, wie sie zusammen mit dem Wagenbauer sein Zimmer eingerichtet hatte.

Er überlegte, wie er auch sie überraschen konnte, denn die Weihnachtszeit rückte näher.

Jetzt hatte er eine Idee. Es gab da eine kleine Damenuhr, die verpfändet und seit Monaten nicht wieder abgeholt wurde. Nachher würde er Mr. Ward fragen, was er dafür haben wollte.

Plötzlich hörte er, dass jemand versuchte, die Klinke der Ladentür herunter zu drücken, dann klopfte es energisch. Er stand auf und sah Chief-Inspector Powel, und seinen Sergeant, die versuchten, hineinzusehen.

Er öffnete. »Guten Tag, im Moment haben wir leider geschlossen und Mr. Ward ist nicht da. Kann ich stattdessen etwas für Sie tun«?

Vincent nickte ihm zu. »Dürfen wir hereinkommen«? Ronald trat an die Seite. »Natürlich Sir«.

»Wann beliebt denn Mr. Ward wiederzukommen«? fragte Vincent zynisch.

Ronald sah auf die Uhr. »Er macht Mittagspause. In etwa einer halben Stunde will er wieder unten sein«.

»Dann werden wir nicht warten«, antwortete Vincent und deutete mit dem Kopf zur Tür.

Sie verließen die Werkstatt über den Hinterausgang, stiegen die Treppe nach oben und betätigten den Türklopfer. »Mr. Ward«, rief Vincent. »Hier ist die Polizei. Machen Sie auf«.

Madeleine öffnete erschrocken die Tür.
Er hielt ihr die Dienstmarke entgegen. »Guten Tag, wir möchten zu Mr. Ward«.

»Mein Vater schläft aber gerade«, stotterte sie.
»Dann wecken Sie ihn bitte auf. Wir warten solange«.

Kurz darauf erschien Jaspar. »Sie schon wieder«?
»Ja wir schon wieder. Dürfen wir hereinkommen«?

Jaspar rieb sich die Augen. »Ja bitte«.
Als sie sich im Esszimmer gegenübersaßen, begann Vincent: »Lassen Sie uns direkt auf den Punkt kommen. Wir waren gestern im Peak District Nationalpark Mr. Ward«. Er machte eine kurze Pause, um seine Reaktion abzuwarten, die nicht ausblieb.

Und weiter«? fragte Jaspar unsicher.

»Sie haben niemals von der von Ihnen beschriebenen Stelle ein Reh zu Ihrem Auto getragen«, sagte jetzt Adam. »Und falls Sie uns jetzt nicht die Wahrheit sagen, nehmen wir Sie sofort wieder mit. Dieses Verhör dauert dann allerdings länger als das Letzte, verlassen Sie sich darauf«.

»Sie sind immer noch höchst verdächtig Ihre Frau umgebracht zu haben«, legte Vincent nach.

Jaspar rutschte förmlich das Herz in die Hosentasche.

Stockend begann er von Liam Rogers und seinem Angebot zu erzählen, Fleisch zu besorgen. Zum Schluss fragte er: »Und was wird aus meiner Tochter? Sie ist schließlich noch minderjährig«.

»Wir sagten Ihnen bereits, dass Sie sich das besser vorher überlegen hätten«, entgegnete Adam scharf. »Vertrauen Sie jetzt bloss nicht mehr auf unsere Nachsicht«.

Vincent fragte ungläubig: »Sie geben also tatsächlich zu, Liam Rogers gekannt zu haben«?

»Ja. Ich habe ihn aber seitdem nicht mehr gesehen«, sagte Jaspar schnell. »Das schwöre ich«.

Vincent ging nicht darauf ein. »Sagt Ihnen der Name Jacob Tremblay etwas? Aber lügen Sie mich ja nicht an«.

Jaspar sah erstaunt von einem zum anderen. »Wer soll das sein? Ich schwöre, dass ich den Namen noch nie gehört habe«.

»Auf Ihre Schwüre gebe ich im Moment herzlich wenig. Allerdings bin ich im Moment geneigt, Ihnen das zu glauben. Nur so viel: Liam Rogers ist tot«.

»Liam ist tot«? fragte Jaspar erschrocken. »Wie ist denn das passiert? Hatte er einen Unfall«?

»Ja«, entgegnete Vincent. »Einen mörderischen Unfall«. Kopfschüttelnd fragte er: »Wieso hatten Sie es denn nötig, sich auf einen wie ihn einzulassen und seine Wilderei zu unterstützen? Seine Frau sitzt jetzt allein mit sechs Kindern da und muss zusehen, wie sie zurechtkommt. Ich würde dringend raten, dass sie ihr unter die Arme greifen, sonst könnte es rasch ein schlechtes Licht auf ihr Geschäft werfen, falls das bekannt wird«. Gedehnt fügte er hinzu: »Und das wollen Sie doch nicht Mr. Ward«?

Jaspar erschrak, denn ihm fiel sein Gespräch mit Samuel ein. Hatte der nicht auch von einer Näherin mit sechs Kindern gesprochen? Laut sagte er: »Selbstverständlich werde ich mich an die Familie wenden und sehen, was ich tun kann«.

»Das halte ich für angemessen«, antwortete Vincent aufgebracht und stand auf.

Ihm wurde inzwischen klar, dass er mit dem Mord an Liam Rogers wahrscheinlich doch nichts zu tun hatte und auch der Verdacht, dass er seine Frau umgebracht haben könnte, schmolz wie Eiscreme in der Sonne.

Dennoch sagte er schroff: »Halten Sie sich zur Verfügung. Um die Anzeige wegen Wilderei kommen Sie nicht mehr herum«.

Die Polizisten ließen Jaspar Ward ratlos zurück.

***

Am Abend hatte es sich Adam nicht verkneifen können, kurz zu seinem ehemaligen Zuhause zu fahren, um Emely und die Kinder wenigstens einmal von Weitem zu sehen, während Vincent in einem Pub auf ihn wartete.

Ihm knurrte schon geraume Zeit der Magen. Dabei sah er immer wieder auf die Uhr und dachte: ›Morgen ist die Anhörung im Präsidium. Hoffentlich trifft Adam nicht auf Godfrey Anderson und macht irgendeinen Blödsinn‹.

Wieder sah er zum Eingang, doch niemand kam herein. Ungeduldig winkte er schließlich den Kellner herbei und bestellte sich ein großes Steak.

»Und bringen Sie mir bitte als erstes ein Bier und einen Gin«, fügte er hinzu, als er die Speisekarte weglegte. »Das Bier gibt es normalerweise nur am Tresen«, sagte der Kellner. »Aber ich mache eine Ausnahme, weil hier im Gastraum nicht viel los ist«.

Vincent nickte dankbar, holte seinen Block hervor und blätterte alle Notizen der letzten Tage nochmals durch. Im Nebenraum fand eine Familienfeier statt. Das laute Gejohle der Gäste und der Gesang einer Folk-Band irritierten ihn, während er las. Er fragte den Kellner, der wieder zu ihm kam: »Der Lärm nebenan ist ja unerträglich. Was wird denn da gefeiert«?

»Eine Geburtstagsparty«, antwortete er grinsend. »Ich komme kaum mit den Getränken nach«. Er stellte ihm das Bier und den Schnaps hin. »Cheers«.

Plötzlich ging die Tür auf, Adam kam mit finsterer Miene herein und setzte sich. »So etwas brauche ich jetzt auch«.

Der Kellner nickte freundlich. »Kommt sofort Sir«.

»Was ist passiert«? fragte Vincent. »Ihre Miene verheißt nichts Gutes«.

Adam starrte auf den Tisch. »Es ist Freitagabend, Sie sind zuhause bei Ihrer Familie, Gäste kommen, die Kinder laufen durch den Garten und das Barbecue ist in vollem Gange«. Er sah mit bitterer Miene zu Vincent herüber. »Perfekt, oder«?

»Sie sind selbst schuld, wenn Sie dahin gehen. Warum tun Sie sich das an«?

»Weil ich nicht anders kann«, rief Adam verzweifelt. Er stützte seine Arme auf dem Tisch und vergrub die Hände im Gesicht, während der Kellner die Getränke brachte. »Möchten Sie auch etwas essen«?

Adam schüttelte wortlos den Kopf.

»Emely und die Kinder gleiten mir wie Sand durch die Finger«, schluchzte er. »Und ich stehe daneben und kann nichts tun«.

»Selbstmitleid ist kein guter Ratgeber«, erwiderte Vincent, während er sein Steak anschnitt. »Morgen treten wir Godfrey Anderson gegenüber und dann werden wir sehen, ob er wirklich so selbstsicher ist, wie es zu sein scheint«.

»Warum sollte er das nicht sein«?

»Weil mich irgendetwas an seiner ›glatten‹ Karriere stört. Denken Sie doch mal nach. Er zieht wie die meisten Männer in den Krieg, wird vermisst und taucht erst Jahre später wie ›Phönix aus der Asche‹ wieder auf. Und kaum ist er auf der Bildfläche, wird er Polizeipräsident. Sind wir wirklich die Einzigen, die sich darüber wundern«?

Er nahm seine Serviette, putzte sich den Mund ab und trank einen kräftigen Schluck Bier. »Und außerdem sollten wir uns fragen, welche Rolle Emely in diesem Spiel spielt«.

Adam hob verblüfft den Kopf. »Was soll sie denn mit seiner Rückkehr zu tun haben«? Er lehnte sich zurück. »Sie war doch nur eine ganz normale Hausfrau, hat sich um die Kinder und den Garten gekümmert und sich im Kirchenchor engagiert«.

»Wie sagten Sie vorher«? fragte Vincent gedehnt und ein leichtes Grinsen machte sich in seinem Gesicht breit. »Perfekt, oder«?

Adam schluckte. »Das ist eine böse Unterstellung«.

»Wirklich«? fragte Vincent und warf seine Serviette an die Seite. »Machen wir einen Vergleich. Er ist ein bisschen weit hergeholt, das gebe ich zu, aber vielleicht kann ich es Ihnen damit besser veranschaulichen, was ich meine. Sehen wir uns einmal das Steak auf meinem Teller an. Was wissen wir darüber, wie es gebraten wurde, bevor wir es essen? Es sieht lecker aus, aber noch können wir nicht in sein Inneres schauen. Wurde es ›English‹, ›Medium rare‹ oder ›Well-done‹ zubereitet«?

Er nahm sich ein weiteres Stück, betrachtete die Schnittkanten des Fleisches, steckte es in den Mund und sagte kauend: »Erst jetzt weiß ich es, ›Well-done‹, genauso wie ich es mag«.

»Sie meinen damit, ich habe Emely nicht wirklich gekannt? Das ist ausgeschlossen, immerhin haben wir auch ein gemeinsames Kind, unsere Grace«.

Vincent schob seinen Teller beiseite. »Vielleicht, vielleicht auch nicht. Denken Sie mal genau über Ihre Zeit mit ihr nach. Schließlich waren Sie, zumindest tagsüber, oft nicht zu Hause. Und hin und wieder auch mehrere Tage zu Polizeischulungen in London«.

Adam lehnte sich zurück und begann zu grübeln. »Auf jeden Fall ist Grace meine Tochter«, zischte er. »Godfrey Anderson hin oder her, da lasse ich mir nichts einreden«.

»Sie sollen sich von mir nichts einreden lassen«, entgegnete Vincent ruhig und legte die Hand auf seinen Arm. »Sie sollten aber über Emelys Ehrlichkeit Ihnen gegenüber nachdenken. Wenn sie dann weiterhin keinen Zweifel an ihrer Loyalität haben, bitte sehr, dann soll es so sein. Aber falls …«.

Adam sprang auf. »Hören Sie auf Chief-Inspector. Es ist genug, das halte ich nicht aus«.

Schluchzend fiel er zurück auf seinen Stuhl, während der Kellner rief: »Alles ok bei Ihnen«?

Vincent hob die Hand. »Schon gut, bringen Sie uns noch zwei Gin«.

Als sich Adam wieder etwas beruhigt hatte, sagte Vincent: »Ich habe übrigens auch über unsere Fahrt nach Ilam nachgedacht. Es ist doch seltsam, dass ausgerechnet wir beide diesen Liam Rogers entdecken und uns zu allem Überfluss in einem Areal von vielen Quadratmeilen auch noch Jacob Tremblay begegnet, der sich dann, oh Wunder, in seiner Zelle mit ein paar extralangen selbstgestrickten Socken erhängt. Auf so eine Idee muss man auch erst einmal kommen. Mag sein, dass man das nicht planen kann, aber genau jetzt, wo Godfrey Anderson zurückgekehrt und in Ihre Familie eingebrochen ist, haben wir ein Verfahren am Hals, in dem es beruflich für uns um alles geht. Für mein Empfinden sind das ein paar Zufälle zu viel«.

»Er will mich ausschalten«, flüsterte Adam müde und schnippte mit zwei Fingern. »Wie eine alte ausgediente Öllampe«.

Vincent flüsterte jetzt auch. »Ich will aber nicht über die Klinge springen und womit Godfrey Anderson sicher nicht rechnet ist die Tatsache, dass wir ihm auf die Schliche gekommen sind«. Er schnippte jetzt auch mit den Fingern. »Wir lassen uns nicht einfach ausschalten«.

Plötzlich wurden sie von einer Lachsalve aus dem Nebenraum unterbrochen und die Tür ging auf.

Der Gemischtwarenhändler Ralph Smith und sein Bruder schwankten mit roten Gesichtern Arm in Arm in den Gastraum. Elias sah mit trüben Augen zu den Polizisten hin und zeigte mit dem Finger auf sie. »Schau

Ralph, da sind die Helden, die Angus auf dem Gewissen haben«. Ralph blieb stehen und lallte: »Meinst Du die beiden Witzfiguren da drüben«?

Vincent lief rot an und rückte seine Krawatte zurecht. »Ich verbitte mir das«.

Die Männer begannen schallend zu lachen. »Er verbittet sich das«, höhnte Elias, während Ralph zu ihrem Tisch ging. »Sind Sie wirklich von der Polizei«?

Vincent stand auf und zog seine Dienstmarke hervor. »Ja, wir sind von der Polizei. Und wenn Sie sich nicht sofort ruhig verhalten und zu Ihrem Saufgelage zurückkehren, nehme ich Sie beide umgehend wegen Beamtenbeleidigung fest«.

»Na sieh' mal einer an«, rief Ralph. »Jetzt wird man schon verhaftet, nur weil man an seinem Geburtstag einen über den Durst trinkt. Noch dazu in einem Pub«.

»Verschwinden Sie«, knurrte Adam und stellte sich vor Vincent. »Heute sehen wir Ihnen Ihre ausfälligen Bemerkungen noch nach, aber seien Sie versichert, dass wir Sie in Kürze aufsuchen werden«.

Elias zog Ralph am Ärmel. »Komm schon«, lallte er. »Hier stören wir nur«.

Vincent sah ihnen mit zusammengepressten Lippen nach. Als die Tür wieder zu war, kam der Kellner, der zwangsläufig alles mitgehört hatte. »Kann ich Ihnen noch etwas bringen«?

Vincent sah ihn geistesabwesend an. »Die Rechnung bitte«.

Tief in der Nacht lag Adam auf der Couch im Wohnzimmer und starrte an die Decke, während er Vincent in der oberen Etage durch das geöffnete Schiebefenster schnarchen hörte.

Immer wieder dachte er über seine Worte nach und suchte nach Gelegenheiten, die seine Frau Emely gehabt haben könnte, ihn zu hintergehen. Nur warum hätte er ihr misstrauen sollen, wenn er morgens das Haus verließ. Und wenn er näher darüber nachdachte, hatte sie ihm nie einen Grund gegeben misstrauisch zu sein. Oder etwa doch?

Jetzt fiel ihm eine Situation ein, die etwa sechs Wochen zurück lag. Emely hatte ihm überschwänglich von einem Auftritt des Kirchenchores in Leicester berichtet, den es vorzubereiten galt. Dafür müsse sie aber zwei Tage vorher dort sein, um die Zimmer für die Teilnehmer zu buchen und noch andere diverse Vorbereitungen zu treffen. Er hatte sich zwar darüber gewundert, warum es gleich zwei Tage sein mussten, zumal Grace mit Fieber im Bett lag. Kurzfristig hatte er sich freigenommen und sie zum Bahnhof gebracht.

›Ob sie sich da schon mit Godfrey getroffen hatte‹? dachte er und drehte sich wütend auf die Seite. Die Eifersucht schien ihn jetzt regelrecht in den Wahnsinn zu treiben. Er setzte sich ruckartig auf. ›Deshalb war sie so anders als sonst, als sie zurückkehrte‹.

Am Wochenende darauf wollte er mit ihr einen kuscheligen Abend auf der Couch verbringen, um dabei ein Glas Wein zu trinken und einer Radioshow in der BBC zu lauschen.

Sie hatte aber plötzlich über Kopfweh geklagt und war zu Bett gegangen, was sie sonst meistens erst kurz vor Mitternacht tat. Adam begann schneller zu atmen.

›Ich muss auf andere Gedanken kommen‹, dachte er und warf sich wieder auf die Couch. ›Sonst drehe ich wirklich noch durch‹.

Schließlich begann er zu dösen und schlief doch ein, denn das Bier und der Schnaps zeigten seine Wirkung. Am Morgen saßen er und Vincent sich schon sehr früh auf der Police-Station am Schreibtisch gegenüber, nachdem sie das Archiv durchstöbert hatten.

»Wir nehmen alles mit, was uns nützlich sein könnte«, hatte Vincent gesagt. »Und wenn es noch so banal erscheint«.

»Auch über die Ermittlungen bei Angus Hunt«? hatte Adam vorsichtig gefragt. Er wusste ja, dass er damit die Achillessehne seines Bosses traf, der ihn auch abrupt ansah. »Die liegt schon in meiner Schublade, ebenso die von Liam Rogers. Suchen Sie nach den Namen Ralph und Elias Smith und ich forsche nach Jacob Tremblay«.

Plötzlich hörte er Vincent jubeln. »Habe ich es doch gewusst. Auch der ist kein unbeschriebenes Blatt«.

Adam eilte zu ihm. »Über Ralph und Elias gibt es nichts. Was haben Sie gefunden«?

»Lassen Sie uns ins Büro gehen, hier unten haben nämlich die Wände manchmal Ohren. Der Officer der Asservatenkammer beginnt gleich seinen Dienst und braucht davon vorerst nichts mitzubekommen«.

Sie verschlossen sorgfältig die Hängeregister und die Tür und gingen zurück.

Hastig blätterten sie jetzt im Büro die Akte durch. ›Jacob Tremblay war schon als junger Mann durch Diebstähle und unerlaubten Waffenbesitz straffällig geworden. Als Vincent las, dass er kurz nach Kriegsende wegen schwerer Misshandlung seiner Frau in einer Psychiatrie untergebracht war, nahm er sich das Gutachten des behandelnden Arztes vor, dass auf Pergamentpapier und erstaunlicherweise gut leserlich bei den Unterlagen lag. Ihm wurde eine psychische Labilität bescheinigt und er leide zudem unter starken Stimmungsschwankungen. Emotionale Instabilität an sich sei zwar keine Krankheit, aber sie kann im schlimmsten Fall zu einer Persönlichkeitsstörung führen. Gründe dafür können ein Mangel an Natrium oder Magnesium, sowie auch eine Unterzuckerung sein. Doch die häufigste Ursache ist im Alltags-Stress zu finden, die der Arzt durch seinen Einsatz während des Krieges bei der Marine begründete‹.

Vincent sah Adam an. »Godfrey Anderson hat doch auch bei der Marine gedient. Vielleicht kannten sich die beiden daher«.

Er las weiter und sah erstaunt auf. »Tatsächlich war er seinerzeit einer der 45 Überlebenden auf diesem Schlachtschiff, das vor Harstad versenkt wurde«.

Er klappte die Akte zu.

Adam klopfte mit der Faust auf den Tisch. »Da haben wir die Verbindung«.

Grübelnd lehnte sich Vincent zurück. »Ganz ruhig«, mahnte er. »Wir dürfen uns jetzt nicht verzetteln. Also, wie könnte es tatsächlich abgelaufen sein«?

Wieder nahm er sich die Akte und las noch einmal die Beurteilung des Arztes. Dann stützte er seine Arme auf den Tisch, schloss theatralisch die Augen und sah plötzlich wieder auf. »Ich kann mir nur folgendes Szenario vorstellen: Nehmen wir einmal an, Godfrey Anderson wusste von Jacob Tremblays Zustand. Anfangs war ihm das sicher vollkommen egal, aber jetzt hat er ihn dazu benutzt Ihnen Schwierigkeiten zu machen und Sie auszuschalten«.

»Wie sollte er denn das eingefädelt haben«? fragte Adam ungläubig. »Allein konnte er das doch nicht schaffen«.

»Richtig, und deshalb denke ich, dass ihn jemand in unserer Dienststelle auf dem Laufenden gehalten hat und das bestimmt immer noch tut«. Er drehte nachdenklich seinen abgenutzten Bleistift in der Hand.

»Unsere Fahrt nach Ilam haben wir am Abend davor ordnungsgemäß angemeldet und dokumentiert. Somit konnte unser Maulwurf das weitertragen und dann hat Godfrey Anderson besagten Jacob Tremblay aktiviert. Vielleicht sollte es dort sogar zu einem Unfall kommen, wer weiß«.

Adam wurde blass. »Glauben Sie wirklich«?
»Möglich wäre es, allerdings bin ich der Meinung, dass es purer Zufall war, dass wir Liam Rogers vorher gefunden haben. Die beiden müssen sich irgendwie ins Gehege gekommen sein, denn ich bin überzeugt, dass Jacob Tremblay genauso ein Wilderer war wie er. Nur durch seine permanente Persönlichkeitsstörung vermischten sich Wahrheit und Lüge. Sie treffen also aufeinander, geraten in Streit und während der Schlägerei stürzt Liam Rogers und stirbt. Anders kann ich es mir nicht erklären«.

»Und wieso treffen wir Jacob Tremblay ausgerechnet am Fuß des ›Thorpe Cloud‹?

»Weil der unser Ziel im Park scheinbar kannte und vielleicht auch wusste, wo Liam Rogers seine Fallen aufgestellt haben könnte. Die wollte er einsammeln, um alle Spuren zu beseitigen und vielleicht auch noch das eine oder andere Stück Fleisch kassieren. Und genau in diesem Moment trafen wir ihn und fanden die Falle und den abgerissenen Dufflecoat-Verschluss von Liam Rogers Jacke in seiner Tasche, durch den wir im Übrigen überhaupt erst einen Zusammenhang zwischen den beiden Männern herstellen konnten«.

»Aber das sich Jacob Tremblay umbringt, konnte Godfrey doch nicht ahnen«, sagte Adam.

Vincent hob gleichgültig die Schultern. »Für ihn war das doch letztendlich die perfekte Lösung und kam ihm entgegen, denn vielleicht hätte Tremblay ihn in einem Verhör verraten, wenn er von uns entsprechend unter Druck gesetzt worden wäre. Zuletzt bin ich inzwischen auch der festen Überzeugung, dass er mit der Situation in der schmalen Zelle nicht zurechtkam und sich dann aufgrund seiner Krankheit, von der wir wiederum nichts ahnten, spontan erhängt hat«.

»Wahnsinn«, sagte Adam und sah Vincent ernst an. »Wenn das wirklich stimmt, hat Godfrey diesen Tremblay zu einem Mord angestiftet«.

»Es gibt nur einen Haken«, entgegnete Vincent und warf den Bleistift achtlos an die Seite. »Wir haben nicht einen Beweis für unsere Theorie und die Anhörung findet bereits heute Nachmittag um drei Uhr statt«.

»Wir müssen herausfinden, wie die Mitteilung zu Godfrey gelangt sein könnte«, sagte Adam grübelnd. Er sprang auf. »Ich sehe nach, wer Dienst hatte«.

Vincent nickte. »Ja, das ist unsere einzige Chance«. Adam verließ das Büro und rannte zum Empfang.

»Guten Morgen Officer«, sagte er zu einem jungen Mann, der erschrocken eine Zeitung unter dem Tresen versteckte. »Guten Morgen Sir«, stotterte der. »Was kann ich für Sie tun«?

»Ich brauche den Dienstplan der ganzen letzten Woche und das Fahrtenbuch«.

»Sofort Sir«.

Während er auf die Unterlagen wartete, sah er plötzlich zu dem Kopiertelegraphen herüber. »Können Sie mir eine Aufstellung machen, wann hier welche Meldungen nach draußen gegangen sind«?

»Ja, ist auch alles in diesem Heft, allerdings ….«.
Er stutzte einen Moment.

»Was überlegen Sie«? fragte Adam ungeduldig.
»Constable Beverley Green hat am Dienstag eine Message nicht eingetragen. Ich hatte sie noch darauf hin gewiesen, dass zu tun, aber Sie sagte, es wäre ›topsecret‹ und deshalb darf sie es nicht dokumentieren«.

Die kam gerade in diesem Moment herein. »Guten Morgen«, sagte sie gutgelaunt. »Sind Sie um diese Zeit schon im Stress«?

Adam sah sie mit finsterer Miene an und packte sie am Arm. »Den Stress werden Sie jetzt gleich kriegen. Mitkommen«. Mit schnellen Schritten eilte er mit ihr zu Vincent ins Büro, riss die Tür auf und schob sie vor ihn hin. »Da ist der Übeltäter«.

Vincent sah sie verwundert an, lehnte sich zurück und nippte an seinem Tee. »Setzen Sie sich Constable Green«, sagte er ruhig. »Sie wissen, warum Sie jetzt hier sind«? fragte er.

Sie schluckte und die Röte stieg ihr ins Gesicht. »Ich glaube schon«, antwortete sie und sah auf den Boden.

Vincent lehnte sich zurück. »Na dann erzählen Sie mal, aber vorher belehre ich Sie darüber, dass es Ihre Pflicht ist, uns die volle Wahrheit zu sagen, ungeachtet der Konsequenzen, die Sie selbstverständlich zu tragen haben. Falls Sie jetzt etwas verschweigen, machen Sie es nur noch schlimmer«.

Sie sah zu Adam herüber. »Ihre Frau war hier«.

»Meine Frau«? fragte Adam entsetzt. »Wann«?

»Das ist schon etwa sechs Wochen her«, antwortete sie. »Sie erklärte mir, dass sie einen Privatdetektiv beauftragt habe, weil sie glaubte, dass Sie sie mit einer anderen Frau betrügen. Und weil der angeblich nichts herausfand, bat sie mich ihr mitzuteilen, wann mal eine Dienstreise geplant ist. Ihr Privatdetektiv wolle dem dann nachgehen. Und sollte ich Sie nicht erreichen, solle ich eine Message an eine ganz bestimmte Adresse senden. Das ginge dann schon in Ordnung. Und am Dienstag war es dann soweit«.

Beschämt sah sie wieder auf den Boden. »Sie hat mir dafür einhundert Pfund angeboten und sofort in meine Jackentasche gesteckt. Erst wollte ich das Geld nicht nehmen, aber dann dachte ich an meine Mutter, für die ich ziemlich oft von meinem schmalen Einkommen Medikamente kaufen muss«.

»Wo ist diese Mitteilung? Können Sie sie zeigen«?
Vincent bebte innerlich vor Aufregung, denn wenn die Nummer zum Polizeipräsidium passte, war er dem Beweis näher als die Tower Bridge in London der Themse. Nein, es würde einer Punktlandung gleichen, denn dann hatte er endlich den entscheidenden Beweis und würde am Nachmittag Godfrey Anderson entlarven können.

Sie nahm ihre Handtasche. »Ich trage das Papier ständig mit mir herum, weil ich Angst habe, dass ich es verliere, oder jemand finden könnte«.

»Ich an Ihrer Stelle hätte es vernichtet«, warf Adam ein. »Warum haben Sie es aufgehoben«?

»Das wollte ich anfangs auch machen und hatte es schon zusammen geknüllt, doch dann kamen mir Zweifel an der Story Ihrer Frau und habe es eben nicht getan. Hier«. Sie legte das Dokument auf den Tisch.

Vincent nahm es, holte seine Einladung ins Polizeipräsidium aus der Schublade hervor und glich die Nummern ab. Er atmete durch und nickte Adam zu. »Wir haben ihn«.

»Und was wird jetzt aus mir«? fragte sie weinerlich. Vincent sah zu Adam herüber und dann wieder zu ihr.

»Sie haben das Gesetz gebrochen, die Vorschriften missachtet und zudem Schmiergeld angenommen. Ihnen ist auch hoffentlich klar, dass Sie mit Ihrem Handeln einen Kollegen denunziert haben. Natürlich müssen wir das melden, das Strafmaß liegt allerdings nicht in unserer Hand. Vielleicht wird man Ihnen aber zugutehalten, dass Sie das Geld aus einer, na sagen wir mal Notlage heraus angenommen haben und nicht aus anderen niederen Beweggründen«.

Er stand auf. »Police Constable Beverley Green, Sie sind bis auf weiteres vom Dienst suspendiert. Legen Sie Ihre Dienstmarke und Ihren Schlagstock ab«.

Sie brach in Tränen aus und sagte schluchzend zu Adam: »Entschuldigen Sie Sir«.

Der sah sie ernst an. »Schon gut. Normalerweise würde Sie Chief-Inspector Powel vorerst nach Hause schicken, aber wir brauchen Sie heute als Zeugen im Rahmen einer Anhörung beim Polizeipräsidium«.

»Ich soll dort aussagen«? fragte sie erschrocken.

»Es ist sehr wichtig für uns. Wir fertigen jetzt ein Protokoll an, dass Sie unterschreiben und bei der Anhörung kann Ihnen nichts geschehen, wenn Sie bei der Wahrheit bleiben. Und wegen dem Schmiergeld legen wir ein gutes Wort für Sie ein. Nur merken Sie sich für die Zukunft: So etwas lohnt sich nie«.

***

Ronald war am Sonntag, entgegen seiner Gewohnheit, schon früh aufgestanden.

Er hatte diesem Tag entgegengefiebert, denn heute so hoffte er, würde Samantha auch wieder in der Stadtbibliothek sein.

Betsy hatte ihm am Freitag eine Jeans von der Arbeit mitgebracht, die ein Kunde bestellt, aber nicht abgeholt hatte. Da die besonders schmal geschnitten war und auch sonst zu keiner Bestellung passte, hatte sie ihr die Vorarbeiterin für zehn Pfund überlassen. »Die Nieten habe ich selbst befestigt«, hatte Betsy stolz gesagt, als sie ihm die Hose gab.

Ronald hätte am liebsten einen Luftsprung gemacht, denn sie passte ihm, als wäre sie maßgeschneidert worden. In seinem frisch gebügelten Hemd betrachtete er sich jetzt zufrieden im Innenspiegel seines Kleiderschrankes. ›So kann ich mich sehen lassen‹, dachte er und zog seine Blouson-Jacke über. Schnell packte er noch seinen Rucksack und lief nach unten.

Betsy saß auch schon mit einer Tasse Tee in der Küche. »Du bist aber früh wach und schick siehst Du aus. Wann macht denn die Bibliothek auf«?

»Um neun«, antwortete er, nahm sich ein Stück Brot aus dem Kasten, die selbstgemachte Marmelade aus dem Küchenschrank und setzte sich ihr gegenüber.

»Hast Du für mich auch einen Tee«? fragte er, während er sich die Konfitüre aufträufelte.

Betsy schenkte ihm ein. »Wann wirst Du denn zurück sein«?

»Weiß nicht genau«, antwortete er kauend. »Vielleicht zum Lunch«. Er sah sie verwundert an. »Wieso bist Du eigentlich schon auf? Magst Du nicht auch mal ausschlafen«?

»Ich habe einen Brot-Zopf für Tracy und ihre Kinder gebacken, den ich ihr gleich bringe. Außerdem will ich mal sehen, wie es ihr geht. Am Freitag saß sie wie ein Häufchen Elend hinter ihrer Nähmaschine«.

Ronald stand auf und stellte sein Geschirr in die Spüle. »Na dann grüße sie mal von mir«. Da fiel ihm etwas ein. »Ich komme gleich wieder«.

Er eilte nach oben, wo noch ein Stoffbeutel mit Spielzeug im Flur stand, dass er nicht in sein Zimmer räumen wollte. Er holte ein Blechspielzeug und eine Kasperpuppe hervor.

Als er wieder unten war, sagte er: »Hier, nimm das den Kindern mit, vielleicht freuen sie sich darüber. Ich kann inzwischen gut darauf verzichten«.

»Bestimmt? Den Laster hast Du mal von Deinem Großvater zum Geburtstag bekommen. Willst Du den wirklich hergeben«?

»Der kleine LKW bringt mir Großvater nicht zurück, also nimm ihn ruhig mit. Ist schon in Ordnung«.

Betsy nahm lächelnd die Kasperpuppe in die Hand. »Ich kann mich noch gut erinnern, wie Du als kleiner

Junge mit ihr hinter dem Wohnzimmersessel gehockt bist und etwas vorgespielt hast. Jetzt ist es mir, als wäre es gestern gewesen. Weißt Du noch, wie Du sie genannt hattest«?

»Ja natürlich Mum«, antwortete Ronald und warf seinen Rucksack über. »Madox«.

Als sie allein war, räumte sie das Geschirr weg, stellte das Brot und ein kleines Glas Honig in einen Korb, legte das Spielzeug darauf und machte sich auf den Weg zu Tracy.

Es war ein schöner Spätherbsttag. Immer wieder sah Sie zu den Kronen der Straßenbäume, deren Blätter bunt verfärbt waren und durch die die Sonne jetzt zaghaft ihre letzten warmen Strahlen schob. Sie atmete die kühle frische Luft ein und genoss die Stille, denn kaum jemand war um diese Zeit schon unterwegs. Betsy fühlte sich so unbeschwert, wie schon lange nicht mehr.

Als sie zu Tracys Haus kam, wurde ihr aber doch etwas mulmig. ›Wer weiß, was mich erwartet‹, dachte sie, als sie gegen die alte schäbige Haustür klopfte.

Ein kleines Mädchen öffnete und sah sie mit geöffneten Mund an. »Guten Morgen«, sagte Betsy und hockte sich vor sie hin. »Ich bin eine Freundin von Deiner Mum und wer bist Du«?
»Zoey«, antwortete sie, drehte sich um und lief hinein.

»Wieso ist denn die Haustür auf«? hörte sie Tracy rufen. »Brad, warst Du das«? Ein kleiner Junge lief ebenfalls durch den Flur und rief: »Mum, da ist eine fremde Frau an der Tür«. Tracy eilte herbei und als sie Betsy sah, atmete sie auf. »Ach Du bist es, da freue ich mich. Komm doch herein«.

Sie schloss die Tür. »Du musst entschuldigen, aber wir sind gerade erst aufgestanden und haben noch nicht einmal gefrühstückt«.

»Dann komme ich ja gerade zur richtigen Zeit«, rief Betsy. »Ich habe Euch ein süßes Brot und Honig mitgebracht«. Sie drehte sich zu den Kindern um, die sie neugierig ansahen. »Und etwas Spielzeug von meinem Sohn Ronald. Ich soll von ihm grüßen«.

Brad, seine jüngeren Brüder Tom und Jason bekamen große Augen, als sie den LKW sahen. Sofort begannen sie alles daran auszuprobieren. Lächelnd sah Betsy zu, wie sie die Kippmulde mit ein paar Holzklötzchen befüllten, die eigentlich zum Anheizen des Küchenofens bestimmt waren. Jetzt holte sie die Kasperpuppe hervor.

»Mein Sohn hat ihn immer Madox genannt«. Bonnie die Älteste der drei Mädchen, nahm sie und drehte sich freudestrahlend zu ihren Schwestern um. »Habt Ihr das gehört? Der Kaspar heißt Madox«.

Tracy, die alles beobachtet hatte, sagte freudig: »Ich weiß gar nicht, was ich sagen soll. Im Moment komme ich mir vor wie am Weihnachtstag«.

»Ich habe selbst nicht gewusst, dass ich so viel geben kann, ohne dass es mir wehtut«, antwortete Betsy. »Und in Eurem Fall liegt mir das besonders am Herzen«. Die Kinder hatten ihr Frühstück vollkommen vergessen, waren sie doch mit ihrem neuen Spielzeug beschäftigt.

»Ich lasse sie noch eine Weile spielen. Wir beide trinken erst einmal Tee und dann mache ich allen ein leckeres Honigbrot«, sagte Tracy und stellte den Teekessel auf den Ofen.

Plötzlich hielt sie inne und drehte sich zu Betsy um, die sich auf die Holzbank am Küchenfenster gesetzt hatte. »Ich danke Dir«.

Die nickte. »Gern geschehen«.

Während Tracy den Tee aufbrühte, sah sie sich um. In der Ecke über ihr war ein kleines Kreuz mit einem Trauerflor befestigt, unter dem ein Bild von Liam hing. ›Er muss bei der Aufnahme mindestens fünfzehn Jahre jünger gewesen sein‹, dachte Betsy.

Tracy konnte scheinbar ihre Gedanken lesen. »Das hat er mir geschenkt, als wir uns kennenlernten. Ich finde, er war ein attraktiver Mann. Liam hat sich erst in den letzten Jahren so gehen lassen, gepantschten Alkohol getrunken und Tabakverschnitt geraucht. Und wenn er dann betrunken heimkam, fühlte er sich von den Kindern gestört und genervt, wenn die weinten oder stritten. Allerdings hat er immer versucht, genügend Essen für uns zu besorgen und unsere beiden Großen, Brad und Bonnie jeden Tag zur Schule gebracht und wieder abgeholt«.

Traurig betrachtete sie das Foto. »Oft habe ich befürchtet, dass ihm etwas zustoßen könnte, wenn er nachts unterwegs war, aber er hat ja auch nie auf mich gehört«. Betsy legte den Arm um sie. »Versuche das Gute in ihm zu bewahren und an Eure gemeinsamen Kinder weiterzugeben. Dass er nicht mehr da ist, kannst Du leider nicht mehr ändern«.

Tracy trocknete sich die Augen. »So und jetzt trinken wir Tee, dabei kann ich die Brote für die Kinder machen«. Dabei plauderten sie. Betsy erzählte ihr von Ronalds neuen Möbeln und der Jeans, mit der sie ihn am Freitagabend überrascht hatte.

Tracy begann herzlich zu lachen, als sie ihren Sohn nachahmte, wie er etwa eine halbe Stunde vor dem Spiegel hin und her kokettiert hatte.

Plötzlich hörten sie ein zaghaftes Klopfen an der Tür. Schlagartig waren sie ruhig und auch die Kinder sahen fragend zu ihrer Mutter. »Wer kann das sein«? Sie stand auf. »Mum, darf ich nachsehen«? fragte Ben neugierig.

»Ihr geht alle ins Wohnzimmer und seid still«, flüsterte Betsy. »Und keinen Mucks will ich hören«.

Nachdem sie die Tür vorsichtig hinter den Kindern zugezogen hatte, schlich sie in den Flur und öffnete einen Spalt. Den Mann, der jetzt vor ihr stand, kannte sie nicht. Er nahm seinen Hut ab und nickte höflich.

»Entschuldigen Sie bitte die Störung am Sonntag. Ich nehme an, Sie sind Mrs. Rogers, die Frau von Liam«.

Tracy nickte. »Ja, die bin ich, aber falls Sie ihn suchen, er ist nicht mehr da«.

Er streckte ihr die Hand entgegen. »Mein Name ist Jaspar Ward. Ich wollte Sie kurz sprechen, sofern das möglich ist«.

Tracy sah ihn skeptisch an. »Und was wollen Sie von mir«?

»Ich kannte Liam und weiß, was geschehen ist«. Etwas unsicher sah er sich um. Man konnte meinen, er wollte nicht von der Nachbarschaft gesehen werden.

Freundlich fragte er: »Darf ich kurz reinkommen? Keine Angst, ich komme in guter Absicht«.

Tracy, die ja Betsy bei sich hatte, trat an die Seite. »Bitte sehr Sir. Allerdings besucht mich gerade eine Freundin, die ….«.

Er unterbrach sie. »Ich glaube, dann gehe ich lieber wieder«.

»Nein, nein. Bleiben Sie nur«, wiegelte sie ab. »Vor ihr habe ich keine Geheimnisse und würde es ihr später sowieso erzählen«. Sie öffnete die Küchentür.

Jaspar war etwas überrascht, als er Ronalds Mutter dort sitzen sah, aber gleich erinnerte er sich wieder an sein Gespräch mit Samuel, der ihm von der Freundschaft der Frauen berichtet hatte. Betsy ging es nicht anders.

Auch er hatte einen Korb bei sich. »Darf ich den hier abstellen«? fragte er.

Tracy nickte und bot ihm einen Stuhl an. Einen Moment betrachtete sie den teuren Zwirn seines Anzugs mit dazu passenden Hosenträgern, dem Einstecktuch und die sorgfältig gebundene Fliege. Sie konnte sich gar nicht vorstellen, dass sich ein Mann wie er mit Liam abgegeben hatte.

»Also Mr. Ward, woher kannten Sie meinen Mann? »Liam hat mich seit geraumer Zeit Kohlen und Öl beliefert und hin und wieder etwas Fleisch aus dem Peak District Nationalpark mitgebracht«. Unbehaglich sah er sie an. »Obwohl ich seine Quellen nicht genau kannte, wusste ich, dass es illegal war und deshalb fühle ich mich für seinen Tod in gewisser Weise mit verantwortlich«.

»Das müssen Sie nicht Sir«, entgegnete Tracy schroff. »Schließlich war er ein erwachsener Mann, der sich nur leider seiner eigenen Verantwortung und der gegenüber seiner Familie hin und wieder nicht bewusst war«.

Sie fixierte ihn von Kopf bis Fuß. »Ich bin nur etwas überrascht, dass ein gut gekleideter Mann wie Sie, so etwas nötig hatte. Leute wie Sie können sich doch auch so fast alles leisten, oder etwa nicht«?

Jaspar räusperte sich. »Wir wissen doch aber alle, wie schwer es ist, an ein Stück Rehrücken, oder an eine Lammkeule heranzukommen«.

»Rehkeule oder Lammrücken«, sagte Tracy verächtlich. »Über so etwas denke ich gar nicht nach. Unsereins hat andere Sorgen im Alltag Mr. Ward. Ich bin froh, wenn meine Kinder kein Fieber haben, ich ihnen hin und wieder einen Apfel geben kann und ich nicht am Abend nach getaner Arbeit selbst zu müde bin, ihnen eine Gutenachtgeschichte vorlesen zu können. Darüber denke ich nach«.

Ihre Stimme war immer lauter geworden und jetzt sah sie ihn mit blitzenden Augen an.

Jaspar wurde rot. »Na jedenfalls wollte ich Ihnen mein aufrichtiges Mitgefühl aussprechen«. Er griff nach dem Korb. »Ich habe Ihnen etwas mitgebracht«.

Tracy fiel ihm ins Wort. »Ich nehme von Ihnen nichts an, denn ich würde mir so vorkommen, als verkaufte ich mich selbst«.

»Mrs. Rogers«, antwortete Jaspar ruhig. »Ich bin mit besten Absichten hierhergekommen. Im Übrigen weiß ich sehr genau, wie Sie sich gerade fühlen, habe ich doch vor kurzem selbst einen geliebten Menschen auf tragische Weise verloren. Und seien Sie versichert, dass Liam, wenn nicht mir, jedem anderen beliebigen Menschen auch das Fleisch verkauft hat. Mit Sicherheit war ich nicht der Einzige, der es genommen hat. Aber ich sitze jetzt hier, übernehme Verantwortung und möchte Sie unterstützen. Ich meine es wirklich gut«.

Tracy schluckte. »Ich komme auch ohne Sie zurecht«, entgegnete sie trotzig. »Und wenn Sie gehen, haben Sie mit einem Wurstkringel und etwas Obst Ihr edles

Gewissen beruhigt, während ich weiterhin zusehen muss, wie ich meine sechs Kinder durchbringe«.

»Ich habe tatsächlich Salami, Käse, Butter und etwas Schokolade mitgebracht«, sagte er und lehnte sich nach vorn. »Aber ich habe auch mit meinem besten Freund Samuel O`Kelly gesprochen, der ja bekanntlich Ihr Boss ist«. Tracy sah erstaunt zu Betsy herüber und dann wieder zu ihm.

Er nickte. »Ich weiß, dass Sie bei ihm zusammen arbeiten und wir haben uns etwas ausgedacht. Voran möchte ich stellen, dass bisher kaum jemand weiß, dass ich Anteile an seiner Firma besitze. Wir haben nun eine kleine Pensionskasse eingerichtet, in die wir beide einzahlen. Noch ist natürlich nicht viel angespart, aber vielleicht schon in einem Jahr erhält jede Witwe mit minderjährigen Kindern, die in dieser Firma arbeitet, einen kleinen Zuschuss zum Lohn«. Er wiegte den Kopf.

»Es wird Sie zwar nicht retten, aber hoffentlich etwas weiterhelfen«.

Er sah zu Betsy herüber. »Sorry, dass Sie davon nichts haben werden, aber Ihr Sohn Ronald ist ja dann schon fast zwanzig. Ich habe ihm aber bereits ein Übernahmevertrag nach der Lehrzeit angeboten«.

Die Frauen waren einen Moment sprachlos, dann sagte Betsy: »Nimm es an Tracy. Mr. Ward meint es wirklich gut«.

»Möchten Sie vielleicht doch einen Tee«? fragte Tracy jetzt lächelnd.

Er atmete auf und lächelte zurück. »Sehr gern. Zucker und Milch habe ich natürlich auch dabei«.

Währenddessen saß Ronald, zusammen mit Samantha in der Bibliothek. Auch sie hatte heute ihr schönstes Kleid angezogen, worüber sich ihre Mutter wunderte. »Gehst Du auf einen Ball«? hatte sie gefragt. Samantha antwortete beiläufig darauf, dass es einfach zu dem schönen Wetter am Sonntag passe.

Sie hatten sich gerade zusammen ein Buch über Griechenland angesehen und über die Bilder von Stränden, azurblauem Wasser und Palmen geschwärmt.

Schließlich holte Ronald sein davor geliehenes Buch über Accurist-Uhren heraus und erklärte ihr begeistert alle Details über die Mechanik und den Handaufzug.

Lächelnd hörte sie zu. »Ich verstehe nichts von all dem technischen Zeug«, sagte sie schließlich. »Mein Vater trägt übrigens nur Taschenuhren. Abends legt er sie immer in eine samtbezogene Schale und niemand darf sie berühren«.

»Er war vorgestern bei uns im Geschäft«, antwortete Ronald. »Er legte seine Uhr auf den Tresen und verlangte, dass mein Boss sie persönlich repariert. Ich sollte sie nicht einmal anfassen«.

»Und dann«?

»Mein Boss hat ihn gebeten zu gehen und die Uhr woanders reparieren zu lassen«.

Er begann zu schmunzeln. »Du hättest ihn sehen sollen, wie er wutentbrannt abgerauscht ist«. Liebevoll nahm er ihre Hand. »Ich halte ihm aber zugute, dass Ihr den Hof genommen habt, wir in das kleine Stadthaus ziehen konnten und ich dadurch Dich kennenlernen durfte«.

»Darüber bin ich auch sehr froh«, antwortete sie leise. »Nur die Busfahrten in die Stadt sind schrecklich umständlich und Littleborough ist gefühlt das Ende der Welt. Da hatte ich es in Bedfort besser. Schade, dass wir selbst nicht mehr in der Cornet-Street wohnen«, seufzte sie. »Es war zwar beengt, als Eddy und Ryan zu uns kamen, aber ich habe mich dort immer sehr wohl gefühlt. Nur dann wurde Ruth adoptiert und wir sind nach Bedfort gezogen, wo Mum herstammt. Aber als auch noch Billy aus einem Waisenhaus geholt wurde, war auch dort nicht mehr genügend Platz und so wohnen wir jetzt eben in Littleborough. Den Rest kennst Du ja«.

Ronald blieb der Mund offen stehen. »Ihr wurdet alle adoptiert«?

»Alle, außer mir«, antwortete sie. »Mum hat mir mal erklärt, dass sie nach meiner Geburt sehr krank wurde und keine eigenen Kinder mehr bekommen konnte, sie und Dad aber immer Mehrere wollten. So haben sie sich eben an die umliegenden Waisenhäuser gewandt, die ja bekanntlich seit Kriegsende voll mit Kindern jeden Alters sind«.

Verblüfft sah er sie an. »Hut ab vor Deinen Eltern«, sagte er. »Ich meine, dass muss man erst einmal mit fünf Kindern auf die Reihe kriegen. Meine Mutter hatte schon mit mir genug zu tun«.

»Wieso«? fragte sie verschmitzt. »Warst Du so anstrengend oder etwa ungezogen«?

»Ich war ein ganz normaler Junge, der auf Bäume klettert, Spatzen fängt, an Technik interessiert ist und keine Lust auf Hausaufgaben hat«.

Sie wurde ernst. »Dad würde uns hart bestrafen, wenn wir nicht pünktlich alle aufgetragenen Aufgaben erledigen«.

»Und das ist auch jetzt noch so«?
Sie nickte wortlos.

»Wie sieht denn so eine Bestrafung aus«? fragte Ronald leise.

Unbehaglich sah sie ihn an. »Den Boden, den ich wischen sollte, zweimal reinigen, Schuhe putzen bis zum Umfallen und dann ohne Abendessen ins Bett gehen«.

»Und das duldet Deine Mutter«? fragte er entsetzt.
»Mum hat daheim nichts zu melden, Dad führt das Regiment«. Jetzt nahm sie seine Hand. »Ich möchte mir gar nicht ausmalen, was er täte, wenn er wüsste, dass ich jetzt hier mit Dir sitze und nicht mit meiner Freundin Liz«.

»Das glaube ich Dir«, antwortete er und schüttelte den Kopf. »Ich kann mich an meinen Vater leider nicht mehr erinnern, aber ich denke, ich würde ihn dafür hassen, wenn er so etwas mit mir gemacht hätte«.

»Ich habe Dad damals auch verflucht, als ich abends hungrig im Bett lag«. Sie stand auf. »Aber das ist schon lange her und jetzt will ich nicht mehr daran denken«.

Sie sah auf die Uhr. »Ich muss bald heim, mein Bus geht in einer Stunde«.

»Wollen wir ein bisschen spazieren gehen«? fragte er eilig. »Und dann bringe ich Dich zur Haltestelle«.

»Ja, warum nicht. Das Wetter ist ja wunderschön«.
Ronald gab am Tresen bei Howard die geliehenen Bücher zurück und sie verließen die Bibliothek.

Gemütlich schlenderten sie durch die Straßen, hielten an Schaufenstern an und lachten über ein Eichhörnchen, dass munter vor ihnen her hüpfte, als wären sie gar nicht da.

Schließlich kamen sie an der Bushaltestelle an.
Ronald sah ihr tief in die Augen. »Wollen wir Mittwoch ins Kino gehen? Ich würde Dich gern einladen«.

»Wochentags lässt mich mein Dad am Abend sowieso nicht weg und auch am Samstag kann ich nur am Nachmittag in die Stadt fahren«.

Er hob gleichgültig die Schultern. »Dann gehen wir eben am Nachmittag ins Kino. Ist nicht so schlimm«.

»Was läuft denn zurzeit für ein Film«?

»Ich weiß es nicht genau«. Er nahm ihre Hand. »Aber eigentlich ist mir das auch ziemlich egal. Hauptsache ich kann mit Dir dorthin gehen«.

Sie flüsterte: »Ich freue mich auch darauf«.

In diesem Moment hielt der Bus und die Tür wurde geöffnet. Sie stieg ein und drehte sich an der Treppe noch einmal um. »Bis Samstag um drei«.

Ronald hob grüßend die Hand. »Ja bis Samstag«.

Mit Schmetterlingen im Bauch sah er dem Bus hinterher, bis die Rücklichter nicht mehr zu sehen waren.

***

Vincent saß am Nachmittag in seinem opulenten Wohnzimmersessel und hatte die Augen geschlossen, während er im Radio einer Reportage über den Hergang der Suspendierung von Godfrey Anderson lauschte.

Selbstgefällig begann er zu lächeln, als der Reporter schilderte, wie ein gewisser Detective-Chief-Inspector Powel und Detective-Sergeant Mitchell von Scotland Yard dessen Fragen geschickt mit Gegenfragen beantworteten und genau zum richtigen Zeitpunkt Police Constable Green als Zeugin vorführten, die deren Aussagen bestätigte, umfassend ihre Verfehlung gestand und er schließlich selbst überführt worden war.

Als Godfrey dann von zwei Officern in Gewahrsam genommen und lamentierend den Anhörungssaal verlassen musste, wurden Vincent und Adam von allen Vorwürfen freigesprochen und Beverley zwar abgemahnt, jedoch nicht aus dem Polizeidienst entlassen. Glücklich und erleichtert waren sie sich in den Armen gelegen und hatten gejubelt.

Danach mussten sie ihre protokollierten Aussagen unterschreiben und verbrachten den Abend zusammen in einem Pub.

Vincent hatte sich von seiner Gönnerseite gezeigt, alles bezahlt und Beverley auch noch etwas Geld für die nächsten Medikamente ihrer Mutter spendiert.

Als er jetzt an Emely Mitchell dachte, die noch am späten Abend von zwei anderen Polizisten verhört und mit Rücksicht auf die Kinder vorerst nur unter Arrest gestellt worden war, wurde er wieder ernst. ›Für sie wird es nicht leicht werden‹.

Adam schreckte ihn aus seinen Gedanken, als er leise die Tür öffnete. Er trug eine dunkle Stoffhose, ein weißes Hemd und einen legeren ärmellosen Pullunder, den ihm Emely letzten Winter gestrickt hatte.

»Ich treffe jetzt Aldwyn und Grace«, sagte er. »Emelys Freundin Joanne bringt sie zu einem kleinen Café am ›Parsonage Gardens‹. Halten Sie mir die Daumen, dass alles gutgeht«.

»Mach ich«, antwortete Vincent und nickte ihm aufmunternd zu. »Aber Sie machen das schon, daran habe ich keinen Zweifel«.

»Ich weiß nicht, was ich ihnen sagen soll«, entgegnete Adam. »Vor allem nicht Aldwyn. Es muss doch für ihn ein riesiger Schock gewesen sein«.

»Das mag sein, aber der Junge ist nicht dumm. Gehen Sie vor allem mit ihm behutsam um und wenn auch nicht gleich, irgendwann wird er verstehen …«.

»Dass ich keine Schuld an der ganzen Misere habe«? fiel ihm Adam ins Wort.

»Sie haben es erfasst«. Wieder nickte Vincent ihm zu.

»Na los. Machen Sie sich auf den Weg, sonst kommen Sie zu spät, oder Sie verlässt noch endgültig der Mut«.

»Sie haben ja recht, also dann bis später«.

Er wollte gerade die Tür wieder schließen, da sagte Vincent: »Wenn Sie zurück sind, spielen wir eine Runde Poker«. Schmunzelnd fügte er hinzu: »Oder fünf«.

Als er wieder allein war, stand er auf und betrat das Zimmer, dass Adam gerade bewohnte. Schnell begann er einige Möbel zu verschieben und den Pokertisch platzierte er stattdessen in die Mitte des Raumes. Zufrieden betrachtete er schließlich alles und ging in die Küche, um sich etwas zu essen zu machen.

Währenddessen saß Adam mit Aldwyn und Grace auf einer Parkbank. Seine Tochter war ihm sofort entgegen gerannt und in die Arme gefallen, als sie ihn entdeckt hatte, aber Aldwyn hatte ihm nur verhalten die Hand gegeben und bisher kein Wort mit ihm geredet.

Bald war es Grace jedoch langweilig und sammelte jetzt bunte Blätter auf der Rasenfläche auf, die sie zu Hause zu einem Strauß zusammenbinden wollte.

Aldwyn verschränkte abrupt die Arme vor sich, als Adam näher an ihn heranrutschte. »Hallo Kumpel«.

Dabei knuffte er ihn mit der Hand auf den Oberarm. »Alles ok bei Dir«?

Aldwyn sah ihn mit blitzenden Augen von der Seite an. »Lass mich bloss in Ruhe«, zischte er. »Du bist schuld, dass Dad wieder wegmusste. Das verzeihe ich Dir nie«. Wütend fügte er hinzu: »Und Mum auch nicht«.

Adam schluckte. Es war genauso gekommen, wie er vermutet hatte und überlegte jetzt fieberhaft, die richtigen Worte zu finden. »Ich weiß, wie schwer es für Dich sein muss«, begann er. »Denn Du hast Deinen Vater wiedergefunden und nun schon wieder verloren«.

Er hob einen Kiesel auf und warf ihn vor sich auf den Weg. »Mein Vater hat meine Mutter für eine andere Frau verlassen, als ich etwa so alt war wie Du. Ich weiß noch, wie ich damals oft im Bett lag und meine Mum nebenan im Zimmer weinen hörte. Dafür habe ich Dad und diese andere Frau gehasst, das kannst Du mir glauben«. Er machte eine kurze Pause.

»Später erfuhr ich dann aber, dass Mum nicht ganz unschuldig an der Situation war. Sie trank heimlich und um das zu finanzieren, räumte sie Dads Sparstrumpf leer, der das Geld für meine Ausbildung gespart hatte. Erzählt hat er es mir allerdings erst kurz vor seinem Tod, als er schon sehr krank war. Meine Mutter hatte ihn mit ihrer Lügerei regelrecht in die Arme einer anderen Frau getrieben«. Er streckte seine Füße aus.

»Im Nachhinein tut es mir sehr leid, denn ich hatte viele Jahre den Kontakt zu ihm abgebrochen, was ich heute zutiefst bereue. Nur leider kann ich es nicht mehr ändern«.

Er sah Aldwyn an. »Ich werde auch jetzt nichts Schlechtes über Deinen Dad sagen, nur so viel: Er hat das Gesetz gebrochen und dafür wird er jetzt bestraft«.

Aldwyn sagte nichts dazu, aber Adam konnte sehen, dass ihm die Tränen in die Augen stiegen

Da kam Grace angelaufen. »Schau Dad, was für ein wunderschöner Blätterstrauß, den schenke ich nachher Mum«.

Adam lächelte. »Da wird sie sich bestimmt freuen«. Er zog sie auf seinen Schoß und gab ihr einen Kuss auf die Wange. »Wollen wir etwas Warmes trinken, oder etwas essen gehen«?

Sie schüttelte den Kopf und zeigte mit dem Finger auf eine Frau, die ihnen entgegenkam. »Nein, da kommt Tante Joanne, sie hat uns schon versprochen, ein Eis zu essen«.

Adam wurde ernst. ›Na toll‹, dachte er. ›Sie und Emely tun alles dafür, dass ich nicht mehr an die Kinder herankomme‹. Laut sagte er: »Na gut, versprochen ist versprochen. Dann machen wir das eben das nächste Mal zusammen«.

Grace rutschte herunter und drehte sich zu ihm um. »Dad, kommst Du bald wieder heim«?

»Bestimmt«, antwortete er und nahm ihre Hände in die Seinen. »Und jetzt lauf zu Tante Joanne«.

Dann sah er zu Aldwyn. »Machs gut Großer. Du weißt ja, wo Du mich in der Arbeit findest. Ich werde Dir immer helfen und zu Dir stehen«.

Aldwyn stand wortlos auf und ging mit hängenden Armen zu Joanne und seiner Schwester.

Adam sah ihnen traurig nach, bis sie an der nächsten Ecke verschwunden waren. Grübelnd stand er auf und machte sich auf den Weg zurück zu Vincent Powel.

Langsam schlenderte er durch die Straßen. Inzwischen war die Sonne untergegangen und ein unangenehmer kalter Wind ließ ihn frösteln. Er schlug den Kragen seiner Jacke hoch und vergrub die Hände in den Hosentaschen.

Er dachte jetzt noch einmal an seine Eltern und dann fasste er einen Entschluss. ›Egal wie es jetzt weitergeht, aber von Emely werde ich mich auf jeden Fall trennen und mir eine eigene Wohnung suchen. Sie hat mein Vertrauen missbraucht, genauso wie damals meine Mutter bei Dad. Nur die Kinder lasse ich nicht im Stich. Niemals‹.

Entschlossen beschleunigte er seinen Schritt und kam bald wieder bei Vincent Powel an. Der hatte ein Koffergrammophon und einige Schellackplatten vor sich stehen und summte eine Melodie mit.

Als Adam vor ihm stand, verstummte er und fragte: »Na, wie lief es denn«?

Adam hob die Schultern. »Ging so«. Er zog seine Jacke aus und setzte sich ihm gegenüber. »Im Grunde wie vermutet. Grace hat sich gefreut und Aldwyn hat genau drei Sätze mit mir geredet«.

»Lassen Sie ihm Zeit«, entgegnete Vincent und schaltete die Musik ab. »Das wird schon wieder«.

»Wissen Sie was das Beste ist«? fragte Adam.
Vincent sah ihn erstaunt an. »Was denn«?

»Das ich jetzt nicht allein bin und mit jemanden reden kann, der mich versteht«.

Vincent stand auf. »Dann lassen Sie uns jetzt eine Runde Poker spielen, das lenkt ab. Kommen Sie, ich habe den Tisch schon bereitgestellt«.

Sie gingen nach nebenan. Adam betrachtete die Karten und die Chips, die sorgsam aufgereiht waren. Dann sah er zu Vincent herüber. »Entschuldigen Sie Sir. Sie haben sich sehr viel Mühe gegeben, aber vom

Bluffen habe ich im Moment genug. Können wir das auf einen anderen Tag verschieben«?

»Na gut, verstehe. Dann trinken wir wenigstens noch ein Glas Rotwein und legen uns anschließend aufs Ohr«.

Adam atmete auf.

Am nächsten Morgen wurden sie in der Police-Station mit Begeisterung empfangen. Jeder, der ihnen über den Weg lief gratulierte, oder klopfte den beiden auf die Schulter. Schließlich saßen sie wieder allein im Büro.

»Gut, dass Constable Green erst einmal Urlaub genommen hat, bis etwas Gras darüber gewachsen ist«, sagte Vincent und zog eine Schublade am Schreibtisch auf. Sein Blick fiel auf die Akte von Angus Hunt.

Sofort hatte er Ralph Smith und seinen betrunkenen Bruder, diesen raubeinigen Schäfer wieder vor Augen. Er holte sie heraus und warf sie achtlos vor sich hin. »Und die bringe ich nachher zurück ins Archiv«, murmelte er grimmig. »Die ganze Welt müsste sich auf den Kopf stellen, bevor ich diesen Fall noch einmal aufrolle«.

»Wie wird es jetzt mit Emely und den Kindern weitergehen«? fragte Adam, der ihm scheinbar gar nicht zugehört hatte.

»Keine Ahnung«, entgegnete Vincent, während er aufstand und sich die Mappe unter den Arm klemmte.

»Der Staatsanwalt wird sich in Kürze mit ihr beschäftigen und das Strafmaß festlegen. Und Sie bekommen die Kinder, da bin ich sicher«.

An der Tür drehte er sich noch einmal um und nickte ihm aufmunternd zu. »Schließlich haben Sie einen hervorragenden Leumund. Ich bin übrigens gleich wieder zurück und dann können wir uns endlich wieder unserem eigentlichen Fall zuwenden«.

An der Asservatenkammer angekommen, traf er einen Officer, der ihn freundlich grüßte. »Guten Morgen Detective Chief-Inspector Powel. Starke Nummer, die Sie und Sergeant Mitchell am Freitag hingelegt haben. Sie sind seitdem das Thema Nummer eins«.

Vincent wiegelte ab. »Schon gut. War ja halb so wild«. Er gab ihm die Ermittlungsakte. »Können Sie die bitte wieder ins Archiv bringen«? Der Officer nahm sie und sah erstaunt auf das Schriftfeld. »Angus Hunt«.

»Kannten Sie ihn etwa auch«?
»Mein Schwager Rudy arbeitet als Wärter im Strangeways-Prison und hatte hin und wieder mit ihm zu tun«.

»Wieso hatte? Jetzt etwa nicht mehr«?
»Angus Hunt ist tot. Hat sich auch in seiner Zeller erhängt«.

Vincent sah ihn erschrocken an. »Wann war denn das«?

Der Officer überlegte. »Ist noch nicht lange her, acht oder zehn Tage höchstens«.

»Ist bekannt, warum er sich das Leben genommen hat«?

»Soweit ich weiß nicht, aber vielleicht war er des Lebens überdrüssig. Rudy sagte nur, dass er im Gefängnis keine Kontakte hatte, aber für ihn kurz vorher einen Brief zur Poststelle des Gefängnisses brachte, der an einen jungen Burschen gerichtet war, der hier in einem Vorort lebt«.

»Wissen Sie auch, wer das war«?
»Da müssen Sie ihn selber fragen. Rudy hatte sich nur allerdings gewundert, weil Angus während seines

gesamten Aufenthaltes dort kaum Post erhalten oder verschickt hat«.

»Ich kann mir schon denken, wer der Empfänger des Briefes war«, murmelte er. Er sah ihn an. »Ich nehme die Akte doch noch einmal mit. Tragen Sie bitte ein, dass sie vorerst bei mir im Büro verbleibt«.

Der Officer tippte sich an die Mütze. »Mach ich Sir«. Vincent eilte wieder zurück ins Büro.

Adam sah ihn erstaunt an, weil er die Akte noch bei sich hatte. »Ich denke, der Fall ist abgeschlossen«.

»Irgendwie soll es nicht sein«, antwortete Vincent. »Ich habe soeben erfahren, dass sich Angus Hunt vor kurzem im Gefängnis das Leben genommen hat, aber noch einen Brief an einen jungen Mann versendet hat, der hier in der Nähe wohnt«. Er beugte sich nach vorn und stützte die Arme auf die Tischplatte. »Und dreimal dürfen Sie jetzt raten, auf wen ich dabei tippe«.

»Da brauche ich nicht dreimal, sondern nur einmal raten. Ronald Lombard«.

»Bingo«, antwortete Vincent. »Und damit diese leidige Angelegenheit, die immer noch wie ein Damokles-Schwert über mir zu kreisen scheint, ein für alle Mal beendet wird, möchte ich jetzt wissen, was in diesem Brief stand. Vielleicht hat ja Angus tatsächlich darin ein Geständnis abgelegt, um endlich sein Gewissen zu erleichtern«.

»Oder er hat den Namen des wahren Mörders genannt«, entgegnete Adam. »Wer weiß«.

»Fangen Sie nicht auch noch an«, rief Vincent und warf die Akte ungehalten zurück in die Schublade. »Ihr werdet alle noch sehen, dass ich recht hatte«.

Er sah auf die Uhr. »Es ist jetzt kurz nach acht. Ronald Lombard dürfte also bereits in der Arbeit sein. Vorher rufe ich aber im Gefängnis an, denn ich muss wissen, ob der Brief wirklich an ihn gerichtet war«.

Er ließ sich ein Amt geben und telefonierte mit der Sekretärin des Direktors, der um diese Zeit selbst noch nicht da war. Als er wieder aufgelegt hatte, nickte er zufrieden. »Es wurde tatsächlich ein Brief an Ronald Lombard versendet«. Sie machten sich auf den Weg.

Während der Fahrt fragte Adam: »Wollten wir nicht auch zu diesem Ralph Smith? Ich hatte ihm ja abends im Pub versichert, dass wir ihn aufsuchen werden«.

»Da fahren wir anschließend hin, insofern das noch nötig ist«, antwortete Vincent und bog in die nächste Seitenstraße ein. »Und werde ihm sein loses Mundwerk stopfen«. Er sah ihn aus den Augenwinkeln an. »Sollte es anschließend noch jemand wagen, an der Schuld von Angus Hunt zu zweifeln und mein Ermittlungsergebnis infrage zu stellen, knöpfe ich mir denjenigen persönlich vor. Egal, wer das ist«.

Als sie am Uhrengeschäft ankamen, stand Jaspar Ward mit einem Fensterputzer am Eingang und zeigte nach oben. »Reinigen Sie alles gründlich, aber achten Sie auf die Beleuchtung, sie darf nicht beschädigt werden. Und beeilen Sie sich, am Nachmittag wird die neue Markise befestigt. Ich will, dass es perfekt wird«.

»Geht klar Sir«, antwortete der und stieg auf einer Holzleiter nach oben.

Als Jaspar die Polizisten erkannte, ließ er die Arme sinken. »Sie schon wieder. Was gibt es denn jetzt noch«?

»Ausnahmsweise wollen wir heute nicht zu Ihnen«, sagte Vincent. »Im Übrigen heißt es erst einmal ›Guten Morgen‹. So viel Zeit sollte sein«.

»Guten Morgen«, murmelte der. »Entschuldigen Sie, ich wollte nicht unhöflich sein«. Verwundert sah er sie an. »Sie wollen doch nicht etwa zu meiner Tochter? Sie ist aber bereits in der Schule und kommt erst am Nachmittag wieder heim«.

»Wir wollen nicht zu Ihrer Tochter«, entgegnete Adam. »Wir wollen mit Ronald Lombard sprechen«.

»Mit Ronald? Der macht im Moment ein paar Besorgungen für mich, müsste aber bald wieder zurück sein«. Vorsichtig fragte er: »Was wollen Sie denn von ihm? Oder verdächtigen Sie ihn jetzt auch, etwas mit dem Mord an meiner Frau zu tun zu haben«?

»Das wäre zwar eine interessante Theorie Mr. Ward«, sagte Vincent. »Die wir allerdings mangels eines Verdachts nicht in Erwägung ziehen. Hier geht es um etwas Anderes«.

»Ronald hat doch nicht etwas ausgefressen«?
»Das wollen wir mal nicht hoffen«.

Der kam gerade mit zwei vollen Einkaufsnetzen um die Ecke. Als er die Polizisten sah, blieb er stehen. »Guten Morgen«, sagte er höflich.

Vincent drehte sich zu Jaspar um und sagte sarkastisch: »Sehen Sie? Er weiß, was sich gehört«.

Jaspar musste sich zusammenreißen, um jetzt nicht darauf zu erwidern. Stattdessen sagte er: »Beenden wir die Wortspielereien Chief-Inspector. Reden Sie mit ihm und dann lassen Sie uns bitte arbeiten, denn wie Sie unschwer erkennen können, haben wir zu tun«.

Adam fasste ihn beschwichtigend am Arm. »Es dauert nicht lange, aber wir möchten das nicht auf der Straße besprechen. Dürfen wir also reinkommen«?

Jaspar öffnete die Tür. »Bitte sehr«.

Ronald stotterte: »Sie wollen zu mir? Warum denn«?

Die Polizisten betraten, ohne ihm zu antworten, das Geschäft. Kurz und knapp schilderten sie ihm jetzt den Sachverhalt, der blass vor ihnen saß.

»Mr. Hunt ist wirklich tot«? fragte er ungläubig. »Das habe ich nicht gewusst«.

Vincent sah ihn mit schmalen Augen an. »Du lügst«.

»Wieso sollte ich lügen? rief er aufgebracht. »Und woher sollte ich das überhaupt erfahren? Ich war vor ein paar Wochen das einzige und letzte Mal bei ihm. Seitdem habe ich nichts mehr gehört«.

»Was wolltest Du dort«?

»Das ist Privatsache und geht niemanden etwas an«.

Vincent lehnte sich nach vorn. »Ich behaupte nicht, dass er den Mord an Direktor Robertson nicht begangen hat. Das seid Ihr doch, Du und dieser Ralph Smith. Und jetzt stelle ich Fragen und stoße auch nur auf Mauern«.

Ronald schluckte. »Also gut. Ich war bei ihm, weil ich wissen wollte, ob er sich vorstellen kann, warum sich mein Großvater umgebracht hat. Die beiden waren seit Ewigkeiten gute Freunde«.

»Und? Wusste er einen Grund«?

»Nein leider nicht«, antwortete er resigniert. »Er hat so gut wie gar nicht mit mir gesprochen und mich schließlich weggeschickt. Nicht einmal das Essen hat er angenommen, dass ich ihm mitgebracht hatte, im Gegensatz zu meiner Mutter«.

»Was meinen Sie denn damit, im Gegensatz zu Ihrer Mutter«? fragte Vincent hellhörig.

»Mum war einige Jahre regelmäßig bei ihm und hat ihm immer süßes Brot und was weiß ich nicht alles, mitgebracht«.

»Aber irgendwann nicht mehr«? fragte jetzt Adam.
»Nein, irgendwann nicht mehr. Warum, das müssen Sie sie selber fragen. Ich bekomme nichts aus ihr heraus. Warum fragen Sie mich das alles«?

»Weil Du uns etwas verschweigst«, sagte Vincent und lehnte sich scheinbar gelassen zurück. »Du verschweigst uns nämlich, dass Du einen Abschiedsbrief von Angus Hunt erhalten hast, indem der vermutlich ein Geständnis abgelegt hat«.

Ronald begann schwer zu atmen. »Sir, ich habe keinen Brief von ihm erhalten. Niemals. Das schwöre ich bei meinem Leben. Es sei denn ….«. Er sprach nicht weiter.

»Ihre Mutter hat ihn abgefangen«? fragte Adam leise. Ronald antwortete nicht und sah beunruhigt von einem zum anderen.

»Wo ist sie um diese Zeit«? fragte Vincent ernst und holte seinen Notizblock hervor.

»Sie arbeitet in der Jeansnäherei O'Kelly«.
Jaspar der zugehört hatte, stellte sich den Polizisten in den Weg, die es jetzt eilig zu haben schienen.

»Ich kenne Mrs. Lombard. Sie ist eine fleißige ehrbare Frau. Ich verbürge mich für sie und …«.

»Ich gebe Ihnen jetzt einen wohlgemeinten Rat Mr. Ward«, antwortete Vincent, während er seinen Hut aufsetzte. »Seien Sie mit solchen Begriffen wie

›verbürgen‹ besser etwas vorsichtiger. Das könnte nämlich mal schwer ins Auge gehen«.

Eilig verließen sie das Geschäft.

»Entschuldigen Sie Sir, aber ich finde es einfach nicht in Ordnung, wie Sie Ronald behandeln«, sagte Adam, als sie wieder mit dem Auto unterwegs waren.

»Wie behandle ich ihn denn«? fragte Vincent kühl.

»Sorry Sir, aber wenn Sie mit ihm sprechen, legen Sie eine Überheblichkeit an den Tag, die kaum zu überbieten ist und auch nicht gut ankommt. Abgesehen davon passt das doch gar nicht zu Ihnen und Sie haben so etwas doch nicht nötig«.

»War das alles«?

»Ja Sir, das war alles. Ich musste das einfach loswerden und im Übrigen glaube ich ihm. Ronald hat uns ganz bestimmt die Wahrheit gesagt«.

»In dieser Angelegenheit bin ich Ihrer Meinung«, antwortete Vincent. »Über Ihre Kritik darüber denke ich allerdings, wenn überhaupt, erst später nach«.

Er gab Gas. »Und jetzt lassen Sie uns keine Zeit verlieren und mit Betsy Lombard sprechen. Sie allein ist der Schlüssel zu diesem Geheimnis«.

***

Jaspar legte seinen Arm um Ronald, als sie wieder allein waren. »Mach dir keine Sorgen. Du hast Dir nichts zu Schulden kommen lassen«.

»Ich nicht«, flüsterte er. »Aber falls Mum diesen Brief wirklich hat und die Wahrheit verschweigt, …«. Grübelnd sah er ihn an. »Warum tut sie das«?

»Ich weiß es natürlich nicht«, seufzte Jaspar und zog sich seine Jacke über. »Meinst Du, dass Du trotzdem für den Rest des Tages allein zurechtkommst? Ich sehe gleich noch einmal nach dem Fensterputzer und muss dann weg«.

Ronald nickte. »Sie können sich wie immer auf mich verlassen«.

Jaspar hatte sich auf den Weg nach Littleborough gemacht und kam gerade auf dem Hof an, als Lilly zusammen mit den Kindern zwei Ziegen fütterte, die Frank am Vortag einem Bauern abgekauft hatte.

»Hallo zusammen«, rief Jaspar gutgelaunt, als er die Wagentür zuwarf.

Lilly stellte einen Eimer weg. »Hallo Jaspar. Schön, dass Du mal vorbeikommst. Frank ist allerdings nicht zu Hause. Er hat noch etwa zwei Stunden in der Stadt zu tun, denke ich«.

»Das ist nicht so schlimm. Wir können uns ja auch mal unterhalten«. Er wandte sich an die Kinder. »Nicht nur die Ziegen, auch Ihr solltet hin und wieder etwas Gutes bekommen«. Er gab Ryan eine Tafel Schokolade. »Hier, teilt sie Euch«. Strahlend bedankte sich der Junge und lief zu seinen Geschwistern.

»Dann lass uns einen Tee zusammen trinken«, sagte Lilly. »Ich habe gerade vorhin welchen gemacht«.

»Gerne, dabei plaudert es sich besser«.
Als sie sich in der Küche gegenüber saßen, fragte Lilly: »Es wundert mich, dass Du jetzt hierhergekommen bist. Hast Du Dein Geschäft heute geschlossen«?

»Nein. Mein Lehrling ist in der Werkstatt. Auf ihn kann ich mich hundertprozentig verlassen«.

»Und Du bist heute wirklich nur hier, um ein wenig ›Small-Talk‹ abzuhalten? Das kann ich nicht glauben«.

Jaspar sah sie ernst an. »Du hast recht. Grundlos bin ich nicht gekommen«. Er fasste sich in die Jackentasche und legte Abygails goldenen Ring auf den Tisch. »Hast Du den schon einmal gesehen? Ich habe ihn in der Kaminuhr unseres Esszimmers gefunden«.

Lilly sah ihn verwundert an. »Ich glaube nicht«, antwortete sie und nahm ihn vorsichtig in die Hand. Als sie die Initialen entdeckte, wurde sie rot.

Jaspar, dem ihre Reaktion natürlich nicht entgangen war, sah sie forschend an. »Du weißt etwas, oder? Sonst hättest Du nicht schlagartig die Gesichtsfarbe gewechselt«.

Lilly legte den Ring zurück. »Nein«, stotterte sie. »Ich finde ihn nur außerordentlich apart. Frank hat mir so etwas noch nie geschenkt«.

»Ich habe ihn Abygail auch nicht geschenkt«, entgegnete er kühl. »Und jetzt erzähl mir keine Märchen Lilly. Ich bin nicht blöd«.

Die stand auf und holte eine Schale an den Tisch. »Hier Jaspar, die Kekse habe ich gestern mit Ruth und Billy gebacken, nachdem ich ein Pfund Mehl erstanden hatte«.

»Lenk bitte nicht vom Thema ab«, antwortete er mit ernster Miene. »Du weißt etwas und willst es mir nicht sagen. Wo hatte Abygail diesen Ring her und was hat es mit diesen Initialen auf sich«? Er stand auf und drängte sich auf der Ofenbank neben sie. »Nun sag schon. Ich muss es wissen«.

»Ich habe damals vor Abygail einen Eid geleistet, für immer und ewig Stillschweigen zu bewahren und Frank bringt mich auch um, wenn er erfährt, dass ich es ausgeplaudert habe«.

»Aber Abygail ist tot und ich werde Frank nicht sagen, dass Du es mir verraten hast«, beschwor er sie.

»Schwörst Du es wirklich«? fragte sie skeptisch.
Er hob zwei Finger und sah sie an. »Ich schwöre«.

Sie stand auf. »Warte einen Moment. Ich muss erst nachsehen, wo die Kinder sind. Sie dürfen es auf keinen Fall hören«. Bald war sie wieder zurück. »Samantha lernt in ihrem Zimmer für die Schule und Ruth, Ryan und Billy spielen im Garten«.

Gespannt sah er sie an, als sie sich jetzt wieder neben ihn setzte. »Also gut«, begann sie. »Du weißt ja, dass wir nach Samantha noch vier kleinen Kinder nacheinander adoptiert hatten«.

Er nickte ungeduldig. »Und weiter«?
»Samantha war das erste Kind, das wir aufgenommen haben, die allerdings glaubt, dass wir ihre leiblichen Eltern sind«.

»Und was hat das mit Abygail zu tun«?
Ernst sah sie ihm in die Augen. »Abygail ist Samanthas leibliche Mutter«. Jaspar ließ sich wie vom Blitz getroffen gegen die Rückenlehne der harten Bank fallen. »Was? Samantha ist Abygails Kind«?

Lilly nickte. »Ja. Sie hatte als sehr junges Mädchen eine Affäre mit einem anderen Jungen, der bereits eine feste Freundin hatte, die auch von ihm schwanger war. Er verlangte von ihr, dass sie das Kind bei einem Quacksalber abtreiben lassen sollte, aber das kam für Abygail nicht infrage«.

Lilly hielt einen Moment inne und fuhr dann fort: »Wir waren zu diesem Zeitpunkt kinderlos und wollten natürlich welche haben. Anfangs gab Frank mir die Schuld, doch dann stellte sich heraus, dass er es war, der Keine zeugen konnte. Natürlich musste das geheim gehalten werden, da er sich vor allem in seiner Männlichkeit gekränkt fühlte, aber auch Angst vor Häme und Spott der Nachbarn hatte, wenn das publik würde«.

Sie räusperte sich. »Und plötzlich kam Thea mit diesem jungen verzweifelten Mädchen zu uns. Wir haben nicht lange überlegt und zugestimmt, dass Baby bei uns aufzunehmen. Abygail stellte die Bedingung, dass es niemand erfahren sollte, denn ihr Vater, vor dem sie nur mühsam die Schwangerschaft verbergen konnte, hätte sie rausgeworfen«.

Leise fügte sie hinzu. »Und uns war es natürlich auch recht, denn das war die Lösung unserer Probleme. Unser Kind war sozusagen auf dem Weg. Jeden Tag stopfte ich mir also ein Kissen unter den Rock und wurde schon bald von Nachbarn darauf angesprochen, die sich natürlich mit uns freuten«.

Sie nahm jetzt ihre Teetasse und drehte sie unsicher hin und her. »Abygail hat dann Samantha auch bei uns im Haus entbunden und ist im Morgengrauen mit Thea wieder nach Hause gegangen. Sie tat mir sehr leid, denn es war eine lange und schwere Geburt, bei der sie eine Menge Blut verloren hatte. Nur einen Arzt konnten wir ja nicht holen«.

Lilly liefen bei der Erinnerung an diese schweren Stunden die Tränen die Wangen herunter. »Wir hatten die erste Zeit oft Angst, dass sie eines Tages in der Tür stehen könnte und Samantha zurückhaben wollte, die wir natürlich inzwischen auch ins Herz geschlossen hatten und wie unser eigenes Kind behandelten«.

Sie tupfte sich die Tränen ab und schluchzte: »Aber dann lernte sie glücklicherweise, etwa zwei Jahre später, Dich kennen und sie wurde erneut mit Eurer Madeleine schwanger«.

»Und wer ist der Vater? Kenne ich ihn«? fragte Jaspar tonlos.

»Es tut mir wirklich leid, aber darüber haben wir nie gesprochen. Abygail hat es nie gesagt und wir haben auch nicht gefragt. Nur wenn es jemand weiß, dann ist es Thea«. Jaspar drehte versonnen den Ring in der Hand hin und her. »Sie muss diesen Mann wirklich geliebt haben, sonst hätte sie den Ring nicht behalten«.

Lilly nickte: »Als Du mir den Ring gezeigt hast, war mir sofort klar, dass er nur von Samanthas Vater sein kann«.

Jaspar sah Lilly ernst an. »Habt Ihr die anderen Kinder auch auf diese Weise zu Euch geholt«?

Lilly schüttelte den Kopf. »Ich habe allen erzählt, dass ich nach Samanthas Geburt schwer krank wurde und es deshalb zu gefährlich sei, eine weitere Schwangerschaft zu riskieren. Und jeder der hörte, dass wir stattdessen Waisenkinder bei uns aufnahmen, lobte uns für unsere Güte«.

»Ich habe gelegentlich auch darüber gestaunt«, antwortete Jaspar. »Und wenn ich mich jetzt recht erinnere, hat Abygail aber nie darauf reagiert, oder etwas dazu gesagt«.

»Sie hat aber immer über Thea nach Samantha gefragt und ihr kleine Geschenke zukommen lassen«.

»Dann ist ja Madeleine ihre Halbschwester«, stellte Jaspar fest. »Und müsste eigentlich von Abygails Erbe, das jetzt Madeleine zusteht, die Hälfte bekommen«.

»Was denn für ein Erbe«? fragte Lilly.

»Abygail hatte teuren Schmuck, nur der ist jetzt nicht mehr da. Verschwunden aus einem Geheimfach im Schlafzimmer«.

Lilly schluckte. »Hast Du Madeleine schon gefragt«?
»Ja natürlich, sie hat ›Stein und Bein‹ geschworen nicht zu wissen, wo er sein könnte«.

»Dann bleibt Dir nur, es der Polizei zu sagen«.
»Das habe ich Samuel schon erklärt. Zur Polizei kann ich wegen dem Schmuck nicht gehen, denn wenn die von dem vielen Gold hören meinen sie, ich habe Abygail selbst beiseite geschafft«. Er verzog das Gesicht. »Sie verdächtigen mich sowieso schon, was natürlich einer Farce gleichkommt«.

»Hast Du einen Verdacht, wer ihr das angetan haben könnte und Euren Schmuck gestohlen hat«?

Er schüttelte traurig den Kopf. »Nein. Ich habe mir schon nächtelang den Kopf darüber zerbrochen, aber da fällt mir niemand ein«. Behäbig stand er auf. »Ich werde jetzt erst einmal gehen und über das, was Du mir erzählt hast nachdenken. Und ich muss damit zurechtkommen, dass Abygail nie das Vertrauen zu mir hatte, es zu erzählen«.

Sie zog ihn ängstlich am Ärmel. »Aber Du sagst es doch niemandem«?

»Ich habe es Dir versprochen. Du kannst Dich auf mich verlassen, aber das gleiche erwarte ich natürlich von Dir wegen des Schmuckes«.

Sie nickte hastig. »Natürlich«.
In diesem Moment kam Samantha herein und stand Jaspar direkt gegenüber. »Hallo«, sagte sie freundlich. »Ich wusste gar nicht, dass wir Besuch haben«. Sie strich sich mit der Rückhand durch ihr langes Haar.

Jaspar kam es vor, als hätte er diese Geste schon einmal irgendwo gesehen, aber er konnte es nicht zuordnen.

›Wie hübsch sie ist‹, dachte er, als er sie betrachtete und entdeckte einen kleinen Leberfleck an ihrem Hals, den auch Madeleine etwa an der gleichen Stelle hatte.

»Leider muss ich zurück nach Hause«, sagte er und gab ihr die Hand. »Bis bald«.

Dann schob er sich an ihr vorbei und verließ eilig den Hof, denn er wollte auf keinen Fall auf Frank treffen, der sicher bald nach Hause kam.

Auf dem Weg zurück nach Manchester wurde er wütend. Wütend auf Abygail, wütend auf Frank und Lilly, wütend auf Thea und wütend auf sich selbst.

Alle haben es gewusst, nur er nicht. Die ganze Welt hatte ihn scheinbar zum Narren gehalten. ›Ob es Samuel ihm auch verheimlicht hatte‹? grübelte er. ›Wehe, wenn…‹. Er bog ab. ›Und jetzt muss mir Thea auch sagen, wer dieser Mann war‹, dachte er grimmig.

Kurz darauf kam er vor ihrem Haus mit quietschenden Reifen zum Stehen. Er stutzte, als er einen schwarzen Cadillac vor Samuels Garage stehen sah. ›Täusche ich mich, oder ist das Franks Auto? Muss ausgerechnet der jetzt hier sein‹.

Ed, der Butler stand gerade am Eingang auf einer Leiter und kehrte Blätter aus der Dachrinne. Als er Jaspar sah, begann er zu lächeln. »Oh Mr. Ward«, rief er und stieg herunter. »Warten Sie, ich räume den Platz«.

»Machen Sie sich keine Umstände Ed«, wiegelte Jaspar ab. »Ich komme schon an Ihnen vorbei«.

Der band sich die Schütze ab. »Kein Problem, ich war sowieso gerade fertig, um das Dinner vorzubereiten«.

»Seit wann ist denn Frank schon hier«?

Ed holte seine Taschenuhr hervor. »Schon eine ganze Weile«, murmelte er. »Etwa zwei Stunden, schätze ich«.

Er öffnete die Haustür und deutete mit der Hand hinein. »Ich nehme an, Mr. O'Kelly und sein Bruder sind im Wohnzimmer. Ich komme gleich nach, wenn ich hier aufgeräumt habe«.

Jaspar ging voraus, doch dann drehte er sich an der Tür noch einmal um. »Ist Thea auch da«?

»Nein Sir. Heute ist Montag, Da ist sie um diese Zeit gewöhnlich bei einem Teekränzchen in der Stadt und kommt erst kurz vor dem Dinner nach Hause«.

Jaspar nickte. »Danke Ed«.
Als er im Flur stand, hörte er durch die angelehnte Wohnzimmertür Frank sagen: »Und Du weißt wirklich nicht, ob Abygail ein Testament hatte«?

»Frank«, beschwichtigte ihn Samuel. »Selbst wenn es so wäre, geht es Dich nichts an. Ihr habt Samantha mit allen rechtlichen Folgen bei Euch aufgenommen. Mehr noch, Ihr habt sie von Anfang an als Euer eigenes Kind ausgegeben. Damit hat sie auch kein Anrecht auf Abygails Vermögen. Und Du schon gar nicht«.

»Glaubst Du etwa, dass ich nur aus Spaß an der Freude diesen lausigen Hof übernommen habe und so mit meiner Familie da auf Dauer leben will«? zischte der. »Ich brauche dringend Geld und wenn Du es mir nicht geben kannst, muss ich mir es eben bei Jaspar holen«.

Dem lief ein eisiger Schauer den Rücken herunter, als er weiter zuhörte.

»Du bekommst nie den Hals voll Frank«, rief Samuel aufgebracht. »Aber so warst Du ja schon früher. Im Übrigen hast Du die Lombards mit dem Hof sowieso schon um ein Vermögen betrogen, denn Du, dieser infame Schuldirektor Robertson und Deine gierige ehemalige Nachbarin, die Schwester von Angus Hunt in Bedfort, Ihr drei wusstet ganz genau, was die umliegenden Pachtflächen wirklich wert sind«.

Samuel schob die geballten Hände in die Hosentaschen, ging wütend auf dem knarrenden Parkettboden auf und ab und blieb schließlich vor Frank stehen. »Und dann hast Du auch noch den Nerv, mich in Eure intriganten Pläne einzuweihen und zu glauben, dass ich da mitmache. Aber da hast Du Dich getäuscht. Jaspar ist mein Freund und wird es immer bleiben«.

Er begann jetzt schwer zu atmen und ließ sich erschöpft in einen Sessel fallen. »Nicht zu glauben, dass dieser Robertson mit den Briefen, die Hunt's Schwester verwahrt und ihm dann verkauft hat, auch noch die arme Mrs. Lombard erpressen wollte«.

»Robertson ist tot«, antwortete Frank mit kalter Stimme, die Jaspar das Blut in den Adern gefrieren ließ. »Und Angus schmort bis an sein Lebensende im Knast«.

›Er weiß also noch nicht, dass er nicht mehr lebt‹, dachte Jaspar erstaunt.

Frank kniete sich vor seinen Bruder hin. »Und wenn Du dicht hälst, wird auch niemand etwas erfahren«. Er legte seine Hand auf seinen Arm. »Es soll Dein Schaden nicht sein«.

»Fass mich nicht an«, schrie Samuel und sprang auf. Keuchend fragte er: »Hast Du etwa diesen Direktor Robertson und Abygail auch auf dem Gewissen«?

Verächtlich fügte er hinzu: »Na los Frank, gib es schon zu. Zutrauen würde ich es Dir allemal«.

Jaspar traten Schweißperlen auf die Stirn und ballte die Fäuste. ›Wenn der jetzt vor Samuel ein Geständnis ablegt, bringe ich ihn auf der Stelle um‹.

Frank nahm stattdessen gelassen seinen Scotch, kippte den Schnaps mit einem Ruck herunter und stellte das Glas klirrend auf den Teewagen. »Du kannst mir manches vorwerfen, aber keinen Mord. Weder an James Robertson noch an Abygail Ward. Dafür musst Du Dir jemand anderes suchen, lieber Bruder«.

Jaspar ließ die Fäuste sinken. ›Er war es nicht‹, grübelte er fieberhaft. ›Oder etwa doch und streitet es jetzt nur ab‹?

»Ab heute bist Du nicht mehr mein Bruder«, entgegnete Samuel scheinbar seelenruhig. »Du verlässt jetzt auf der Stelle mein Haus und brauchst Dich hier nie wieder blicken zu lassen. Verschwinde«.

Jaspar sah sich erschrocken im Flur um und schlich zu einem Garderobenschrank, hinter dem er nicht gesehen werden konnte. Dann hörte er Frank beleidigt sagen:

»Wie Du willst Samuel, aber glaube ja nicht, dass Lilly und die Kinder weiter bei Dir und Thea ein- und ausgehen werden«.

Er nahm seinen Mantel und lief zur Haustür, die in diesem Moment von Ed geöffnet wurde. Wortlos rauschte Frank an ihm vorbei und verschwand.

»Ist Mr. Ward auch schon wieder weg«? fragte Ed verwundert. »Ich habe ihn gar nicht gehen sehen«.

Der trat hinter dem Schrank hervor und sah ernst zu Samuel herüber. »Ich habe alles mitgehört. Los komm, wir gehen zur Polizei«.

***

In der Police-Station saß Betsy Vincent Powel und Adam Mitchell gegenüber, nachdem sie unerwartet von ihnen in der Arbeit zur Rede gestellt und schließlich mitgenommen wurde.

Tracy hatte sie mitfühlend zu deren Auto begleitet und musste zusehen, wie Betsy, die wie Espenlaub zitterte, mit ihnen davon fuhr.

Als sie dann in diesem schäbigen und kalt wirkenden Verhörraum allein warten musste, bekam sie Angst.

Angst vor dem Verhör und Angst vor den Fragen, die sie zu einer Mörderin machen würde, die nun verurteilt und für immer ins Gefängnis gesperrt würde.

Verzweifelt stützte sie ihre Hände ins Gesicht und begann zu weinen. »Lieber Gott«, schluchzte sie. »Wenn es Dich wirklich gibt, steh` mir bei«.

Sie konnte nicht ahnen, dass Chief-Inspector Powel mit finsterer Miene im Flur stand und durch eine verspiegelte Scheibe zusah, wie sie reagierte, während Adam im Büro noch eilig das Protokoll vorbereitete.

Vincent Powel hatte einen Tag nach Jacob Tremblays Tod den sofortigen Einbau angeordnet, denn noch einmal wollte er nicht riskieren, dass jemand unbeaufsichtigt blieb und sich das Leben nehmen konnte. Kurz darauf stand Adam neben ihm. »Und? Was tut sie gerade«?

»Sie weint fortwährend. Und irgendetwas flüstert sie vor sich hin. Schade, dass wir das nicht hören können. Morgen rede ich gleich mit unserem Telefontechniker, vielleicht kann er eine Abhöreinrichtung installieren, was bestimmt bei zukünftigen Ermittlungen hilfreich wäre«.

»Exzellente Idee«, sagte Adam staunend. »Ein Mörder gesteht und weiß nicht, dass er es vor Zeugen tut«.

Vincent verschränkte die Arme hinter seinem Rücken. »Genau. Und jetzt lassen Sie uns mit dem Verhör beginnen«.

Betsy zuckte zusammen, als sie den Raum betraten und sah auf die zerschrammte Tischplatte.

Wortlos setzte sich Vincent ihr gegenüber, während Adam ein Blatt an der Schreibmaschine auf einem kleinen Beistelltisch einspannte.

Vincent begann: »Mrs. Lombard, Sie sind jetzt hier, weil wir von Ihnen eine Aufklärung erwarten. Über Ihre Rechte haben wir Sie ja bereits belehrt. Wünschen Sie einen Anwalt hinzuzuziehen? Falls ja, dann sagen Sie es bitte jetzt«.

Sie schüttelte den Kopf.

»Beantworten Sie die Frage mit ›Ja‹ oder ›Nein‹«.

»Nein«, antwortete sie heiser.

»Und Sie wollen wirklich eine Aussage machen«?

»Ja«.

»Gut. Sie haben also einen Brief von Angus Hunt beiseite geschafft, der für Ihren Sohn bestimmt war«?

Sie nickte wortlos.

»Ja oder nein«? fragte Vincent laut.

Zaghaft sah sie zu ihm auf. »Ja, das habe ich«.

»Warum? Und was stand da drin«?

Unsicher sah Betsy einen Augenblick zu Adam herüber, der gerade den Anschlaghebel für eine neue Zeile betätigte. ›Es hat keinen Zweck‹, dachte sie. ›Ich gestehe jetzt alles und dann sollen sie tun, was sie für richtig halten‹. Sie holte ein Taschentuch hervor, trocknete sich die Augen und begann von ihrem Leben auf dem Hof zu berichten. Von den schweren Jahren während und nach dem Krieg, von der harten Arbeit auf dem Feld und im Stall und von Ronald, den sie mit ihrem Vater Joseph allein großzog, nachdem sie die Nachricht erhalten hatte, dass ihr Ehemann gefallen war. Aber auch von Ronalds harmlosen Unfug, den er immer wieder trieb, anstatt auf dem Hof zu helfen, oder seine Hausaufgaben zu machen.

Die Polizisten hörten ihr ruhig zu.

Stockend erzählte sie nun, wie sie von Direktor Robertson an einem sonnigen Nachmittag in die Schule bestellt worden und mit Briefen, die Angus Hunt während des Krieges an seine Mutter geschrieben hatte, erpresst worden war.

Gebannt hatte Vincent eine Hand auf dem Tisch unter sein Kinn gestützt, als sie schilderte, wie er sie schließlich auf den Glockenturm gezwungen hatte.

Plötzlich sagte sie: »Ich habe ihn umgebracht, nicht Angus. Mit einer Eisenstange habe ich den Mistkerl erschlagen«. Sie brach endgültig in Tränen aus und vergrub ihr Gesicht in den Händen.

Fassungslos sahen sich Vincent und Adam an.

Als sie sich wieder etwas beruhigt hatte, fügte sie hinzu: »Diese Briefe habe ich dann mitgenommen und erst viel später meinem Vater gezeigt. Da war Angus längst verurteilt«.

»Warum haben Sie Joseph Lombard nicht erspart zu wissen, dass er nicht Ihr Vater ist«? fragte Adam leise.

»Niemandem hat es etwas genutzt und er hätte sich vielleicht nicht umgebracht«.

Betsy begann wieder zu schluchzen. »Er hat mir doch keine Wahl gelassen und mich ständig bedrängt zu sagen, warum ich Angus regelmäßig besuche«.

Sie knüllte das Stofftaschentuch in ihrer Hand zusammen. »Irgendwann habe ich dann eben doch nachgegeben«.

Mit geröteten Augen sah sie zu Adam herüber. »Am nächsten Morgen habe ich ihn dann in seinem Zimmer gefunden und die Briefe lagen am Boden«.

»Sie werden es Ihrem Sohn erklären müssen«, sagte Vincent. »Denn jetzt wird er es so oder so erfahren«.

Betsy nickte. »Ich weiß«.

»Wir lassen Sie mal für einen Moment allein«, sagte Vincent und deutete an Adam gewandt mit dem Kopf zur Tür. Der fragte Betsy: »Möchten Sie vielleicht ein Glas Wasser«?

»Ja gerne«. Er ging zu einem Waschbecken in der Ecke und befüllte einen Becher. »Hier bitte«.

Draußen im Flur standen sich die Polizisten schließlich einen Moment wortlos gegenüber. »Was machen wir jetzt mit Ihr«? flüsterte Adam. »Ich meine, dass sie in Notwehr gehandelt hat«.

»Sie hätte sich stellen müssen«, entgegnete Vincent. »Dann wäre es nicht dazu gekommen, dass ein Unschuldiger ins Gefängnis musste«.

Adam schüttelte langsam den Kopf. »Tut mir leid Sir, aber ich bin fest davon überzeugt, dass Sie ihr damals nicht geglaubt hätten«.

»Wer sagt denn überhaupt, dass ihre jetzige Story stimmt und sie sich nicht den ganzen Ablauf so hingebogen hat, wie sie es jetzt braucht«.

»Ach hören Sie doch auf«, fiel ihm Adam ins Wort. »Sie hat gerade ganz bestimmt die Wahrheit gesagt, aber Sie wollten damals als junger Police-Detective Chief-Inspector einen schnellen Ermittlungserfolg und jetzt können Sie einfach nicht zugeben, dass auch Sie nur ein Mensch sind und einen Fehler gemacht haben«.

Sie wurden von Beverley unterbrochen, die plötzlich hinter ihnen stand.

»Was gibt's denn«? fragte Vincent mürrisch.

»Das sind zwei Herren, die Sie unbedingt sofort sprechen wollen. Samuel O'Kelly und Jaspar Ward. Soll ich Sie auf morgen vertrösten«?

Vincent überlegte einen Moment, während er durch die Scheibe auf Betsy schaute, die erschöpft am Tisch saß und die Hände in ihrem Schoß gefaltet hatte.

Er sah Adam an. »Ich glaube, dass wir hier sowieso fertig sind. Lassen Sie sie das Protokoll unterschreiben und dann sehen wir weiter. Ich kümmere mich derweil um Mr. Ward und Mr. O'Kelly«.

Mit schnellen Schritten ging er davon. Er war froh, dass er jetzt mit Adam nicht mehr diskutieren musste der ihn nur noch weiter in die Enge treiben würde.

Der zwinkerte Beverly plötzlich zu. »Bis später«.
Irritiert drehte sie sich um und ging zurück in den Eingangsbereich.

»Meine Herren«, begann Vincent, als er Samuel und Jaspar gegenüber saß. »Was tun Sie beide denn freiwillig hier«?

Jaspar sah Samuel an. »Bitte erkläre Du ihm alles«.

»Wenn Du meinst«, antwortete der und sah Vincent ernst an. »Entschuldigen Sie Sir«, sagte er und legte seine Finger an die Schläfen. »Ich muss erst einmal meine Gedanken sortieren, damit ich Ihnen alles der Reihe nach erzähle und Sie verstehen, worum es uns geht«.

Anfangs berichtete er ihm ausführlich die familiären Zusammenhänge und dann begann er zu schildern, was sein Bruder Frank zusammen mit seinen Komplizen Agnes Hunt und James Robertson gegen Betsy Lombard intrigiert hatten.

»Ich möchte aber betonen, dass Frank auf meine Frage, ob er Mr. Robertson und die Frau von Jaspar umgebracht hat, mit einem klaren ›Nein‹ beantwortet hat. Ob er gelogen hat, kann ich nicht sagen. Es obliegt natürlich ausschließlich Ihnen, die Wahrheit herauszufinden«. Unruhig rutschte er auf seinem Stuhl hin und her. »Und dann ist da noch die Sache mit Franks ältester Tochter Samantha«.

»Wieso, was ist mit ihr«?

Samuel erläuterte ihm jetzt auch noch, was Jaspar am Nachmittag von Lilly O'Kelly erfahren hatte, er aber selbst schon lange wusste.

»Und was ist mit der Frau Ihres Bruders? War die auch in diese Intrigen verwickelt«?

»Lilly nicht«, antwortete Samuel. »Niemals. Sie ist eine ehrenwerte Frau, der es aufgrund von Franks Charakter gehörig an Selbstvertrauen mangelt. Dazu wäre sie nicht fähig«.

»Da kann ich Samuel nur zustimmen«, fügte Jaspar eilig hinzu. Gespannt sahen sie jetzt Vincent Powel an, der unentwegt wieder seinen Bleistift zwischen zwei Fingern hin - und herdrehte und schließlich fragte: »War das alles«?

»Wie? Was meinen Sie damit, ob das alles war«? fragte Samuel erstaunt. »Was brauchen Sie denn noch«?

Vincent stand auf. »Danke für Ihre Aussage, die Sie nachher noch zu Protokoll geben müssen. Allerdings wissen wir inzwischen, wer James Robertson ermordet hat. Und so viel kann ich sagen: Ihr Bruder Frank war es tatsächlich nicht«.

Er ging um den Schreibtisch herum. »Wenn Sie mich entschuldigen wollen, ich muss …«.

»Warten Sie«, rief Jaspar. »Ich habe Ihnen auch noch etwas wichtiges mitzuteilen«.

Vincent stutzte. »Na dann mal los, ich bin ganz Ohr«. Er hüstelte verlegen in seine Hand. »Ich habe Ihnen ein Indiz verschwiegen«.

»Welches«? fragte Vincent und setzte sich wieder. Jaspar erzählte ihm jetzt von dem goldenen Ring und dessen mysteriöser Herkunft, aber auch von dem vielen Schmuck seiner Frau, an dem sich jetzt Frank O'Kelly bereichern wollte.

»Es hat keinen Zweck, Ihnen das zu verheimlichen«, sagte er schließlich. »Aber Sie können mir wirklich glauben, dass ich deswegen meine Abygail niemals umgebracht hätte. Kein Gold der Welt wäre es wert gewesen, das zu tun«.

»Wir haben keinen Schmuck bei Ihnen gefunden«, entgegnete Vincent ungläubig. »Wo wollen sie den denn aufbewahrt haben«?

»Es gab da ein Geheimfach im Schlafzimmer. Einen gut getarnten doppelten Boden in einer Schublade, den ich Ihnen gerne zeigen kann«.

»Und wer wusste davon«?

»Nur Abygail und ich. Auch unsere Tochter Madeleine hatte keine Ahnung, wo meine Frau ihn immer versteckte. Und jetzt ist er weg«.

»Wir müssen das natürlich überprüfen«, sagte Vincent und stand wieder auf. »Die Sache mit der ersten Tochter Ihrer Frau tut mir übrigens sehr leid für Sie. Ist sicher nicht leicht zu verstehen und zu verkraften«.

»Bitte tun Sie mir einen Gefallen Chief-Inspector«, flehte Jaspar. »Sorgen Sie dafür, dass es die Mädchen vorerst nicht erfahren. Für Samantha, aber auch für Madeleine würde im Moment eine Welt zusammen brechen«.

»Ich denke darüber nach«, antwortete Vincent und zog ein Formular aus dem Schreibtisch. »Und jetzt möchte ich Sie vorerst bitten draußen im Flur zu warten. Wir haben nämlich noch mit dem Abschluss des letzten Verhöres zu tun«.

Als er wieder bei Adam war, fragte er: »Ist das Protokoll unterschrieben«? Der nickte und sah mitleidig zu Betsy herüber. »Mrs. Lombard hat unterzeichnet«.

Vincent setzte sich neben sie auf die Tischkante. »Ich habe mir etwas überlegt. Wir verzichten auf eine Kaution, denn ich bin der Ansicht, dass bei Ihnen keine Fluchtgefahr besteht«. Er legte ihr das mitgebrachte Formular hin. »Wenn Sie dies auch noch unterzeichnen, können Sie gehen. Arbeiten sie also weiter und verlassen Sie im Moment auf keinen Fall die Stadt«.

»Das heißt, ich darf wirklich nach Hause«? fragte sie ungläubig, als sie unterschrieben hatte.

Er nickte. »Ja. Ich warne Sie aber jetzt schon vor, dass es einen Prozess geben könnte, nachdem Angus Hunt postum rehabilitiert ist. Sollten sie tatsächlich angeklagt werden, was wir nicht hoffen, suchen Sie sich einen halbwegs annehmbaren Anwalt und plädieren Sie auf Notwehr«. Er sah Adam aus den Augenwinkeln an.

»Sergeant Mitchell und ich werden das auf jeden Fall dem Staatsanwalt so darlegen«.

Betsy stand zögernd auf und ging zur Tür.

»Und reden Sie offen und ehrlich mit Ihrem Sohn«, sagte Adam. »Dann wird er es sicher verstehen«.

Sie begleiteten sie zum Ausgang und sahen ihr nach, bis sie nicht mehr zu sehen war. »Was wollten denn eigentlich Mr. Ward und Mr. O'Kelly hier«? fragte Adam.

Vincent lächelte müde. »Sie haben Mrs. Lombards Aussage bestätigt und mir noch einige andere Dinge erzählt, über die Sie staunen werden. Sie sind übrigens noch oben und warten vor unserer Bürotür. Ein zweites Protokoll bleibt Ihnen also heute nicht erspart«.

Er drehte sich um und wollte gehen, als Adam sagte: »Ich komme gleich nach, weil ich Constable Green noch etwas fragen möchte«.

Vincent sah auf die Uhr. »Na gut, aber beeilen Sie sich. Ich möchte heute nicht so spät nach Hause«.

Als er nicht mehr zu sehen war, lehnte sich Adam mit den Armen auf den Tresen und lächelte sie an. »Ich habe in einer Stunde Feierabend. Wollen wir zusammen etwas trinken gehen«?

Jetzt lächelte auch sie. »Ja gerne«.

***

Ronald saß spät am Abend am offenen Fenster seiner Dachkammer, sah schluchzend in den Nachthimmel und beobachtete die Sterne.

Er hoffte, dass sein Dad, Großvater Joseph und Angus jetzt auch zu ihm herunter schauten. Hin und wieder trank er einen Schluck Beerenwein, den er aus dem kleinen Gewölbekeller mitgenommen hatte und sog an einer selbstgedrehten Zigarette.

Er wollte einfach nur allein sein und über das, was seine Mutter ihm gebeichtet hatte, nachdenken.

Als er nach Hause gekommen war, hatte er sie mit Vorwürfen überhäuft und so manches böse Wort benutzt. Sie hatte es hingenommen, aber dann nach und nach alles erklärt.

Je länger er jetzt da saß und den Sternschnuppen folgte, die hin und wieder durch das Firmament schwirrten, desto schneller schwand seine anfängliche Wut auf seine Mutter und der Hass auf diesen Direktor Robertson brodelte in ihm hoch, wie ein kochender Milchtopf auf dem Herd.

Er vergrub die Hände im Gesicht. ›Was muss sich Mum all die Jahre gequält haben. Und wenn ich nicht laufend hätte nachsitzen müssen, musste sie bestimmt nicht in die Schule kommen und der Mord wäre nicht passiert‹.

»Ich bin an allem schuld«, flüsterte er weinend. »Ich ganz allein«.

Er sah nach oben in den Himmel und rief: »Warum hat denn nicht einer von Euch auf Mum aufgepasst? Ich konnte es doch nicht. Ich war doch noch ein Kind«.

Einen Moment hielt er inne, doch er bekam keine Antwort. Verzweifelt schrie er: »Hey, ich rede mit Euch«. Er sackte zusammen und bekam einen Weinkrampf.

Als er sich wieder etwas beruhigt hatte, schleppte er sich zu seinem Bett und ließ sich darauf fallen. Betrunken, wie er inzwischen war, schlief er ein.

Als er am nächsten Morgen wach wurde, schmerzte sein Kopf, als ob ihn eine Dampflok überfahren hätte.

Im Haus war es total ruhig. Blinzelnd sah er zum Fenster und bemerkte, dass es schon heller Tag war. Er sah auf den Wecker. ›Halb neun‹.

Mit einem Ruck setzte er sich auf. »Ich habe verschlafen«, rief er und sprang auf. Er fasste sich an den Kopf, denn um ihn herum drehte sich alles wie ein Wagenrad während der Fahrt.

Er torkelte nach unten in die Küche und fand einen Zettel auf dem Tisch. ›Lieber Ronald, schlaf Dich heute aus. Ich gebe Mr. Ward Bescheid, dass Du später kommst. Er wird sicher Verständnis haben. Mum‹

Betrübt ließ er das Papier sinken und sah aus dem Fenster, vor dem ein kleiner blätterloser Apfelbaum mit den Böen des aufkommenden Windes trostlos hin und her wogte.

Doch dann gab er sich einen Ruck. »Nein, ich muss jetzt stark sein. Schließlich bin ich kein Kind mehr«.

Eilig zog er sich an, verrichtete seine Morgentoilette und machte sich auf den Weg zur Arbeit.

Als er dort ankam sah er, dass Chief-Inspector Powel und sein Sergeant sich soeben von Jaspar Ward verabschiedeten. Er konnte gerade noch hören, wie der sagte: »Melden Sie den Verlust Ihrer Versicherung, sofern Sie eine haben. Mehr können wir im Moment nicht tun«.

Adam kam auf Ronald zu: »Guten Morgen. Na, wie geht es Dir heute«?

»Nicht besonders gut«, murmelte der.

Adam, dem der Restalkohol nicht verborgen blieb, grinste: »Hast Du Dir einen auf die Lampe gekippt«?

Er klopfte ihm freundschaftlich auf die Schulter. »Das muss hin und wieder auch mal sein, auch wenn der Tag darauf gelegentlich einer Offenbarung gleicht und man sich schwört, es nie wieder zu tun«.

Dann ging er zu Vincent und sie fuhren davon.
Ronald, der sich lediglich ein müdes Lächeln abringen konnte, betrat mit Jaspar die Werkstatt und stammelte: »Entschuldigen Sie Sir, dass ich …«.

Jaspar unterbrach ihn. »Schon gut Ronald. Deine Mutter hat mir über Samuel ausrichten lassen, dass Du heute später kommst. Kein Problem«.

Er forderte ihn auf sich zu setzen. »Die letzten Tage waren für uns alle schwer, oder nicht«?

Ronald nickte. »Ja Sir. Und deshalb ist bei mir gestern Abend im wahrsten Sinne des Wortes das Fass übergelaufen«.

Jaspar begann zu schmunzeln. »Ist nicht zu übersehen. Du hast ja jetzt noch trübe Augen. Was hast Du Dir denn genehmigt? Doch nicht etwa Schnaps«?

»Dann läge ich jetzt wahrscheinlich im Koma«, seufzte er. »Nein, Mum pflückt jedes Jahr zwischen kniehohen Brennnesseln eine Menge Beeren, puhlt sie stundenlang ab und macht daraus Holunderwein«.

»Ich nehme an, dass sie Dich über alles aufgeklärt hat«, antwortete er vorsichtig. »Sie hatte den Brief, oder«?

Ronalds Augen wurden schmal. »Ja. Und wenn ich nur einen Moment an diesen Mistkerl denke, läuft mir sofort wieder die Galle über«.

»Wen meinst Du«?

»Direktor James Robertson natürlich«, zischte er. »Aber dem hat sie es gegeben, geschah ihm nur recht«.

Jaspar sah ihn erstaunt an. »Willst Du etwa damit sagen, dass ihn Deine Mum umgebracht hat«?

»Ja, aber es war Notwehr. Das Schwein wollte sie vergewaltigen«.

Jaspar schluckte und wusste nicht recht, was er dazu sagen sollte, aber er würde am Nachmittag Samuel darüber informieren.

Nur jetzt hatte er keine Zeit. Er musste sich unbedingt wieder seinem Geschäft zuwenden, denn der Priester der ›St. Ann's Church‹ hatte ihn noch spät am Abend aufgesucht und darüber geklagt, dass die Turmuhr stehen geblieben war.

»Ich werde Dich jetzt mal auf andere Gedanken bringen«, sagte Jaspar und zog sich die Jacke über.

»Müssen Sie auf einen Termin«?

»Ja«, antwortete er mit geheimnisvoller Miene. »Wir schließen heute ausnahmsweise am Vormittag das Geschäft und Du kommst mit«.

Als Ronald kurz darauf zwischen zwei Statuen vor dem beeindruckenden, aus mehrfarbigem Sandstein errichteten Gebäude stand, fragte er: »Was machen wir denn hier«?

»Die Turmuhr ist stehen geblieben«, antwortete Jaspar und sah nach oben. »Und da wir Uhrmacher sind, werden wir uns jetzt dieses Problems annehmen. Zumindest werden wir es versuchen. Los, komm mit«.

Sie gingen durch das offene Portal und Ronald bestaunte den Königin-Anne-Altartisch und die Buntglasfenster, die alles in ein heimeliges Licht tauchten. Für einen Moment genossen beide die friedvolle Stille, die sie jetzt umgab.

»Sie sind schon da«, sagte plötzlich eine dunkle Stimme. Jaspar fuhr herum. Vor ihm stand ein schlanker junger Mann mit hellblondem kurzem Haar, gekleidet in einen schwarzen Ornat.

»Oh Pater Walsh. Entschuldigen Sie, aber wir waren bei dem bezaubernden Anblick auf den Altar ganz in Gedanken versunken«.

»Das wundert mich nicht. Schließlich wird er als der einzige seiner Art angesehen«. Er zeigte mit dem Finger auf das Gemälde darüber. »Annibale Caracci aus Bologna hat es gemalt. Es trägt den Titel: Der Abstieg vom Kreuz«.

»Sehr schön«, sagte Jaspar. »Und jetzt sollten wir nach der Uhr schauen«.

»Ja natürlich«. Er führte sie über eine enge Treppe zum Schlagwerk im Turm. Ronald bestaunte respektvoll die geschmiedete Konstruktion und den Antrieb der Zeiger und des Glockenschlages.

»Da ist es«, sagte er aufgeregt zu Jaspar, der sich gerade den Schweiß von der Stirn tupfte. »Das muss der Grund sein, warum die Uhr stehen geblieben ist«.

Er zeigte auf einen Bolzen, dessen Schraube sich gelöst hatte und kurz davor war abzufallen.

»Einen solch großen Maulschüssel habe ich nicht«, antwortete Jaspar, während er sich, noch immer schwer atmend mit dem Arm gegen eine Wand stützte. »Tut mir leid«. Ronald drehte sich strahlend zu ihm um.

»Aber ich habe so einen zu Hause. Großvater hatte eine Menge Werkzeug auf dem Hof, von dem ich einen Teil mitgenommen habe, obwohl meine Mutter der

Meinung war es dort zu lassen, weil wir es angeblich nicht mehr brauchen«.

»Kannst Du ihn holen«? fragte Jaspar staunend.

»Natürlich. Ich mache mich sofort auf den Weg und bin so schnell es geht wieder zurück«.

»Dann trinken wir einen Tee Mr. Ward«? fragte der Priester. »Meine Haushälterin Trudy wird sich bestimmt freuen, ausnahmsweise nicht nur mit mir vorlieb zu nehmen«.

»Da sage ich nicht nein«, antwortete Jaspar und ging zurück zur Treppe. »Dürfte ich die Gelegenheit nutzen und von der Empore einen Blick in den Altarraum werfen«?

»Ja, warum nicht. Bitte hier entlang«. An Ronald gewandt, fragte der Priester: »Du findest sicher den Weg allein nach draußen, oder«?

Ronald nickte und eilte nach unten.

Als Jaspar auf der Galerie stand, hielt er inne, schloss die Augen und dachte an seine Frau.

Schließlich legte der Priester eine Hand auf seine Schulter. »Ich weiß, was Ihnen widerfahren ist. Aber denken Sie immer daran, dass der Tod auf Erden nicht das Ende bedeutet«.

»Daran hat meine Abygail auch immer geglaubt, aber ich kann es nicht, ich kann es einfach nicht«, seufzte Jaspar und wischte sich ein paar Tränen weg. »Sie war so eine herzensgute Frau und Mutter«.

»Selig sind, die Frieden stiften, denn sie werden Gottes Kinder heißen. Matthäus fünf, Vers neun«, sagte der Priester und umfasste ihn mitfühlend. »Kommen Sie, Trudy wird schon mit dem Tee warten«.

Jaspar nickte und wollte gerade gehen, da sah er im Altarraum eine Frau kümmerlich in einer Bank sitzen.

»Das grüne Kopftuch mit dem blauen Rand kenne ich doch«, murmelte er und sah den Priester an.

»Entschuldigen Sie bitte, aber ich muss erst mit der Frau sprechen und dann können wir Tee trinken«.

So schnell er konnte, lief er die Treppe nach unten und erkannte tatsächlich Lilly O'Kelly, die ihn mit verweinten Augen ansah.

»Was ist passiert«? fragte er und setzte sich neben sie.

»Frank«, schluchzte sie. »Er ist weg«.
»Was meinst Du damit, er ist weg«?

»Er ist plötzlich mitten in der Nacht aufgestanden, hat einen Koffer vom Schrank genommen, seine Sachen hineingeworfen und ist gefahren«.

»Hat er gesagt wohin«?
»Er sagte nur, dass er mich verlässt«.

Jaspar saß einen Moment lang sprachlos da. »Hat er etwa eine andere Frau«?

Lilly putzte sich die Nase. »Er hatte geraume Zeit eine Affäre in Bedfort mit dieser Agnes Hunt, weshalb wir ja auch von dort weggezogen sind«. Wieder begann sie zu weinen. »Er hatte mir geschworen, dass es vorbei ist«.

»Dass Ihr wegen der Kinder nach Littleborough gekommen seid, war also nur ein Vorwand«?

Sie nickte beschämt und stand auf. »Ich muss jetzt wieder zurück, die Kinder kommen nachher aus der Schule und Ryan und Billy sind allein zu Hause«.

Er hielt sie am Ärmel fest. »Warte. Ich rede mit Thea vielleicht hat sie Zeit und besucht Euch später«.

Er sah ihr bedrückt nach, wie sie langsam die Kirche verließ. In diesem Moment stand Ronald am Eingang und sah sich suchend um. »Das wird wohl nichts mit dem Tee«, sagte der Priester lächelnd. »Wie ich sehe, bist Du schneller zurück als gedacht«.

»Ja«, antwortete der außer Atem. »Hätte ich auch nicht geglaubt«. Er sah zu seinem Boss und deutete mit dem Kopf auf das Portal. »Habe ich mich getäuscht, oder kam mir gerade Mrs. O'Kelly entgegen«?

»Du hast Dich nicht getäuscht und jetzt komm, wir müssen uns beeilen«.

Bald war die Schraube und der dazugehörige Bolzen befestigt und Jaspar setzte das Uhrwerk wieder in Gang.

Als die Glocke kurz darauf zwölf gleichmäßige Schläge von sich gab, strahlte Ronald. »Wir haben es geschafft«.

»Du hast es geschafft«, sagte Jaspar. »Ohne Dich hätte ich tatenlos wieder gehen müssen«.

»Ein fleißiger Junge, Ihr Geselle«, fügte der Priester hinzu. »Sie können stolz auf ihn sein«.

»Er ist zwar noch in der Ausbildung, aber nicht mehr lange«, entgegnete Jaspar. »Er hat bald ausgelernt. Und stolz auf ihn bin ich allemal«.

Der Priester gab ihm die Hand. »Vielen Dank für die schnelle Hilfe. Sie können sich darauf verlassen, dass Ihre Rechnung selbstverständlich genauso schnell beglichen wird«.

Er wandte sich an Ronald. »Auch Dir möchte ich danken. Vielleicht kommst Du mal mit Deiner Familie zum Gottesdienst. Ich würde mich freuen«.

Er drehte sich um und verließ den Altarraum durch eine Nebentür.

Zurück in der Werkstatt, war Jaspar sofort nach oben in seine Wohnung gegangen, während Ronald damit begann, den Verschluss einer Herrenarmbanduhr zu reparieren. Und obwohl er sich immer noch müde fühlte und der Lötkolben in seiner Hand zitterte, hatte er den Auftrag bald erledigt.

Währenddessen hatte Jaspar mit Thea telefoniert, die sich kurz darauf auf den Weg zu Lilly machen wollte.

Dann öffnete er seine Firmenbriefe, die er aus dem Postkasten genommen hatte und lehnte sich zurück.

Kurz darauf hörte er Madeleine, die gerade scheinbar schlecht gelaunt, aus der Schule kam. Sie warf die Wohnungstür hinter sich zu, die Schuhe in die Ecke und ging in die Küche. Jaspar schüttelte den Kopf und beugte sich wieder über seine Briefe.

Plötzlich nahm er einen seltsamen Duft wahr.
Neugierig ging er in den Flur und sah durch die offene Tür Madeleine, die sich gerade einen Stapel Pancakes gemacht hatte und damit an den Tisch jonglierte, wo ein großes Glas Sirup auf sie wartete.

»Mädchen«, rief er. »Was tust Du Dir an? Wenn Du so weiter machst, platzt Du bald aus allen Nähten«.

Ohne ihn anzusehen stellte sie den Teller ab und sagte schnippisch. »Was geht es Dich an«.

»Was mich das angeht? antwortete er ärgerlich. »Es geht mich eine Menge an. Du bist noch nicht einmal siebzehn und hast jetzt schon so viel Übergewicht, wie der Metzger um die Ecke«.

Unbeirrt schraubte sie das Glas auf und ließ den Sirup über einen Pancake laufen.

Jaspar schüttelte den Kopf. »Du könntest auch krank werden, oder ….«.

»Hör auf Dad«, blaffte sie ihn an. »Kümmere Du Dich doch um Deinen Ronald und lass mich in Ruhe«.

»Jetzt reicht es«, rief er und zog wütend einen Stuhl zu sich hin. »Erzähl mir was los ist, aber lass Ronald aus dem Spiel. Er ist nur und ich betone nur mein Angestellter, der übrigens mit dafür sorgt, dass es uns finanziell gut geht«.

Madeleine warf das Besteck hin, lehnte sich trotzig zurück und sah beleidigt auf die Tischplatte.

»Also«, begann er ruhig. »Was ist los? Ist es wegen Mum? Sie fehlt nicht nur Dir, mir auch und …«.

»Mum hat damit nichts zu tun«, fiel sie ihm ins Wort. »Außerdem hat sie auch immer nur an mir herumgenörgelt, genauso wie Du. Ich konnte Euch doch beiden nie etwas recht machen. Und in der Schule ist es nicht anders. Diese widerliche Miss Hawkins bevorzugt ihre ewigen Lieblinge, da kann man sich anstrengen, wie man will«.

Abrupt stand sie auf, nahm den Teller und den Sirup und ging nach oben in ihr Zimmer.

Krachend fiel die Tür ins Schloss.

Jaspar starrte ungläubig auf die ölgetränkte Bratpfanne auf dem Herd. »Ich muss mit Thea reden«, murmelte er. »Vielleicht kann sie etwas tun, denn so geht es nicht weiter. Ich komme an Madeleine einfach nicht heran«.

***

Emely hatte Adam überraschend angerufen und gebeten, zu ihm zu kommen. Jetzt stand er am frühen Abend vor der Haustür und schaute wehmütig auf den liebevoll gebundenen Kranz aus Buxbaumzweigen, der an einem kleinen geschwungenen Haken hing.

Zögernd betätigte er den Türklopfer.

Sie öffnete und sah ihn unbehaglich an. »Hallo Adam, komm bitte herein«.

»Hallo Emely«, sagte er leise.

Als sie im Flur standen, fragte er: »Es ist so still im Haus. Wo sind denn Aldwyn und Grace«?

»Sie übernachten heute bei Joanne. Ich hatte sie darum gebeten, denn die Kinder sind im Moment sowieso schon total durcheinander«.

»Was nicht meine Schuld ist«, antwortete er schroff.

»Schon gut«, rief sie und hob beschwichtigend die Hände. »Das habe ich auch nicht behauptet«.

Schweigend sahen sie sich an, bis Adam fragte: »Also, was wolltest Du mit mir besprechen«?

»Es geht um Grace«.

»Da brauchst Du Dir keine Sorgen zu machen. Natürlich kümmere ich mich weiterhin um sie und hole sie jedes zweite Wochenende ab, wenn sie möchte«.

Emely räusperte sich. »Das wird nicht möglich sein«.

»Was meinst Du damit, dass es nicht möglich ist«?

»Wir wandern aus und nehmen die Kinder mit«.

»Wohin denn«? fragte er erschrocken und ließ sich auf einen kleinen Hocker im Flur fallen, auf dem er sich früher immer die Schuhe zugebunden hatte.

»Nach Amerika«, antwortete sie. »Wir ziehen nach Ohio. Die Tickets für die Überfahrt sind bereits gebucht und kommenden Freitag geht es von Southampton aus los«.

Adam sprang auf. »Und was ist mit Euren Anklagen, die Euch in Kürze erwarten«?

»Godfrey besaß zum Zeitpunkt des Vorfalls aufgrund seiner militärischen Stellung politische Immunität. Ich habe ihn zwar vor vielen Jahren für ›tot‹ erklären lassen, aber ein Gremium hat in einem Eilverfahren festgelegt, dass es auch für mich zutrifft. Allerdings nur, wenn wir England schnellstmöglich verlassen«.

»Das heißt, Ihr beide geht dann straffrei aus«?
Sie nickte. »Ja und wir werden uns ganz bestimmt an diese Vereinbarung halten. Godfrey ist sich sicher, dass er hier nie mehr Fuß fassen kann und deshalb hat er seiner Tante in Ohio geschrieben«.

»Und ich bin Dir gar nichts wert und wie Grace damit zurecht kommt, ohne ihren Vater aufzuwachsen, ist Dir auch völlig egal«?

Emely sah ihn unbehaglich an. »Die Kinder müssen schon deshalb mitkommen, um sie zu schützen. Aldwyn hatte einen regelrechten Schock, als Godfrey nach der Anhörung am Abend nicht nach Hause kam, weil er dachte, seinen Dad wieder verloren zu haben. Aber jetzt hat er sich wieder beruhigt. Und Grace soll auch weiterhin unbeschwert aufwachsen«.

Sie verschränkte die Arme, lehnte sich gegen einen Türpfosten und fuhr fort. »Im Grunde meines Herzens habe ich immer nur Godfrey geliebt. Als er nach dem Untergang des Schlachtschiffes nicht gefunden wurde, musste ich mich damit abfinden. Dann traf ich Dich und redete mir ein, dass ich dabei auch so etwas wie Liebe empfinde. Aber so war es leider nicht. Es war einfach nicht das Gleiche. Das wurde mir klar, als Godfrey eines Tages wieder vor mir stand. Versteh doch Adam, ich konnte einfach nicht anders«. Sie sah wieder weg. »Es tut mir wirklich leid«.

»Unsere Beziehung war demnach eine einzige Farce, schnaubte er. »Eine Lüge und ein lächerlicher Witz. Ich war Dein Notnagel und Du hast mich die ganze Zeit nur benutzt«.

»Nein, so war es nicht«, rief sie. »Aber ich kann es Dir nicht anders erklären«.

Er drehte sich um und ging zur Tür. »Das musst Du auch nicht mehr. Ich habe verstanden«.

Sie lief ihm nach und hielt ihn am Arm fest. »Geh nicht so weg Adam«.

Wütend blieb er stehen. »Was soll ich denn noch hier? Aber auch Du musst ab jetzt Verständnis für meine Gefühle aufbringen und deshalb komme ich morgen wieder und will meine Tochter sehen, verstanden? Sie nimmst Du mir nicht einfach weg«.

Schwer atmend fügte er hinzu. »Ob sie mit Euch nach Ohio zieht, darüber ist das letzte Wort noch nicht gesprochen, verlass Dich drauf«. Er riss sich los und lief davon.

Emely traten die Tränen in die Augen, als sie ihm nachsah. Da legte Godfrey von hinten den Arm um sie, der alles vom Wohnzimmer aus mitgehört hatte.

»Mach Dir keine Sorgen Darling. Grace wird auf jeden Fall mit uns fahren. Komm, wir haben nicht mehr viel Zeit die Koffer wegzubringen. Wir müssen unbedingt pünktlich am Hafen sein. Unser Schiff legt bald ab«.

»Lassen wir hier wirklich einfach alles stehen und liegen«? fragte sie zweifelnd.

Er schüttelte den Kopf. »Natürlich nicht. Ich habe bereits eine Vollmacht bei meinem Rechtsanwalt hinterlegt, der sich um den Verkauf des Hauses und den Transport der Möbel nach Ohio kümmert«.

»Und dieses Mal kann nichts geschehen«?

»Nein, es wird nichts dazwischen kommen. Adam merkt erst, dass wir nicht mehr da sind, wenn wir bereits außerhalb der englischen Hoheitsgewässer auf einem neuseeländischen Frachter sind«. Er umarmte sie.

»Er findet sich schon damit ab, wenn er erst vor vollendeter Tatsache steht. Und Grace ist noch ein Kind, sie wird sich bald nicht mehr an ihn erinnern. Ich denke, dass es so das Beste für uns alle ist«.

Eilig schleppten sie jetzt das Gepäck aus dem Haus und verschlossen sorgfältig die Tür.

Unterwegs rief Emely plötzlich: »Halt bitte an. Ich habe etwas vergessen«.

Godfrey bremste und kam direkt vor einer Drogerie zum Stehen. »Was hast du vergessen«?

»Meine Reisetabletten«. Sie öffnete die Wagentür. »ich bin gleich wieder da«.

»Beeile Dich bitte«, antwortete er ungeduldig.
Bald war sie zurück und hielt ihm ein Päckchen entgegen. »Da sind sie, meine Lebensretter. Ohne die Dinger sterbe ich vor Übelkeit während der Überfahrt«.

»Dann lass uns endlich weiterfahren«, murrte er und gab Gas. Plötzlich fasste sie ihn am Arm. »Halt an Godfrey, ich habe tatsächlich noch etwas vergessen«.

Mit quietschenden Reifen blieb er stehen. »Was denn jetzt noch«?

Ohne ihm zu antworten, stieg sie aus und ging zu einem Kiosk, der selbstgebrannten Gin verkaufte. Da aber dort mehrere Leute anstanden, musste sie warten.

Godfrey sah immer wieder ungeduldig auf die Uhr. Als sie endlich mit zwei Flaschen, sorgsam verpackt in eine Papiertüte, zurückkam, rief er: »Was soll denn das

Emely? Wofür brauchst Du den Schnaps? Wegen diesem Zeug kommen wir tatsächlich noch zu spät«.

»Für den Kapitän. Schließlich wollen wir ja nicht an Bord wie einfache Matrosen leben. Ich denke, wenn ich ihm den Alkohol gebe, wird er hin und wieder die eine oder andere Ausnahme machen«.

»Wie Du meinst«, seufzte er und startete erneut den Wagen. »Aber jetzt halte ich erst wieder, um die Kinder einsteigen zu lassen und dann nicht mehr, bevor wir am Hafen sind«.

Kurz darauf stoppte er an Joannes Haus und sah zum Eingang. »Sie sollte doch am Fenster stehen und dann gleich die Kinder zum Auto bringen. So hatten wir es vereinbart. Wo ist sie denn zum Teufel«?

Plötzlich öffnete sich die Haustür und Adam kam mit Aldwyn und Grace nach draußen.

›Gott sei Dank‹, dachte Emely. ›Joanne hat ihn noch rechtzeitig erreicht‹.

Adam nahm Aldwyn an den Schultern. »Mach es gut mein Großer und pass gut auf Deine Mum auf. Ich verlass mich auf Dich. Und schreib uns mal eine Karte. Grace und ich sind sehr gespannt, wie es Dir ergeht«.

Aldwyn nickte, dann umarmte er ihn und gab Grace einen Stoffbären. »Hier für Dich zum kuscheln. Abends beim Einschlafen hatte ich ihn immer bei mir«.

Sie begann zu strahlen. »Du schenkst ihn mir«?
Ohne zu antworten, rannte er zum Auto.

Godfrey sah erstaunt zu, dann wandte er sich an Emely: »Was geht hier vor«?

Tränenüberströmt schluchzte sie: »Ich habe von der Drogerie aus bei Joanne angerufen, damit sie Adam holt. Und um genügend Zeit zu gewinnen, habe ich am Kiosk den Schnaps gekauft«. Ihr Kinn begann zu zittern, als sie weitersprach: »Es wird mir wohl das Herz zerreißen, aber Adam hat recht. Ich kann ihm Grace nicht einfach wegnehmen«.

»Aber Du bist Ihre Mutter«, rief er vorwurfsvoll. »Kein Gericht der Welt und auch Adam kann sie Dir nicht abspenstig machen«.

»Ich bin aber auch ein Mensch, der Mitgefühl hat«, entgegnete sie. »Das bin ich Adam schuldig«. Ohne seine Antwort abzuwarten, stieg sie aus und ging auf ihn und Grace zu.

»Mummy«, rief die Kleine glücklich. »Endlich bist Du da, schau was Aldwyn mir geschenkt hat«. Erstaunt blieb sie stehen. »Warum weinst Du denn«?

Emely zog jetzt ihre Tochter wortlos in die Arme und die Gefühle übermannten sie. Adam schluckte, denn dieser Anblick war für ihn schier unerträglich.

Nach einer Weile löste sie sich von Grace, streichelte ihre Wangen und versuchte dabei zu lächeln.

»Mummy muss verreisen und Du bleibst bei Dad. Sei schön brav und ...«. Wieder rannen ihr die Tränen die Wangen hinunter.

Adam fasste sie an der Schulter. »Nein Emely«.
Sie sah ihn mit geröteten Augen an. »Was meinst Du mit ›nein‹«?

Mit heiserer Stimme flüsterte er: »Ich danke Dir von Herzen, dass Du nicht einfach mit ihr und Aldwyn verschwunden bist. Aber Grace braucht vor allen Dingen Dich, deshalb nimm unseren kleinen Sonnenschein mit«.

Ernst sah er sie an. »Aber versprich mir bitte, dass ich sie jeden Sommer besuchen kann«.

»Bist Du Dir sicher«? fragte sie ungläubig.

»Ja, denn auf Dich kann und soll sie nicht verzichten«.

Er musste jetzt seine Tränen zurückhalten. »Ich habe Dich übrigens geliebt, seit ich Dich das erste Mal getroffen habe, aber es Dir vielleicht nicht genügend gezeigt«.

Sie schüttelte energisch den Kopf. »Nein Adam. An Dir lag es nicht. Du brauchst Dir keine Vorwürfe zu machen«.

Traurig sah er sie an. »Ich muss jetzt gehen. Mach's gut Emely und werde glücklich«. Schnell umarmte er noch einmal seine kleine Tochter und lief davon.

Seine Schritte wurden immer schneller. Er musste sich überwinden, sich nicht doch noch einmal umzudrehen und niemand sollte sehen, dass er wie ein kleines Kind weinte.

Als er die nächste Straßenecke erreicht hatte und nicht mehr gesehen werden konnte, lehnte er sich mit dem Rücken gegen eine Hauswand und ließ seinen Tränen freien Lauf.

Eine alte Frau blieb verwundert vor ihm stehen und fragte mitleidig. »Geht's Ihnen nicht gut junger Mann«?

Er wischte sich mit dem Handrücken über die Augen und versuchte zu lächeln, was ihm allerdings nicht gelang. »Es geht schon, danke«. Niedergeschlagen ging er weiter und kam schließlich zu Vincents Haus.

Einen Moment lang starrte er auf den Ligusterstrauch am Eingang, hinter dem er sich versteckt hatte, nachdem Emely ihn aus dem Haus geworfen hatte. ›Hier fing alles an‹, dachte er betrübt. ›Aber da hatte ich noch Hoffnung, dass alles wieder gut wird. Nur jetzt ist es vorbei, ich bin wieder allein‹.

Er öffnete mit Vincents Schlüssel die Tür und zog sich im Flur die Jacke aus. Verwundert hörte er, dass der scheinbar nicht allein war.

Anstandshalber klopfte er an die Wohnzimmertür, bevor er sie öffnete und traute seinen Augen nicht.

Da saß Constable Beverley Green mit einem Glas Rotwein auf der Couch und begann zu strahlen, als er vor ihr stand.

Vincent, der gelegentlich eine Pfeife am Abend rauchte, legte sie auf den Rand des Aschenbechers.

»Wie Sie sehen, haben wir überraschend Besuch bekommen. Ich nehme an, dass unsere geschätzte Kollegin hauptsächlich nicht meinetwegen hier ist«.

Er deutete mit der Hand auf den Platz neben ihr. »Setzen Sie sich und erzählen Sie uns, wie es bei Emely war. Bekommen Sie das Sorgerecht für die Kinder«?

Adam ließ sich wortlos auf die Couch fallen und sah von einem zum anderen. »Sie sind weg«.

»Was meinen Sie damit, dass sie weg sind«?

Adam erzählte stockend, was passiert war und sagte schließlich: »Emely ist kein schlechter Mensch, soviel weiß ich jetzt. Und sie ist eine gute Mutter, woran ich auch nie einen Zweifel hatte«.

»Und dass sie die Courage hatte, eben nicht einfach mit ihm und den Kindern wegzugehen, zeigt doch, dass sie ein Gewissen hat«, sagte Beverly leise.

Adam nickte. »Ja, aber sie ist Godfrey mit Haut und Haar verfallen, ich möchte sogar sagen hörig«.

»Sind Sie sich sicher, dass es richtig war, Godfrey und Emely Ihre Tochter überlassen zu haben«? fragte Vincent vorsichtig. »Ich halte nämlich Ihre Entscheidung für einen etwas voreiligen Entschluss und zumindest im Moment für unumkehrbar«.

»Ich hätte es nicht fertig gebracht Grace die Mutter wegzunehmen. Und einen Rosenkrieg, den dann Godfrey sicher angestachelt und auf ihrem kleinen Rücken ausgetragen hätte, würde mir und wahrscheinlich auch Emely das Herz brechen«.

Er sah Beverly an. »Entschuldige bitte, dass Du mich in diesem Zustand antriffst, aber ich bin heute Abend eher ein Spielverderber«.

»Mach Dir keine Sorgen«. Sie stand auf. »Ich werde jetzt nach Hause gehen. Es war mir fast ein bisschen peinlich, hier mit unserem Boss allein dazusitzen. Aber ich bin ganz froh, dass das Café auf dem Weg lag, sonst hätte ich dort umsonst auf Dich gewartet«.

Adam nickte. »Das holen wir bestimmt bald nach. Jetzt bleibt mir nur, Dich zur Tür zu bringen«.

»Kein Problem Constable Green«, sagte Vincent. »Es war nett mit Ihnen zu plaudern«.

***

Thea hatte sich den ganzen Nachmittag für Lilly Zeit genommen. Stundenlang waren sie zusammen gesessen und hatten überlegt, wie es auch ohne Frank weitergehen könnte. »Allein kann ich den Hof nicht bewirtschaften«, jammerte Lilly, nachdem sie sich alles angesehen hatten. »Das ist nicht möglich«.

Grübelnd sagte Thea. »Wir müssen aber eine Lösung finden, denn auf Frank kannst Du nicht mehr zählen«.

Schließlich hatte sie eine Idee. »Ich rede mit Samuel. Vielleicht finden wir einen Arbeiter, den Du einstellen kannst«. Sie wiegte mit dem Kopf. »Du vermietest ihm ein Zimmer im Haus, stellst Kost und Logie frei und er kümmert sich dann um den Stall und das Feld hinter dem Haus. Was meinst Du«?

»Ein fremder Mann«? fragte Lilly skeptisch.

»Wir suchen ihn gemeinsam mit Samuel aus«, sagte Thea beschwichtigend und nahm ihre Hand. »Natürlich kann das nur jemand sein, dem Du wirklich vertraust«.

»Aber die hintere Dachkammer ist nicht ausgebaut. Dort zieht es durch jede Ritze«.

»Das soll nicht das Problem sein. Ed unser Butler ist ein sehr guter Handwerker. Er wird das nötige Baumaterial besorgen und das Zimmer im Handumdrehen herrichten. Daran habe ich keinen Zweifel«. Sie umfasste ihre Schultern. »Kopf hoch Lilly. Kommt Zeit, kommt Rat«.

»Wenn Frank das erfährt, dass hier ein anderer Mann wohnt wird er behaupten, dass ich fremdgehe«, sagte Lilly ängstlich. »Du hast ja keine Ahnung, zu was er fähig ist, wenn er eine seiner Wutausbrüche bekommt«.

»Er hat es gerade nötig«, rief Thea. »Gerade er. Nein, jetzt ist Schluss. Es wird Zeit, dass Du Dir nichts mehr gefallen lässt, schon wegen der Kinder nicht. Auch wenn Du es jetzt noch nicht glaubst, nach einiger Zeit wirst Du Dich besser fühlen und froh sein, dass er nicht mehr da ist. Im Grunde hat er Dir nämlich eine längst überfällige Entscheidung abgenommen«. Wütend fügte sie hinzu.

»Außerdem werden wir unseren Rechtsanwalt einschalten. Dr. Smith wird ihn schon bändigen und dafür sorgen, dass Du schnellstens von ihm geschieden wirst und einen angemessenen Unterhalt für Dich und die Kinder bekommst«.

Lilly brach in Tränen aus. »Es ist so furchtbar, schließlich haben wir uns ja auch mal geliebt«.

»Ja ich weiß, aber das nützt Dir im Moment nichts«, antwortete Thea beschwörend. »Du musst Dich jetzt zusammenreißen und stark sein«.

Samantha kam herein. »Hallo Tante Thea. Wie geht es Dir«? Dabei strahlte sie über das ganze Gesicht.

›Was für ein hübsches Mädchen‹, dachte Thea. ›Abygail wäre stolz auf sie, wenn sie sie jetzt sehen könnte‹. Laut sagte sie: »Danke und Dir«?

»Mir geht es auch gut, allerdings sorge ich mich im Moment um Mum. Dad spielt ihr wirklich übel mit«.

»Bitte hilf ihr und kümmere Dich hin und wieder auch um die Kleinen«.

»Das mache ich doch sowieso schon, solange ich denken kann«, seufzte sie und sah Lilly an. »Morgen Nachmittag habe ich mich allerdings mit Liz verabredet. Wir wollen ins Kino gehen. Ich verspreche Dir aber, dass ich vorher den Abwasch erledige und wieder pünktlich zu Hause sein werde, ok«?

Lilly nickte. »Schon gut Samantha. Ich weiß, dass ich mich auf Dich verlassen kann. Dein Dad hätte …«.

Sie unterbrach sie genervt. »Ja ich weiß. Dad hätte alles hinterfragt, als ob ich ein Verbrechen begehe und ihm allein gehöre«. Sie stand wieder auf. »Ich mache jetzt meine Hausaufgaben und dann helfe ich Dir, das Abendessen vorzubereiten«. An Thea gewandt sagte sie: »Bis bald und grüß Onkel Samuel von mir«.

»Danke, richte ich aus«.

Mit wippenden Schritten ging sie wieder nach oben.

»Ein Freund wird nicht mehr lange auf sich warten lassen, so hübsch wie sie ist«, sagte Thea schmunzelnd.

»Vielleicht geht sie ja nicht mit Liz, sondern mit einem Jungen aus. Würde mich nicht wundern«.

»Meinst Du«? fragte Lilly. »Bisher hat sie mir immer alles gesagt«.

»Das glaubst Du«, antwortete Thea. »Sei bloß nicht so naiv. Schließlich hatten wir ja alle mal unsere kleinen Geheimnisse«. Sie sah auf die Uhr. »Samuel wird bald heimkommen. Ich muss fahren«.

Als Thea zu Hause ankam, wartete der bereits auf sie. »Na, wie geht es Lilly? Mein ehrenwerter Bruder hat ihr sicher reichlich zugesetzt«.

»Davon kannst Du ausgehen«, seufzte Thea. »In all den Jahren hat er ihr mit perfekter ›Salami-Taktik‹ jegliches Selbstbewusstsein genommen. Aber das werde ich jetzt ändern und ihr helfen, auf eigenen Füßen zu stehen. Frank soll sich gehörig wundern, wenn er sie wiedertrifft«.

»Ich habe leider schon den nächsten Notfall, um den Du Dich kümmern sollst«, sagte er unbehaglich.

Erstaunt fragte sie: »Was ist jetzt schon wieder? Doch nicht etwa jetzt gleich? Ich bin müde und möchte vor dem Dinner ein Bad nehmen und …«.

»Jaspar hat angerufen«, unterbrach er sie. »Es geht um Madeleine«. Sie verdrehte die Augen. »Auch das noch. Wahrscheinlich merkt er erst jetzt, wie es ist, mit einem Teenager zurechtzukommen. Noch dazu mit einem so verwöhnten Mädchen wie Madeleine«.

Sie ließ sich auf einen Stuhl fallen. »Aber sie hat eben auch gerade erst ihre Mutter verloren und wird es ihm auf ihre Weise zeigen oder auch nicht«.

»Sie zeigt es ihm«, antwortete Samuel. »Jaspar sagte, dass Madeleine übermäßig viel isst und sich seinem

Lehrling seltsam aufdrängt, was ihm natürlich äußerst peinlich ist«.

»Dass Madeleine schon immer etwas fülliger war, ist kein Geheimnis«, entgegnete Thea. »Abygail hat alles bei ihr durchgehen lassen und ihr, wenn Süßigkeiten im Haus waren, nie Grenzen gesetzt. Ich habe sie mal darauf angesprochen und gefragt, ob das denn gut für sie sei. Abygail rechtfertigte es damit, dass sie an ihr alles das gut machen wollte, was sie Samantha nicht zu geben vermochte«.

»Ein Teufelskreis«, seufzte Samuel. »In diesem Fall wirst Du nichts ausrichten können«.

»Man kann meistens etwas tun«, entgegnete sie. »Denk mal an unseren Benny. Wir waren eine Zeit lang auch drauf und dran, ein unselbstständiges, verwöhntes Muttersöhnchen aus ihm zu machen, bis uns die Oberin im Internat die Augen geöffnet hat. Und wie Du sicher noch weißt, war es nicht leicht für uns. Eigene Fehler einzugestehen, ist oft schwerer als anderen Menschen welche aufzuzeigen«.

Sie stand auf, goss sich ein Glas Cherry ein und prostete Samuel zu: »Und heute leitet er eine Firma in Vancouver, hat eine nette Frau und unser erstes Enkelkind, auf das wir sehr stolz sein werden und schon jetzt vermissen, kommt bald zur Welt«.

Schnell fügte sie hinzu. »Natürlich wäre mir auch lieber, dass er hier geblieben wäre und Deine Firma übernommen hätte, aber ...«.

»Thea«, unterbrach sie Samuel vorsichtig. »Du weißt, dass ich Dich liebe, aber holst Du eigentlich auch mal Luft, während Du mir eine Gardinenpredigt ohne Punkt und Komma hälst«?

Lachend stellte sie das Glas ab. »Schon gut. Also erstens: Ich liebe Dich auch, zweitens: Du weißt, was ich meine, drittens: morgen fahre ich zu Jaspar und Madeleine und viertens: nehme ich jetzt ein Bad. Bis gleich«. Ohne seine Antwort abzuwarten, ließ sie Samuel stehen und ging summend nach oben.

Nach dem Essen setzten sie sich zusammen mit Ed in den Wintergarten und besprachen, wie sie Lilly auf dem Hof helfen konnten.

Samuel wurde immer wütender auf seinen Bruder. »Es ist unfassbar, was er ihr und den Kindern antut. Ich habe ihm ja Manches zugetraut, aber dass er sie jetzt wegen einer anderen Frau verlassen hat, schlägt dem Fass dem Boden aus. Er soll sich schämen«.

»Wird er aber so schnell nicht«, entgegnete Thea. »Es sei denn, er ist dieser neuen Frau überdrüssig, wenn sie Forderungen an ihn stellt, die mit Arbeit verbunden sind. Dafür war er noch nie zu haben«.

Sie schlug ihre schlanken Beine übereinander und lehnte sich zurück. »Ich habe heute Lilly erlebt, wie sie ganz allein im Stall herumgeschuftet hat und gesehen, was auf dem Feld zu tun ist, um wenigstens ein paar Kartoffeln und Rüben zu ernten. Und eins sage ich Dir: Sollte Frank, vermeintlich reumütig hier wieder aufkreuzen, als wäre nichts geschehen, werde ich ihm die Tür weisen. Und ich hoffe, Du bleibst dann auch standhaft. Viel zu oft hast Du ihm so manche Eskapade verziehen«.

Samuel sog mit grimmigem Blick an seiner Zigarre. »Ich weiß ja, dass Du recht hast. Ich bin einfach immer zu gutmütig gewesen«.

Sie legte beruhigend ihre Hand auf Seine. »Ich weiß Deinen Charakter zu schätzen mein Lieber, aber bei ihm musst Du ab sofort konsequent sein und auch bleiben«.

»Ich versuche mein Bestes«, murmelte er und nahm sich die Zeitung. »Und jetzt entschuldigt mich. Ich möchte mich den allgemeinen Neuigkeiten des Tages widmen«.

Ed begann das Geschirr vom Esstisch abzuräumen, während Thea nach oben ging.

Am nächsten Tag schlief sie etwas länger und machte sich gegen Mittag auf den Weg zu Madeleines Schule, denn sie erinnerte sich, dass die ihr während ihres letzten Treffens nebenbei erzählt hatte, mittwochs gegen eins gewöhnlich die Schule zu verlassen.

Tatsächlich strömten viele Schüler jeden Alters pünktlich heraus. Manche schlenderten vergnüglich zusammen über den Campus, einige blieben stehen, lachten und plauderten und wieder andere rannten ihren Eltern entgegen, die sie abholten.

Endlich entdeckte sie Madeleine, die allein am Haupteingang stand und sich mit zusammengekniffenen Lippen umsah. Plötzlich rannten drei Jungen auf sie zu, die Thea auf höchstens zwölf Jahre alt schätzte und Madeleine etwas im Chor zuriefen.

Ohne sie zu beachten, ging Madeleine an den Jungen vorbei, was die nicht daran hinderte, ihr nachzulaufen. Sie kamen immer näher und dann verstand Thea:

Madeleine – fette Beine-

Eine Gruppe älterer Jungen drehte sich jetzt nach ihnen um, brach in schallendes Gelächter aus und verhöhnte sie zu allem Überfluss auch noch.

Mit puterrotem Kopf eilte sie weiter und blieb erschrocken vor Thea stehen. »Was machst Du denn hier? Hat Dad Dich etwa geschickt«?

»Hallo Madeleine«, sagte Thea und warf dabei einen abweisenden Blick auf die Jungen. Die blieben abrupt stehen und rannten davon.

Thea hakte sich schmunzelnd an ihrem Arm ein. »Ich hatte etwas in der Stadt zu erledigen und habe mir spontan gedacht, den Nachmittag mal mit Dir zu verbringen. Was meinst Du«?

»Und was meinst Du mit ›verbringen‹«?

»Wir könnten irgendwo eine Kleinigkeit essen und dann fahre ich Dich nach Hause«.

Madeleine sah sie unentschlossen an. »Ich weiß nicht. Vielleicht liegt es daran, dass mich Mum und Dad noch nie von hier abgeholt haben«.

Thea hob die Schultern. »Dann wird es Zeit«.

Sie spazierten die Straße entlang. »Wir könnten an einem Pub halten, oder auch unterwegs ein paar heiße Maronen kaufen und …«.

Madeleine blieb abrupt stehen und über ihr Gesicht breitete sich ein schwärmerisches Lächeln aus

»Was ist«? fragte Thea und sah sich um. Sie waren an einem Kaufhaus angekommen, aus dem es verführerisch nach Softeis und Popcorn roch.

»Wollen wir da hineingehen«? fragte Madeleine aufgeregt. Plötzlich wurden sie von der Klingel eines Milchmannes erschreckt, der an einem Nachbarhaus leere Flaschen einsammeln und einen Schwung Neue hinstellen wollte.

»Passen Sie doch auf«, rief er ungeduldig. »Ich habe es eilig«.

Thea, die sonst nie um eine Antwort verlegen war, ging nicht darauf ein, sondern zog Madeleine an die Seite. »Lass uns etwas Vernünftiges essen«, schlug sie vor.

»Dann hole ich mir nur schnell einen ›Maulstopfer‹«, rief Madeleine. »Ich bin gleich zurück«.

»Was soll das sein«? fragte Thea entsetzt.

»Die kennst Du nicht? rief sie strahlend. »Die riesigen Dauerlutscher sind der neueste Schrei, sie wechseln mit jeder Zuckerschicht die Farbe«.

Thea war zwar einen Moment sprachlos, hielt sie aber entschlossen fest. »Nein Madeleine, jetzt ist Schluss. Komm, lass uns weitergehen«.

Sie riss sich los. »Du redest genauso wie Mum und Dad, dabei hast Du mir gar nichts zu sagen«, zischte sie. »Gib es zu, dass es Dads Idee war, mir hinterher zu spionieren«.

»Nein«, sagte Thea beschwichtigend. »Dein Dad weiß ganz sicher nicht, dass ich jetzt hier bin«.

Madeleine drehte sich wortlos auf dem Absatz um und verschwand im Kaufhaus.

Thea konnte es nicht fassen. Bei jedem Fremden hätte sie jetzt ›Fahr doch zur Hölle‹ gesagt, aber bei ihr war das natürlich anders. Schließlich war Madeleine immer noch ihr Patenkind. Sie konnte sich noch gut erinnern, wie sie am Taufstein gestanden war und versprochen hatte, ihr wenn nötig, beizustehen.

›Ich muss mit Jaspar reden‹, grübelte sie. ›So kann es wirklich nicht weitergehen. Madeleine muss geholfen werden, bevor es zu spät ist‹.

Eilig machte sie sich auf den Weg zu ihm.
Als sie kurz darauf in seinem Arbeitszimmer saß und ihm geschildert hatte, was sich soeben zugetragen hatte,

steckte er die Hände in die Hosentaschen und begann grübelnd langsam auf- und abzugehen. Schließlich blieb er stehen: »Wie Du siehst, habe ich nicht übertrieben«.

Er setzte sich ihr wieder gegenüber. »Meinst Du, dass sie vielleicht aus Frust über den Tod ihrer Mutter so übermäßig viel isst«?

»Das habe ich anfangs auch gedacht. Allerdings bin ich erschrocken, wie sie sich schon neulich, über Dich und Abygail geäußert hat«.

»Das hat mich gestern auch irritiert, aber vielleicht legen wir auch jedes Wort zu sehr auf die berühmte Goldwaage. Ich denke, wir sollten ihr einfach noch etwas Zeit lassen«.

Thea schüttelte den Kopf. »Nein. Ich denke, dass Du jetzt etwas unternehmen musst. Ich kenne da einen Arzt, der sich mit solchen Verhaltensmustern auskennt. Soll ich einen Termin vereinbaren«?

»Da geht Madeleine doch niemals freiwillig hin«, rief Jaspar und winkte ab.

»Dann muss er eben hierher kommen«, sagte Thea. »Ron ist ein ehemaliger Schulfreund von mir und wird es mir nicht abschlagen«.

»Und was soll der tun? Ihr eine Tablette verordnen«?
»Wir geben ihn als gemeinsamen Bekannten aus, der bei Dir eine Uhr kaufen möchte. Währenddessen soll er sie beobachten und dann einschätzen. Voraussetzung ist natürlich, dass sie auch da ist«.

»Dann gibt es nur eine Lösung«, seufzte Jaspar. »Wir müssen für dieses konspirative Treffen Kuchen und Süßigkeiten besorgen. Das ist die beste Garantie«.

Thea begann zu schmunzeln. »Auch wenn es mir widerstrebt, werde ich mich darum kümmern«.

Es klopfte an die Tür. »Herein«, rief Jaspar.

Ronald öffnete und nickte Thea höflich zu. »Guten Tag«. Dann wandte er sich an Jaspar: »Entschuldigen Sie Sir, darf ich heute etwas früher gehen«?

Der nickte: »Kein Problem. Ich schließe sowieso gleich das Geschäft«.

»Samuel hat mir erzählt, dass Madeleine sich Deinem Lehrling genähert hat«, sagte Thea, als sie wieder allein waren. »Das war er doch, oder«?

»Ja. Ich hätte es gerne gesehen, wenn die beiden ein Paar würden«. Er schüttelte den Kopf. »Aber ich kann es ihm nicht verdenken, dass er kein Interesse an ihr hat«.

Thea lehnte sich nach vorn. »Du brauchst nicht ›Amor‹ spielen Jaspar. Madeleine hat im Moment sowieso andere Probleme und im Übrigen ist sie sehr jung und geht noch zur Schule. Irgendwann findet sie schon den Richtigen«.

»Wenigstens Du machst mir Mut«, antwortete er. »Und jetzt ist es besser, wenn Du gehst. Sollte sie Dich hier treffen, bricht der nächste Feuersturm los. Da bin ich sicher«. Sie stand auf. »Also gut. Ich setze mich mit Ron in Verbindung. Vielleicht hat er schon am kommenden Wochenende Zeit, sich Madeleine anzuschauen. Dann wissen wir mehr. Und möglicherweise ist es auch nicht so schlimm, wie wir jetzt denken und es gibt sich von selbst«.

Er umarmte sie. »Du bist eine wahre Freundin, aber willst Du mir nicht doch noch sagen, wer Samanthas Vater ist«? Sie schob ihn abrupt ein Stück von sich weg. »Fang bitte nicht wieder damit an«.

»Schon in Ordnung. Komm gut nach Hause und grüß Samuel von mir«.

***

Ronald war nach Hause geeilt und hatte sich hastig umgezogen. Natürlich trug er wieder seine neue Jeans und ein weißes Hemd, das er sich am Vorabend zurecht gelegt hatte. Jetzt stand er frisch rasiert vor dem Spiegel und tupfte sich ein After-Shave auf die Wangen, dass er sich in einer Drogerie gekauft hatte.

Er war froh, dass seine Mutter noch nicht daheim war, als er die Haustür wieder verschloss. Sie würde ihm nur jede Menge unnötige Fragen stellen.

Schon bald sah er von weitem die Silhouette des Kinos und ihm schlug das Herz bis zum Hals. ›Hoffentlich kommt sie‹, dachte er. ›Und ihr Vater hat ihr keinen Strich durch die Rechnung gemacht‹.

Er verlangsamte seine Schritte und ein staunendes Lächeln machte sich in seinem Gesicht breit, als er sie am Eingang entdeckte.

Samantha hatte genauso wie er, eine enge ›Blue-Jeans‹ an und trug dazu eine dunkelgrüne Bluse. Der Anblick ihres langen gewellten Haares und der offene kurze Lederblouson raubten ihm fast den Atem.

»Hallo«, sagte er freudestrahlend. »Wie geht es Dir heute«? Sie sah ihm tief in die Augen. »Sehr gut«. Leise fügte sie hinzu: »Ich habe mich seit dem Wochenende auf heute gefreut«.

»Ich auch«, flüsterte er und nahm ihre Hand. »Wollen wir mal nachsehen, welcher Film heute läuft«?

»Flash Gordon«, antwortete sie aufgeregt. »Alle reden davon und wollen die Serie unbedingt sehen. Meine Freundin Liz hat mir gestern erzählt, dass die Leute im Kino den Titelsongs mitsingen«.

»Oh Gott«, sagte Ronald gespielt genervt. »Da falle ich ganz bestimmt durch. Singen war noch nie meine große Leidenschaft«.

Sie lachten. Er deutete mit dem Kopf in den Innenraum. »Komm, wir gehen hinein«.

Hand in Hand betraten sie das Kino und stellten sich in die Warteschlange.

Als sie ihre Plätze gefunden hatten und langsam das Licht ausging, legte er den Arm um sie. Er spürte, wie auch sie sich an ihn schmiegte. Plötzlich rief jemand:

»Achtung, unsere Hymne beginnt«. Im gleichen Takt sangen und klatschten jetzt alle Besucher die Melodie mit«. Samantha und Ronald waren begeistert, sie hatten beide so etwas noch nicht erlebt und genossen den Film.

Als das Licht wieder anging, sagte er: »Schade, dass Du nicht hier in der Stadt wohnst, dann müssten wir uns jetzt nicht beeilen«.

»Ja leider«, seufzte sie. »Ich habe Mum versprochen pünktlich zu sein«.

Er sah sie erstaunt an. »Nicht Deinem Vater«.

»Ich will uns nicht den Abend verderben, aber Dad ist verschwunden. Mum sagte, dass er zurück nach Bedfort gezogen ist«.

Ronald stutzte: »Wirklich«?

Sie nickte. »Er hat angeblich eine andere Frau«.

»Das tut mir sehr leid für Euch«.

»Mum ist natürlich im Moment sehr verletzt und weint viel, aber mir tut es nicht besonders leid, dass er weg ist. Er hat uns nicht gut getan«.

Schnell nahm er sie in den Arm und flüsterte ihr ins Ohr: »So könnte ich niemals sein und wenn Du nicht willst, lasse ich Dich auch nicht mehr los. Nie mehr«.

Plötzlich rief ein Angestellter: »Bitte verlassen Sie alle den Kinosaal. Die nächste Vorstellung beginnt in einer halben Stunde«.

Langsam schlenderten sie durch die Straßen. »Ich bin jetzt noch ganz begeistert von dem Film«, sagte Ronald fröhlich. »Dieser Flash Gordon und seine Aura waren doch ein heißes Pärchen, oder«?

Sie nickte. »Ja schon, aber vor diesem Tyrann ›Ming den Grausamen‹ konnte man sich nur fürchten«.

Sie kamen an der Bushaltestelle an. »Wann sehen wir uns wieder«? fragte er leise.

»Am Samstag in der Bibliothek«?
Er nickte. »Wenn das Wetter schön ist, gehen wir aber nicht hinein, sondern in einen Park und könnten ein kleines Picknick machen. Was hälst Du davon«?

»Gute Idee«: Er wollte sie gerade küssen, da hielt der Bus neben ihnen und die Tür ging auf. Er begann zu schmunzeln. »Schlechtes Timing oder«?

Sie umarmte ihn. »Ich werde von Dir träumen«. Sie stieg ein und er sah dem Bus wieder sehnsüchtig nach.

Glücklich schlenderte er nach Hause. Als er die Küche betrat, saß seine Mutter mit einem Glas Wein am Tisch und hatte ein Foto von Großvater Joseph und von seinem Vater Thomas vor sich hingestellt.

»Was tust Du«? fragte er, während er sich die Jacke auszog.

Sie trank einen Schluck und sah auf die Fotos. »Ich mache gerade meinen Frieden mit uns allen«.

Er setzte sich neben sie. »Und wie geht das«?
Sie schob ihm einen Brief hin. »Hier. Ich habe ihn heute von der Staatsanwaltschaft bekommen. Es wird keine

Anklage gegen mich erhoben und das musste ich Deinem Vater und natürlich auch Großvater erzählen«.

Sie sah ihn entschuldigend an. »Es mag seltsam anmuten, aber halte mich bitte nicht für verrückt«.

»Schon gut Mum«, antwortete er leise. »Ich habe neulich auch versucht mit ihnen zu reden, aber ich glaube nicht, dass sie mich hören konnten«.

»Ich glaube schon daran, dass es etwas zwischen Himmel und Erde gibt, dass man nicht erklären kann«.

»Das Gefühl hatte ich in der ›St. Ann's Church‹ auch, als wir mit Pater Walsh gesprochen haben und …«

»Du warst in einer Kirche«? fragte sie erstaunt.

»Ja«, antwortete er stolz. »Mr. Ward und ich haben die Turmuhr wieder in Gang gesetzt. Eine Schraube hatte sich von einem Bolzen gelöst«. Er deutete mit dem Kopf zu den Fotos. »Großvaters Maulschlüssel, den Du für überflüssig gehalten hattest mitzunehmen, war die Lösung unseres Problems«.

Sie schüttelte ungläubig den Kopf.

»Pater Walsh hat mich übrigens gebeten, mit der Familie zum Gottesdienst zu kommen«.

»Warum nicht«?

Er lehnte sich zurück. »Was meinst Du? Wir waren beide seit Großvaters Beerdigung nicht mehr da und …«.

»Eben«, antwortete sie. »Dann wird es Zeit«.

Sie überlegte. »Ich mache Dir einen Vorschlag. Am Sonntag wollen Tracy und ich einen Braten für uns alle machen, denn die Fleischrationierungen sind vor kurzem aufgehoben worden. Und vorher könnten wir zusammen den Gottesdienst besuchen«.

»Meinetwegen, aber ich kann mit kleinen Kindern nicht besonders gut umgehen«. Seine Begeisterung schien sich bei der Vorstellung, dass die ihn belagern würden, in Grenzen zu halten.

»Ich könnte auch Lilly und Samantha mit ihren Geschwistern einladen«, sagte sie gespielt beiläufig.

»Wirklich«? fragte er überrascht.

»Ja, warum nicht. Wie war es denn heute im Kino«?

»Wir haben uns einen Film aus der Serie ›Flash Gordon‹ angesehen, aber danach musste sie leider gleich den nächsten Bus nach Hause nehmen«.

»Ich kann mir gut vorstellen, dass Frank O'Kelly strenge Regeln hat, was das Ausgehen betrifft«, sagte Betsy. »Ich staune sowieso, dass sie das schon darf«.

»Als ich mit Mr. Ward die Turmuhr repariert hab, traf ich übrigens ihre Mum im Altarraum. Sie kam mir weinend entgegen. Und vorhin erzählte mir Samantha, dass ihr Dad ausgezogen ist. Zurück nach Bedfort. Angeblich hat er eine andere Frau. Ihre Trauer darüber, dass er weg ist, hält sich allerdings in Grenzen«.

»Lilly ist allein mit den Kindern auf dem Hof«? fragte Betsy bestürzt.

»Ja, sieht im Moment so aus«.

Ihm fiel etwas ein. »Warte Mum, ich bin gleich wieder zurück«. Kurz darauf setzte er sich wieder neben sie und legte eine kleine Schachtel vor sie hin. »Ich habe etwas für Dich«.

»Für mich«? Sie klappte den Deckel vorsichtig auf. Als sie die zierliche Damenarmbanduhr betrachtete, fehlten ihr die Worte.

»Mr. Ward hat sie mir nach der Reparatur in der Kirche geschenkt. Sie war in Zahlung gegeben und nicht wieder abgeholt worden. Ich selbst habe das Uhrwerk gereinigt und das silberne Armband poliert«.

Er holte sie heraus. »Komm, probiere sie mal an«.

Geschickt öffnete er den Verschluss und nahm ihr Handgelenk. »Perfekt«, sagte er zufrieden. »Sie passt, als hättest Du sie so bestellt«.

»Wäre das nicht eher etwas für Deine Freundin gewesen«? fragte sie vorsichtig.

»Mum«, sagte er und nahm ihre Hand. »Ich habe es Dir in all den Jahren nicht besonders leicht gemacht. Und jetzt wollte ich mich einfach mal bei dir bedanken und schenke Dir eben diese Uhr. Ich hoffe, Du freust Dich«.

Sie fiel ihm um den Hals: »Ja, ich freue mich natürlich«. Sie sah auf das Ziffernblatt. »Ab jetzt werde ich nie mehr unpünktlich sein. Und wenn ich es richtig sehe, wird es Zeit, zu Bett zu gehen«.

Am nächsten Morgen verließ er gutgelaunt das Haus. Als er an einer Straßenkreuzung stehenblieb und auf ein Auto achten musste, dass rasant um die Kurve fuhr, wurde er plötzlich von hinten in einen Hauseingang gezerrt.

Erschrocken sah er in die hasserfüllten Augen von Frank O'Kelly. »Ich habe Dich gestern Nachmittag mit meiner Tochter gesehen«, zischte er furchteinflößend. »Wage es nicht noch einmal, Dich an sie heranzumachen und lass Deine Finger von ihr, verstanden«?

Er ballte die Fäuste: »Ob Du mich verstanden hast«? »Sir, ich ...«, stotterte Ronald.

Dumpf landete eine Faust in seiner Magengrube. Er stöhnte vor Schmerzen und sackte zusammen.

»Ich höre«, flüsterte Frank drohend und krallte die Hände in den Kragen seiner Jacke.

»Ja Sir«, stammelte Ronald nach Luft ringend.

Abrupt ließ Frank ihn los. »Halte Dich daran, denn ich warne Dich nur einmal. Das nächste Mal überlebst Du nicht«. So schnell wie er aufgetaucht war, war er wieder verschwunden.

Ronald, noch immer schwer atmend, rappelte sich auf und trat wieder auf den Gehsteig. Ängstlich sah er sich um, aber Frank war nirgends zu sehen. Langsam ging er weiter und erreichte schließlich die Werkstatt, die schon hell erleuchtet war. Erschöpft ließ er sich auf seinen Stuhl fallen und atmete durch.

»Guten Morgen«, rief Jaspar, der gerade hereinkam. Irritiert sah er in Ronalds` blasses Gesicht. »Ist Dir nicht gut oder tut Dir vielleicht der Magen weh«?

»Es geht schon wieder«, murmelte er. »Ich glaube, ich habe nur gestern Abend zu viel gegessen«.

Jaspar zeigte auf einen Krug. »Da steht frisch gemachter Tee. Nimm Dir eine Tasse, er wird Dir sicher gut tun«. Irgendetwas sagte ihm, dass mit Ronald etwas nicht stimmte und das war ganz sicher nicht ein verdorbener Magen, aber vielleicht täuschte er sich.

»Danke Sir«, sagte der leise. ›Was mache ich denn jetzt‹? grübelte er. ›Samanthas` Vater ist doch in der Stadt und wird mir bei nächster Gelegenheit wieder auflauern‹.

Jaspar untersuchte derweil einen Regulator, der mit allerlei aufwändigem Zierrat versehen war, während er Ronald aus den Augenwinkeln beobachtete.

»Gestern Abend war Mr. Miller noch hier, als ich gerade schließen wollte«. Geschickt hängte er das kurze Pendel aus. »Der Federantrieb scheint kaputt zu sein«.

Er stutzte, denn normalerweise stand Ronald immer sofort neben ihm und schaute interessiert zu.

»Was ist? Wird es nicht besser«?

»Doch, doch«, antwortete Ronald und stand auf. »Ich komme schon«.

Gemeinsam machten sie sich jetzt daran, die Uhr zu reparieren. Schließlich schloss Jaspar sichtlich zufrieden die Glastür. »So, jetzt kann er wieder zurück in die ›gute Stube‹ bei Mr. Miller. Er war untröstlich, als er sie brachte«. Er hob den Korpus an und stellte fest, dass die Uhr ein ordentliches Gewicht hatte.

»Hol den Handkarren aus dem Hof und bringe Sie in die Legh-Street Nummer 7«. Ronald nickte wortlos.

Vorsichtig wickelten sie die Uhr in eine wollene Decke und hievten sie auf die kleine Ladefläche.

Während er langsam über das Kopfsteinpflaster der Straßen ratterte, drehte sich Ronald immer wieder nach allen Seiten um. ›Ich glaube, ich sehe Gespenster‹, dachte er. ›Wie soll ich mich bloß gegen diesen rabiaten Typen wehren‹? Ihm fiel im Moment nichts ein, aber er musste bald eine Lösung finden, denn Samantha würde er niemals aufgeben.

Die Tage vergingen und am Samstagmorgen war er schon früh wach. Blinzelnd sah er zum Fenster.

Normalerweise hätte er sich über einen blauen wolkenlosen Himmel gefreut, aber heute war das anders. Was sollte er Samantha denn sagen, warum er doch kein Picknick im Park mit ihr machen und stattdessen in der Bibliothek sitzen wollte.

Er schlug die Bettdecke zurück und murmelte: »Irgendeine Ausrede wird mir nachher schon einfallen. Hauptsache, ich sehe sie wieder«. Am Vormittag verließ er zusammen mit Betsy das Haus, die auf den Markt gehen wollte. »Bis nachher«, rief sie ihm gutgelaunt zu und ging weiter.

An der Bibliothek angekommen, saß Samantha auf einer Bank und lächelte ihm entgegen. Wieder fixierte er die fast menschenleere Umgebung.

Als er bei ihr war, sagte er: »Das wird heute nichts mit einem Snack. Ich habe leider gestern vergessen, das Richtige einzukaufen, deshalb halte ich es für das Beste, doch hineinzugehen«.

Sie hob enttäuscht die Schultern. »Schade, ich hatte mich so darauf gefreut, mit Dir in der Sonne zu sitzen«.

Er atmete erst auf, als sie vor Howard standen, der gerade seine Karteikarten durchsah.

»Na Ihr beiden, was soll es denn heute sein«?
»Wir schauen uns mal bei der Belletristik um«, antwortete Ronald gespielt gelassen. »Mal sehen, was wir finden«.

»Du liest solche Literatur«? fragte Samantha erstaunt, während sie weitergingen.

»Irgendetwas musste ich doch sagen«, antwortete er schelmisch. »Aber vielleicht finde ich tatsächlich dort ein Buch, das mich fesselt«.

Aufmerksam suchten sie zwischen den Regalen um her, da blieb Ronald stehen und zog eins mit Samtfütterung und grünem Lederrücken, der an den Kanten etwas abgebröselt war, heraus.

»Die Abenteuer des Baron Münchhausen«, sagte er leise, schlug es auf und begann darin zu blättern. Schließlich stellte er fasziniert fest: »Es ist sogar illustriert«.

»Komm, wir setzen uns an einen Tisch und sehen es uns näher an. Morgen ist nämlich eine Arbeitskollegin von Mum mit ihren Kindern bei uns zu Besuch. Vielleicht lese ich ihnen nach dem Essen die eine oder andere Episode vor. Dann wird es nicht langweilig«.

Liebevoll fügte er hinzu: »Deine Mum, Du und die Kleinen, Ihr seid übrigens auch eingeladen«.

»Wirklich«? fragte sie überrascht. »Etwa von Deiner Mum«?

»Sie hat es selbst vorgeschlagen«.
»Dann suche ich jetzt auch ein Buch aus und komme gleich nach. Mal sehen, was ich finde«.

»Du hast mich inspiriert«, sagte sie, als sie sich mit einem Märchenbuch neben ihn setzte. »Das bringe ich morgen mit, aber heute Abend werde ich es zuerst Eddy, Ryan, Ruth und Billy vorlesen. Bestimmt freuen sie sich«.

Während sie sich in die Geschichten vertieften, machte sich plötzlich vor ihnen ein Schatten breit und eine Stimme sagte: »Bestimmt werden sie das«.

Erschrocken sahen sie auf und Samantha rief: »Dad, was machst Du hier«? Er packte sie am Arm und zog sie hoch. »Was ich hier mache? Was machst Du hier mit diesem Kerl? Du kommst sofort mit«, zischte er und zerrte sie um den Tisch herum.

»Aua, das tut mir weh. Lass mich«, wimmerte sie ängstlich.

»Lassen Sie sie sofort los«, sagte Ronald mit vibrierender Stimme, die nicht sonderlich selbstbewusst klang. Dennoch fügte er hinzu: »Samantha ist keineswegs Ihr Eigentum.

Mit schmalen Augen drehte er sich zu ihm hin. »Hatte ich mich nicht klar genug ausgedrückt, dass Du Deine Finger von ihr lässt«? Er löste seinen zangenartigen Griff von ihrer Hand und ging auf Ronald zu, der zurückwich.

»Dad«, schrie Samantha. »Bitte nicht. Ronald hat Dir doch nichts getan«.

Der achtete nicht auf sie und schlug zu.

Er wurde an der Stirn getroffen und sackte ohnmächtig zu Boden. Ein kleines Blutrinnsal lief aus seiner Augenbraue und er bewegte sich nicht mehr.

»Nein«, schrie Samantha, rutschte zu ihm hin und bettete den Kopf auf ihren Schoss. »Ronald, bitte«, flehte sie. »Wach wieder auf«.

»Lass den Waschlappen liegen«, rief Frank verächtlich. »Der wird schon von alleine wieder wach und verschwendet nur unsere Zeit. Und jetzt komm«.

Sie sah ihn wütend an. »Nein«, fauchte sie. »Ich gehe hier nicht ohne ihn weg. Und damit Du es weißt, ich rufe jetzt die Polizei«.

»Was willst Du tun? Wiederhole das noch einmal und Du erlebst Dein blaues Wunder«, brüllte er außer sich und zog sie an den Haaren von ihm weg. »Das ist also der Dank, dass wir Dich immer wie unser eigenes Kind behandelt haben und Dir alles gaben, was wir konnten«.

Erschrocken hielt er inne und Samantha starrte ihn mit weit aufgerissenen Augen an. »Was sagst Du da«? fragte sie nach Fassung ringend. »Wie unsere eigenes Kind? Du und Mum, Ihr seid gar nicht meine richtigen Eltern«?

Plötzlich standen zwei Police-Officer hinter Frank, drehten ihm mit einem Ruck die Arme nach hinten und rangen ihn zu Boden. Während die Handschellen klickten und sie ihn hinausführten, sagte einer schnaufend: »Sie sind verhaftet Mister. Sie haben das Recht auf einen Anwalt. Sie haben das Recht zu schweigen. Alles was Sie jetzt sagen, kann und wird vor Gericht gegen Sie verwendet werden«.

Howard stand zitternd da und rief den wenigen Besuchern zu, die ängstlich die Szene verfolgt hatten:

»Verlassen Sie bitte alle sofort den Raum. Wir schließen die Bibliothek für heute«.

Die Leute schnappten ihre Sachen und rannten nach draußen. Samantha kniete sofort wieder neben Ronald, der gerade das Bewusstsein erlangte und langsam die Augen öffnete. »Gott sei Dank«, schluchzte sie, dann sah sie zu Howard. »Wir brauchen einen Arzt, sofort«.

Hastig nahm sie ihren Schal und band ihm den um den Kopf. Howard rannte davon und kurz darauf versorgten zwei Sanitäter Ronalds Platzwunde.

Als er dann auf einen Stuhl gesetzt wurde und mit dröhnendem Kopf einem Officer schilderte, was vorgefallen war, sagte der: »Ich informiere sofort Detective Chief-Inspector Powel«. Er deutete mit dem Daumen zu Samantha herüber, die gerade von seinem Kollegen befragt wurde. »Sie sind befreundet, oder«?

»Ja«, flüsterte Ronald. »Das sind wir«.

»Wir haben einen weiteren Zeugen, dass Sie von diesem rabiaten Zeitgenossen niedergeschlagen wurden«.

»Ist dieser Zeuge Howard«? fragte Ronald.

»Ja, er hat alles beobachtet. Ich belehre Sie jetzt darüber, dass Sie Anzeige erstatten können«.

»Gegen Samanthas` Vater«? fragte er erschrocken.

»Er ist nicht mein richtiger Vater«, sagte sie schroff, als sie jetzt neben dem Officer stand. »Der Mistkerl hat es selbst zugegeben«.

»Und ich zeige ihn hiermit an«, antwortete Ronald. »Er hat mir schon am Donnerstagmorgen auf dem Weg zur Arbeit aufgelauert und mich geschlagen und bedroht«.

»Das sagst Du erst jetzt«? fragte sie entsetzt.

»Ich wollte Dich nicht beunruhigen«, antwortete er und versuchte aufzustehen. Er ließ sich sofort wieder auf den Stuhl fallen und fasste sich an den Kopf, als ihn ein Stich durchzuckte.

»Er hat mit Sicherheit eine Gehirnerschütterung«, sagte ein Sanitäter, der ihn nicht aus den Augen ließ.

»Muss er ins Krankenhaus«? fragte der Officer.

»Ich glaube nicht. Er ist jung und wird sich schnell davon erholen, wenn wir ihn nach Hause bringen und er ein paar Tage das Bett hütet. Allerdings hat er Glück gehabt. Die Wunde ist durch den schweren Faustschlag nicht unerheblich, weshalb wir sie nähen mussten. Wäre er danach noch auf eine Möbelkante gefallen, würde es jetzt vielleicht anders aussehen«.

Er hockte sich plötzlich neben Ronald hin: »Sind Sie eigentlich gegen Wundstarrkrampf geimpft«?

»Keine Ahnung«, antwortete er. »Ich glaube aber nicht«.

»Wenn Sie wollen, gebe ich Ihnen eine Spritze, dann sind Sie auf der sicheren Seite«.

»Meinetwegen«, antwortete er und krempelte sich den Ärmel nach oben. »Auf einen Stich mehr oder weniger kommt es heute nicht mehr an«.

Vincent Powel und Adam Mitchell waren inzwischen auch am Ort des Geschehens eingetroffen, hatten das Gespräch zwischen dem Sanitäter und Ronald verfolgt und zeigten ihm ihre Ausweise. »Ist das nicht bei einer

Platzwunde am Kopf ein bisschen übertrieben«? fragte Vincent skeptisch.

»Vorsorge ist besser als Heilen«, antwortete der Sanitäter. »Ich habe genügend Soldaten während des Krieges daran sterben sehen. Wir bringen jetzt den jungen Mann nach Hause und müssen dann weiter. Bitte lassen Sie ihn für heute in Ruhe«.

Ronald sah Samantha liebevoll an, während er zum Ambulanz-Wagen geführt wurde. »Es tut mir leid, dass ich Dich nicht zum Bus bringen kann«.

»Das ist doch nicht schlimm. Und morgen komme ich Dich besuchen«.

Vincent Powel machte sich kurz darauf mit Adam auf den Weg zum Revier, um Frank O'Kelly zu verhören«.

***

Jaspar stand am Sonntagnachmittag am Fenster seines Wohnzimmers und sah immer wieder ungeduldig auf die Straße.

Er hatte sich am Freitagabend wieder mit Madeleine gestritten und schließlich entnervt bei Thea angerufen und darum gefleht, dass endlich jemand kommt, der den Grund für ihr seltsames Verhalten herausfand. Er jedenfalls war mit seinem ›Latein‹ am Ende.

Auch heute hatte sie sich schon seit Stunden in ihrem Zimmer verbarrikadiert.

Wieder und wieder sah er auf seine Armbanduhr. »Wo bleibt Thea nur mit diesem Doktor«? murmelte er. »Es ist schon viertel nach drei«.

Plötzlich erkannte er ihren dunklen Wagen, der auf der gegenüberliegenden Straßenseite hielt.

Sie stieg aus und hielt eine kleine Pappkiste auf dem rechten Arm. ›Auf Thea ist Verlass, denn Kuchen hat sie scheinbar auch dabei‹, stellte er schmunzelnd fest.

Da öffnete sich die Beifahrertür und ein großer schlanker Mann in ihrem Alter mit legeren Outfit sah sich um und schließlich zu seinem Fenster nach oben.

Hastig zog Jaspar die Gardine vor. ›Die Uhren‹, dachte er erschrocken. ›Ich habe vergessen, sie bereitzulegen‹.

Schnell öffnete er eine Glasvitrine und holte seine Privatsammlung hervor. »Egal«, flüsterte er. »Ich will sie ihm ja nur zeigen und nicht verkaufen«. Dann lief er nach unten und öffnete die Haustür.

»Hallo, da sind wir«, sagte Thea. »Bitte nimm mir mal das Gebäck ab«. Sie gab ihm die Schachtel und drehte sich zu ihrem Begleiter um. »Darf ich vorstellen? Dr. Chapman«.

»Hallo Mr. Ward«, sagte der freundlich. »Thea hat mir von Ihnen und Ihrer Tochter erzählt und deshalb würde ich vorschlagen, wir duzen uns sofort, um von Anfang an Vertrauen zu schaffen«. Er reichte ihm die Hand. »Nennen Sie mich einfach Ron«.

»Angenehm, ich heiße Jaspar«.

Er schloss die Tür und flüsterte: »Madeleine hat sich nach dem Frühstück in ihrem Zimmer eingesperrt und nicht mehr blicken lassen. Verhungert wird sie dort nicht sein. Sie hat immer Kekse und Bonbons in ihrem Nachttisch«. Er sah betrübt auf die Schachtel. »Und jetzt verabreiche ich ihr auch noch freiwillig dieses Zeug«.

»Die Zutaten für dieses Zeug haben mich ein kleines Vermögen gekostet«, protestierte Thea. »Außerdem stand ich zusammen mit Ed gestern Abend noch lange in der Küche, um zu backen«.

»So war das natürlich nicht gemeint«, antwortete er beschwichtigend. »Und jetzt lasst uns nach oben gehen«.

An der Treppe drehte er sich noch einmal zu ihr um. »Bitte versuche Du Madeleine aus ihrem Zimmer zu locken. Mit mir redet sie im Moment nicht«.

»Mal sehen, ob mir das gelingt. Wir haben uns am Mittwoch auch nicht gerade einträchtig verabschiedet«.

Dann wandte er sich an Ron: »Ich habe im Wohnzimmer meine Uhrensammlung aufgebaut. Tue einfach so, als ob Du sie kaufen willst«.

Er nickte: »Ich weiß. Thea hat mich bereits in Euren Plan eingeweiht. Aber die Uhren interessieren mich tatsächlich. Ich besitze im Übrigen selbst ein paar schöne Stücke, nur die Gelegenheit sie zu tragen, fehlt mir aus Mangel an Zeit«.

»Meine Uhren sind auf jeden Fall unverkäuflich«, sagte Jaspar erschrocken.

»Schon gut«, beschwichtigte ihn Thea. »Es schadet aber nicht, wenn Ihr die Sammlung mit Sachverstand betrachtet, umso weniger Verdacht wird Madeleine schöpfen«.

Jaspar ging mit Ron ins Wohnzimmer, während Thea eine Etage höher stieg. Sie gab sich keine Mühe besonders leise zu sein, denn Madeleine sollte merken, dass jemand zu ihr wollte.

Sie klopfte an und wie erwartet rührte sich nichts.
Sie klopfte noch einmal und sagte: »Hallo Madeleine? Ich bin es, Tante Thea. Könntest Du mich bitte herein

lassen«? Sie wartete einen Moment, dann hörte sie Schritte und Madeleine öffnete die Tür einen Spalt breit.

»Komme ich etwa ungelegen«? fragte Thea und fügte schnell hinzu. »Weißt Du, ich habe mir seit unserem letzten Treffen Gedanken gemacht, ob ich Dich zu sehr bevormundet habe und wollte mich deshalb bei Dir entschuldigen. Und gestern hat mich ein ehemaliger Schulfreund angerufen, der auf der Suche nach einer ganz bestimmten Uhr ist. Natürlich ist mir da Dein Vater eingefallen. Die beiden sitzen jetzt im Wohnzimmer und essen Kuchen, den ich mit Ed gebacken und mitgebracht habe«.

Madeleine sah sie schnippisch an. »Ich habe gerade Krach mit Dad«.

»Darf ich wenigstens kurz hereinkommen? Ich finde es recht ungemütlich auf dem Flur«.

Widerwillig trat sie an die Seite. Thea warf geschickt einen Blick in jede Ecke des Raumes, ohne dass Madeleine es bemerkte. Die schloss sofort die Tür und legte eine Kette davor.

»Warum tust Du das«? fragte Thea.
»Weil ich mich dann sicherer fühle«, antwortete sie und schob noch einen weiteren Riegel vor das Türblatt.

»Ich dachte, wir gehen gleich gemeinsam nach unten und trinken Tee und essen …«.

»Muss es wirklich sein«, dass ich mitkomme«? fragte Madeleine schnell. »Ich störe doch sowieso nur und könnte mir auch ein paar Stücke mit nach oben nehmen«.

»Ich würde mich aber freuen, wenn Du Dich mit mir ein bisschen unterhältst, während Dein Dad und Ron über Uhren fachsimpeln. Da störe ich nämlich auch bloss«. Aufmunternd fügte sie hinzu: »Komm schon. Ich habe Früchtekuchen mit Schlagcreme und Muffins dabei«.

Schlagartig wurde sie ernst, als sie an der Ecke eines Wandspiegels eine goldene Kette mit einem Medaillon hängen sah. ›Kein Zweifel, dass der Abygail gehörte‹, dachte sie. Schnell lächelte sie wieder Madeleine an.

»Na was ist? Hast Du es Dir überlegt«? Wortlos zog die sich eine Strickjacke über: »Wenn es sein muss«.

Sie ging zur Tür, schob mit ihren dicken Fingern den Riegel zurück und wollte die Kette entfernen, die sich jedoch an der Halterung verklemmt hatte.

»Mist«, murmelte sie. »Ich bekomme sie nicht raus«. Geistesgegenwärtig trat Thea einen Schritt zurück, schnappte sich das Medaillon und ließ es in ihre Manteltasche gleiten. Dann ging sie zur Tür. »Lass mal sehen, vielleicht schaffe ich es«.

Vorsichtig schob sie den Verschluss heraus. »Na also, wir können gehen«.

»Ich bleibe aber nicht lange und sollte mir Dad in Eurem Beisein Vorwürfe machen, bin ich auf der Stelle wieder verschwunden«.

»Das macht er bestimmt nicht, Du wirst schon sehen«.

Thea lief jetzt mit mulmigen Gefühl hinter ihr her und sie betraten das Wohnzimmer, während Ron mit einem Okular im Auge, das Ziffernblatt einer seltenen limitierten Uhr betrachtete.

Sie hatten Thea und Madeleine gar nicht bemerkt. »Wunderbar«, schwärmte er und nahm das Okular wieder ab. »Was willst Du dafür haben«?

»Ich sagte doch, dass ich nicht ….«.

Jaspar fuhr herum, als sich Thea plötzlich hinter ihm räusperte. »Dass die Uhr mindestens eintausend Pfund wert ist«, rief er hastig.

Ron stand auf und ging auf Madeleine zu. »Also Du bist Jaspars` Tochter. Entschuldige bitte, aber wir waren so vertieft in die schönen Stücke, dass ich Euch nicht habe kommen sehen«.

Er hielt ihr die Hand hin. »Mein Name ist Ron. Ich bin ein Freund von Thea und Samuel«.

Sichtlich irritiert nahm sie seine Hand. »Madeleine«, antwortete sie brüskiert, zog die Hand wieder weg und verschränkte die Arme vor sich.

»Wo finde ich Tee und Geschirr«? fragte Thea laut. »Madeleine hat mir nämlich gerade erzählt, dass sie noch an einer Hausaufgabe für morgen sitzt. Wir sollten uns also beeilen«. Dann zwinkerte sie ihr zu.

Madeleine erwiderte dies mit einem dankbaren Blick und sagte: »In der Küche. Wenn Du willst zeige ich Dir, wo alles steht«.

Ron sah ihr grübelnd nach und fragte Jaspar, als sie wieder allein waren: »Ist sie im Beisein von fremden Menschen immer so abweisend und versucht sofort, der jeweiligen Situation zu entkommen«?

»Ich habe mir früher nie darüber Gedanken gemacht, wenn wir Besuch hatten, aber ich denke, dass ich diese Frage mit ›JA‹ beantworten muss. Abygail wollte sie zwar oft nach einem gemeinsamen Essen zum Bleiben bewegen, wenn wir Gäste hatten. Allerdings redete sie dann ständig dazwischen, was uns beiden natürlich nicht passte. Abygail war es dann auch, zu ihr sagte: ›Geh` lieber auf Dein Zimmer‹. War das etwa falsch«?

»Schon möglich. Ich will Dir nicht zu nahe treten, aber ich vermute, dass sie zu selten in die sogenannten ›Erwachsenen-Gespräche‹ einbezogen wurde und sich deshalb überflüssig fühlte. Thea hat mir im Vorfeld auch berichtet, dass sie wochentags ebenfalls oft allein war. Deine Frau und sie trafen sich tagsüber oft zum Teekränzchen, oder gingen shoppen, während Du Dich um das Geschäft gekümmert hast. Hinzu kommt, dass sie keine Geschwister hat und sich dann wahrscheinlich allein in ihrem Zimmer in ihre eigene Welt träumte«.

Vorsichtig fügte er hinzu: »Und Essen war dabei sicher auch ein wichtiger Indikator für Madeleine, sozusagen ein Trostspender für die Seele«.

»Mach doch nicht so eine Wissenschaft daraus«, brauste Jaspar auf. »Glaubst Du etwa, unsereins durfte als Kind dazwischen reden, wenn sich Erwachsene unterhalten haben? Wir hatten grundsätzlich den Mund zu halten, falls wir nicht etwas gefragt wurden und wenn es spannend wurde, mussten wir rausgehen, oder ins Bett«. Beleidigt fügte er hinzu: »Die ganze Welt wäre ja ein reines Irrenhaus, wenn das stimmt, was Du sagst«.

In diesem Moment kam Thea mit einem Tablett, beladen mit Geschirr, Milch, Zucker und Tee herein.

Hinter ihr lief Madeleine mit einer Tortenplatte her. »Seit Ihr Euch mit den Uhren einig geworden«? fragte Thea. »Der Tee ist fertig«.

Jaspar murmelte: »Ja. Stellt es auf dem Esstisch ab«. Ihm war zwar gehörig der Appetit vergangen, doch Thea verteilte sogleich den Früchtekuchen.

Sichtlich erschrocken beobachtete er jetzt seine Tochter aus den Augenwinkeln, die ungeniert Löffel für Löffel Schlagcreme darüber türmte.

Ron reagierte schnell. »Das mag ich auch«, sagte er schmunzelnd. »Genauso habe ich diesen Kuchen auch zu Hause immer gegessen«.

»Wirklich«? fragte Madeleine strahlend und sah ihren Vater an. »Siehst Du Dad? Endlich mal jemand, der etwas von gutem Essen versteht«.

Jaspar meinte, in diesem Moment im Erdboden zu versinken und murrte: »Schlagcreme hat viel zu viele Kalorien und deshalb verzichte ich auch darauf«.

»Du meinst, dass **ich** verzichten soll«, entgegnete sie trotzig. »Das könnte Dir so passen. Ich esse, was ich will und so viel ich will«. Mit vollem Mund sagte sie triumphierend: »Und außerdem mache ich ab jetzt immer, was ich will«.

»Es ist genug«, rief Jaspar ungehalten und schlug mit der flachen Hand auf den Tisch. »Solange Du Deine Füße unter meinen Tisch steckst gelten Regeln, die ich aufstelle und nicht Du«.

»Das hat Mum auch oft gesagt, aber nichts genutzt«, antwortete sie unbeeindruckt und steckte sich mit provozierender Miene einen vollbeladenen Löffel Schlagcreme in den Mund.

Jaspar sah erst zu Thea, dann zu Ron herüber und seufzte: »Ich ergebe mich. Meine Tochter ist ein absolut hoffnungsloser Fall«.

Madeleine sprang bei diesem Satz plötzlich auf und schrie: »Genau. Ich bin ein hoffnungsloser Fall«. Sie beugte sich zu Jaspar herüber und hatte jetzt ihr Gesicht direkt vor Seinem. »Oder wie Mum immer wieder zu sagen pflegte: »Ein **fetter** hoffnungsloser Fall«.

Mit wutverzerrter Miene zischte sie: »Und wenn wir jetzt in der Werkstatt wären, würde ich wieder Dein

Messer nehmen und es Dir dorthin rammen, wo es auch Mum besonders weh tat«.

Sie plumpste zurück auf ihren Stuhl, schloss die Augen und begann zu lachen. Schrill, laut und lauter. Man konnte meinen, sie würde nicht mehr aufhören.

Jaspar sah sie entsetzt an, dann sackte er zusammen, stützte die Arme auf den Tisch und hielt sich die Ohren zu. Er konnte es nicht mehr ertragen.

Währenddessen schob Thea ihren Stuhl zurück und rannte in einem unbeobachteten Moment hinaus. Hastig sah sie sich um und öffnete die Tür zu Jaspars Arbeitszimmer, wo das Telefon stand.

Sie wählte ein Amt und flüsterte: »Das ist ein Notfall. Verbinden Sie mich sofort mit der Polizei«.

»Und einen Ambulanz-Wagen«, rief Ron plötzlich hinter ihr. Erschrocken drehte sie sich zu ihm um. »Ist Jasper etwas passiert«?

»Nein. Madeleine sitzt immer noch da und da habe ich ihn aus dem Zimmer gezogen und die Tür versperrt«.

In diesem Moment hörten sie, wie die einer Furie gleich, mit den Fäusten dagegen trommelte und schrie:

»Aufmachen. Macht sofort die Tür auf. Ich will hier raus«.

»Beeil Dich Thea«, rief Ron und ging zurück in den Flur zu Jaspar, der wie zur Salzsäule erstarrt an der Wand lehnte und einen Weinkrampf bekam.

»Setz Dich auf den Boden«, sagte er leise zu ihm. »Thea kommt gleich wieder«.

Kurz darauf hörten sie die Bremsen eines Autos vor dem Haus quietschen. Ron eilte nach unten und öffnete die Tür. Zwei Sanitäter standen vor ihm.

»Ich bin Dr. Chapman. Oben bei der Familie Ward ist die Tochter außer Rand und Band, aber ich konnte sie im Wohnzimmer einschließen. Wir müssen allerdings auf die Polizei warten, denn sie ist ziemlich kräftig und im Moment unberechenbar. Zudem hat sie gerade den Mord an ihrer Mutter gestanden«.

Er trat an die Seite. »Gehen Sie voraus und sehen sie bitte auch nach ihrem Vater. Er hat einen Schock erlitten und ist im Moment nicht ansprechbar. Eine Freundin kümmert sich aber um ihn«.

Die Sanitäter eilten nach oben.

Ron zündete sich einen Zigarillo an und sah die Straße hinunter. Einige schaulustige Spaziergänger waren stehen geblieben und sahen interessiert zum Eingang.

»Hier gibt es nichts zu sehen«, rief er ihnen zu. »Gehen Sie bitte weiter«.

Er atmete auf, als er von weitem einen Streifenwagen hörte, der schnell näher kam. Zwei Officer stiegen aus.

»Was ist passiert Sir«? fragte einer.

Ron wiederholte, was er bereits den Sanitätern gesagt hatte. Schnell ging der Officer zurück zum Auto und gab einen Funkspruch durch. Dann rannten sie nach oben.

Die Sanitäter hatten Jaspar inzwischen zu einem Sessel im Arbeitszimmer geführt und ihm eine Beruhigungsspritze gegeben. Dennoch saß er zitternd da und hörte Madeleines Stimme, die von anfänglichem Gekreische in leises Wimmern übergegangen war.

Ein Officer fragte hastig: »Zu wem hat sie Vertrauen«? Er sah Thea an. »Zu Ihnen vielleicht«?

»Was soll ich tun«? flüsterte die.

»Sprechen Sie sie ruhig an. Vielleicht geht sie darauf ein. Wir öffnen dann im hoffentlich richtigen Moment die

Tür und versuchen sie zu fixieren«. An Ron gewandt sagte er: »Sie bleiben mit den Sanitätern bei Mr. Ward«. Schnell holten sie ihre Handschellen hervor und brachten sich in Stellung. Der Officer nickte Thea noch einmal aufmunternd zu und flüsterte: »Los«.

»Hallo Madeleine«, rief sie. »Bist Du ok«?
Sie bekam keine Antwort. »Madeleine, geht es Dir gut«? rief Thea erneut. »Ich würde gerne hereinkommen«.

Ratlos sah sie die Polizisten an. Der Officer schob sie jetzt an die Seite und flüsterte: »Gehen Sie auch ins Arbeitszimmer und verriegeln sie die Tür. Wir wissen nicht, was gleich passiert«.

So leise wie möglich drehte er den Schlüssel im Schloss herum und kickte mit dem Stiefel gegen das robuste Türblatt, das schlagartig auflog.

Da entdeckte er sie zusammengekauert unter dem Esstisch. Ihre Brillengläser waren gebrochen und das Teegeschirr lag in Scherben am Boden um sie herum.

Sie hielt ein Sofakissen fest umschlungen und summte ein Kinderlied, während sie im Takt nach vorn und hinten wogte. Dabei schien sie den Officer überhaupt nicht wahrzunehmen.

Im Zeitlupentempo knöpfte der den Verschluss seiner Pistolentasche auf und legte den Finger an den Abzug der Dienstwaffe.

Langsam hockte er sich zwischen die Türrahmen, seinen Kollegen hinter sich wissend und sagte: »Hallo Madeleine, wir sind hier, um Dir zu helfen«.

Sie reagierte nicht.

»Was machen wir«? flüsterte der Officer. »Meinst Du, dass sie mich anspringt, wenn ich näher komme«?

»Keine Ahnung«, flüsterte der andere.

Plötzlich war Ron neben ihnen und flüsterte. »Wie ich anfangs schon sagte, bin ich Arzt und denke, dass sie regelrecht in Trance verfallen ist. Ich schlage vor, dass wir zu dritt versuchen, von hinten an sie heranzukommen, aber es muss schnell gehen, denn wenn sie zu sich kommt, ist hier der Teufel los. Ich habe die Sanitäter angewiesen, eine Spritze mit einem ziemlich starkem Beruhigungsmittel aufzuziehen«.

Der Officer zögerte: »Haben wir eine Alternative«?

»Ich glaube nicht«, flüsterte Ron. »Jedenfalls fällt mir nichts Besseres ein. Und wir sollten uns jetzt beeilen, denn ewig bleibt dieser Zustand nicht erhalten«.

So leise wie möglich schlichen sie langsam hinein und verteilten sich.

»Los«, rief der Officer. Zu dritt stürzten sie sich auf sie, pressten sie auf den Parkettboden und drehten ihr die Hände nach hinten.

Madeleine schrie auf und begann jämmerlich zu kreischen, als die Handschellen klickten. Ein Sanitäter eilte herbei und half ihnen, sie festzuhalten. Der andere spritzte ihr das Beruhigungsmittel in den Arm.

Nach einer Weile entspannte sich ihre Muskulatur und die Männer atmeten auf.

Ron keuchte: »Bringen Sie sie schnell zum Ambulanz-Wagen und fixieren Sie sie auch dort gut, denn das Medikament wirkt nur eine gewisse Zeit. Und ein Officer sollte den Transport begleiten«.

»Das wird eng«, sagte ein Sanitäter. »Aber es wird schon gehen«.

Thea sah zu, wie Madeleine mit teilnahmsloser Miene hinausgeführt wurde. Ron umfasste sie:

»Das Mädchen ist Stück für Stück außer Kontrolle geraten. Wenn ich sie richtig verstanden habe, kam ihre Mutter mit ihrem Übergewicht nicht zurecht und hat, wenn es stimmt versucht, ihr das auf eine Weise klar zu machen, die natürlich nicht geht. Solche Ausdrücke wie ›fetter hoffnungsloser Fall‹ durfte sie einfach nicht verwenden. Das ist ein ›No-Go‹. Ich bin allerdings davon überzeugt, als Jaspar vorhin fast die gleichen Worte verwendete, hat es bei ihr den Ausraster ausgelöst. Und sie hat es sichtlich genossen, ihren Vater leiden zu sehen. Er sollte genauso leiden, wie sie es vermeintlich viele Jahre tun musste«.

»Du sagst es. Vermeintlich«, rief Thea aufgebracht. »Madeleine hat doch komplett ›den Bogen überspannt‹, denn ich weiß, dass Abygail und Jaspar sie über alles geliebt und alles gegeben haben, was sie konnten«.

Sie überlegte kurz. »Vielleicht haben sie auch den ein- oder anderen Fehler gemacht und ob Abygail wirklich Madeleine gegenüber, diese schlimmen Worte in den Mund genommen hat, mag ich nicht beurteilen. Aber wer kann schon behaupten bei der Erziehung seiner Kinder alles richtig gemacht zu haben und immer gerecht gewesen zu sein«?

Mit blitzenden Augen sah sie ihn an. »Wer das behauptet, ist ein Lügner. Und Madeleine hat sich nicht selten unmöglich aufgeführt. Dass Abygail und Jaspar in so manch angespannter Situation ruhig geblieben sind, wundert mich heute noch«.

»Wie dem auch sei«, fuhr Ron fort. »Madeleine fühlte sich dadurch ungeliebt und entwickelte ein negatives Selbstbild, was sich auf verschiedene Weise zeigen kann. Manchmal ziehen sich solche Menschen zurück, kapseln sich ab oder distanzieren sich sogar von ihren Eltern. In manchen Fällen werden sie zudem äußerst aggressiv und feindselig, was sich dann in Symptomen äußert, wie wir sie gerade erlebt haben«.

Beschwichtigend fügte er hinzu: »Dass so etwas heute geschieht, konnte niemand ahnen und passiert Gott sei Dank nicht häufig«.

»Ich danke Dir, dass Du heute da warst. Wäre ich mit Jaspar und ihr allein gewesen, weiß ich nicht, wie ich den Höllentrip überstanden hätte«.

Sie legte ihren Mantel über den Arm und dachte plötzlich an das Medaillon in der Seitentasche. »Komm mit Ron. Ich muss Dir noch etwas zeigen«.

Sie stiegen die Treppe nach oben und betraten Madeleines Zimmer. »Ich finde es nicht richtig, dass wir hier allein sind«, flüsterte er. »Aber du …«.

»Als ich vorhin bei ihr war, habe ich eine Kette mit einem Medaillon entdeckt, das sicher Abygail gehörte«. Sie hielt sie ihm hin. »Es hing an einem Spiegel«.

»Und kein Zweifel besteht«?

»Ich kannte jedes ihrer Schmuckstücke«, rief Thea und sah sich um. »Das waren alles Einzelanfertigungen«.

»Demnach sind wir jetzt auf der Suche nach dem Rest«?

»Genau. Sie muss ihn hier irgendwo haben«.

Hastig zog sie eine Schublade an der Spiegelkommode auf. »Das gibt es doch nicht«, sagte sie fassungslos. »Da ist der Schmuck. Sie hatte es nicht einmal nötig, ihn zu verstecken«. Erschrocken hielt sie inne. »Und da sind wahrscheinlich die Uhren, die sie aus dem Schaufenster genommen hat, nachdem sie Abygail umbrachte«.

»Das wundert mich nicht«, entgegnete Ron. »Hier war ihr Rückzugsort. Hier störte sie niemand und sie konnte tun und lassen, was sie wollte. Schon erst recht, seit ihre Mutter nicht mehr lebte. Ein Wunder, dass Sie Dich überhaupt vorhin hereinließ«.

Er nahm eine Brosche von einem Samtkissen und betrachtete sie. »Der Schmuck war für sie vor allem eine Trophäe, ein Sieg über ihre Mutter, die sie vermeintlich bevormundet und erniedrigt hatte. Endlich hatte sie gewonnen, endlich war sie die Stärkere«.

»Ich muss Jaspar sagen, dass wir den Schmuck und die Uhren gefunden haben«, entgegnete Thea. »Aber ich bin nicht sicher, ob er diese Nachricht heute auch noch braucht«.

»Er muss ja im Moment nicht die Hintergründe erfahren. Sag ihm einfach nur, dass die Sachen wieder da sind. Meinst Du, dass Du das alleine schaffst? Ich muss nach Hause«.

Thea nickte. »Ja schon gut«. Sie umarmte ihn. »Und danke noch einmal für Deine Hilfe«.

Kurz darauf legte sie ihre Hand tröstend auf Jaspars`, der noch immer wortlos vor sich hinstarrte.

›Ich kann ihn jetzt auf keinen Fall allein lassen‹. Schnell nahm sie das Telefon, um Samuel anzurufen.

Als sie wieder aufgelegt hatte, rief jemand: »Hallo? Ist da wer«? Thea fuhr erschrocken herum.

Zwei Männer betraten das Zimmer und zeigten ihre Dienstmarken.

»Wir sind Detective Chief-Inspector Powel und Inspector Mitchell von der Polizei in Manchester«, sagte Vincent und holte einen Block heraus. »Wir haben zwar kurz mit den Officern gesprochen, aber wir müssen Sie natürlich über den gesamten Ablauf der Ereignisse befragen. Sagen Sie uns bitte wie Sie heißen und in welchem Verhältnis sie zu Jaspar Ward und seiner Tochter stehen«.

»Mein Name ist Thea O'Kelly. Jaspars` Frau Abygail war schon immer meine beste Freundin«.

»O'Kelly«? fragte Vincent erstaunt. »Dann kennen Sie auch einen Samuel und einen Frank O'Kelly«?

»Ja natürlich«, antwortete Thea. »Samuel ist mein Mann und Frank ist, nein war mein Schwager«.

»Wo ist Mr. Ward jetzt«?
Er sitzt nebenan im Arbeitszimmer und ist völlig fertig«.
»Wie kam es heute hier zu diesem Treffen«?

Thea schilderte jetzt ihre Begegnung mit Madeleine am Mittwoch und dem Plan, gemeinsam mit Jaspar und Ron den Grund ihrer Essstörung herauszufinden.

Zum Schluss sagte sie: »Es ist zurzeit wie verhext. Alles um mich herum versinkt im Chaos. Zuerst musste Abygail sterben, dann trennt sich Frank von Lilly und den Kindern und hinterlässt ein Elend, das nicht größer sein könnte und jetzt kommt auch noch heraus, dass Madeleine, die übrigens mein Patenkind ist, ihre eigene Mutter umgebracht hat«.

Sie deutete auf das Arbeitszimmer. »Und da drüben sitzt Jaspar, dessen Familie damit zerstört wurde. Eine solche Tragödie habe ich seit dem Krieg nicht mehr erlebt«.

»Wir müssen ein Protokoll Ihrer Aussage anfertigen«, sagte Vincent. »Können Sie mitkommen«?

»Nicht bevor Samuel hier ist und sich um Jaspar kümmern kann«, antwortete sie. »Danach stehe ich sofort zur Verfügung«.

Vincent nahm sich einen Stuhl und setzte sich ihr gegenüber. »Ich möchte auch mit Ihnen kurz über Frank O'Kelly, Ihren Noch-Schwager sprechen, den wir gestern verhaftet haben«.

»Wieso verhaftet? Etwa hier in der Stadt«? fragte Thea erstaunt. »Und ich dachte, er ist in Bedfort«.

»Er schlug und verletzte den Lehrling von Mr. Ward. Während des Verhörs hat Frank O'Kelly als Begründung für seine Tat eine äußerst pikante Aussage gemacht, die wir prüfen müssen«.

Ernst sah er zu Thea herüber. »Und Sie hat er als Zeugin genannt«.

***

Thea hatte Vincent Powel und Adam Mitchell dazu überreden können, ihre Aussage erst am kommenden Tag zu machen und waren wieder gegangen.

Sie war nach diesen schrecklichen Ereignissen sowieso nicht scharf darauf, jetzt Frank zu begegnen und sich irgendeine absurde Story von ihm anzuhören.

Schon oft hatte der, wenn es gewissermaßen knapp für ihn wurde, die unsinnigsten Dinge erfunden, um am Schluss als bemitleidenswertes Opfer der Umstände dazustehen.

Inzwischen war auch Samuel eingetroffen, der neben Jaspar saß und beruhigend auf ihn einredete.

Sie hatten beschlossen, ihn vorerst mit zu sich nach Hause zu nehmen. Und da sie jetzt wussten, dass sein Lehrling auch krank im Bett lag, hielten sie es für das Beste, das Geschäft für ein paar Tage zu schließen.

Eilig packte Thea ein paar Kleidungsstücke für ihn ein und verstaute sorgfältig den Schmuck in einem Koffer. Dann schrieb sie in Druckbuchstaben ein Schild und ging nach unten, um es in das Schaufenster zu legen.

Plötzlich sah sie eine Frau am Hauseingang stehen, die an der Fensterfront nach oben sah.

»Kann ich vielleicht etwas für Sie tun«? fragte Thea. »Mr. Ward ist im Moment leider nicht zu sprechen«.

»Mein Name ist Betsy Lombard. Ich bin die Mutter von Ronald, seinem Lehrling«.

»Lombard«? fragte Thea erschrocken. »Sie sind ...«? Sie sprach den Satz nicht zu Ende.

»Ich wollte Mr. Ward informieren, dass Ronald morgen nicht zur Arbeit kommen kann, weil er krank geworden ist. Wissen Sie vielleicht, wann er zurück kommt«?

»Heute leider nicht mehr, aber ich richte es gerne aus«. Sie deutete mit der Hand auf das Schild im Schaufenster. »Das Geschäft bleibt diese Woche sowieso geschlossen. Gehen Sie also wieder nach Hause und machen Sie sich keine Sorgen«.

Hastig, eine Spur zu hastig, ließ sie Betsy einfach stehen, verschwand wieder im Hausflur und lehnte sich von innen mit dem Rücken dagegen. »Das darf doch nicht wahr sein«, flüsterte sie. »Jaspars Lehrling ist Ronald Lombard und die Frau da draußen seine Mutter«. Schnell lief sie wieder nach oben. »Komm Samuel, wir müssen los«.

Sie legten Jaspar ein Sakko um die Schultern, fassten ihn unter und machten sich auf den Weg.

»Darling, was ist mit Dir«? fragte Samuel, der Thea während der Fahrt aus den Augenwinkeln beobachtete. »Du wirkst so hektisch«.

»Nach der ganzen Aufregung dieses Tages ist das wohl kein Wunder«, entgegnete sie kurz angebunden. »Sehen wir lieber zu, dass wir schnell nach Hause kommen. Ich vermisse mein trautes Heim«.

Er gab Gas.

Am nächsten Morgen kam Thea im Morgenmantel in die Küche und sagte zu Ed, der gerade Karotten putzte:

»Guten Morgen. Machen Sie mir heute bitte als Erstes einen Kaffee zum Wachwerden«.

Der nickte und legte das Messer beiseite. Während er den Wasserkessel befüllte, fragte er besorgt: »Schläft Mr. Ward noch«?

»Ich nehme es an. Ist ja auch kein Wunder, denn ich habe ihn in der Nacht gehört, als er im Gästezimmer umher gewandert ist«.

»Und wie soll es jetzt weitergehen«?

Thea hob resigniert die Schultern. »Ich weiß es nicht. Ich kann nur hoffen, dass er mit dieser Situation irgendwie zurechtkommt. In seiner Haut stecken möchte ich im Moment allerdings nicht«.

»Das hat Ihr Mann vorhin auch gesagt«.

»Seit wann ist Samuel denn schon aus dem Haus«?

Er holte seine Taschenuhr aus der Weste. »Seit einer Stunde. Ich soll Ihnen übrigens ausrichten, dass er in der Mittagspause nach Hause kommen will, um nach Mr. Ward zu sehen. Deshalb bereite ich schon das Gemüse für den Lunch vor«.

Der Wasserkessel begann zu brodeln und gab immer lauter werdende, seltsam krächzende Töne von sich.

Thea dachte sofort wieder an Madeleine und hielt sich die Ohren zu. »Oh Ed, bitte nehmen Sie den Topf vom Herd. Er klingt wie eine verstimmte Querflöte«.

Nach dem Kaffeetrinken sagte sie: »Ich sehen mal nach Jaspar. Vielleicht ist er schon wach«.

Vorsichtig drückte sie die Klinke der Gästezimmertür herunter und spähte in den abgedunkelten Raum zum Bett herüber. Als sie sah, dass die Daunendecke sorgfältig zurückgeschlagen war, rief sie: »Jaspar? Ich bin es Thea. Darf ich hereinkommen«?

Er antwortete nicht. Hastig lief sie zum Fenster, schob mit einem resoluten Ruck den schweren Vorhang beiseite und drehte sich mit einem mulmigen Gefühl um. Sie atmete auf, als sie ihn in einen Morgenmantel gehüllt, im Sessel sitzen sah.

»Hast Du mich erschreckt«, rief sie ärgerlich und stemmte die Hände in die Hüften. »Ich verlange ja nicht, dass Du eine Konversation mit mir abhältst, aber sage bitte irgendetwas, wenn ich Dich anspreche. Ob ›Guten Morgen‹ oder ›Du kannst mich‹, ist mir egal, aber sage etwas«.

Jaspar hob langsam seine müden Augenlider. »Es tut mir leid«. Sie setzte sich neben ihn auf die Sessellehne und gab ihm einen versöhnlichen Kuss auf die Stirn.

»Na das ist doch ein Anfang«. Erst jetzt sah sie, dass er vor sich auf dem Tisch den Schmuck und die Uhren ausgebreitet hatte.

»Meinst Du, dass es gut ist, wenn Du Dich jetzt mit diesen Erinnerungen quälst«? fragte sie leise.

»Das ist keine Qual für mich«, antwortete er, nach Theas` Empfinden in einem erstaunlich sachlichem Ton.

»Den Schmuck zu betrachten, bringt mich meiner Frau nahe, denn sie hat ihn so gern getragen. Er gehörte einfach zu ihr, wie ihr herzliches Lachen, wenn sie glücklich war. Sie hat es immer verstanden, damit ihrem Outfit das ›Tüpfelchen auf dem i‹ zu geben, anstatt mit dem Goldschmuck herum zu protzen«.

»Da kann ich Dir nur zustimmen«, sagte Thea und legte ihren Arm um seine Schulter. »Ich finde es auch sehr schön, mich so an sie zu erinnern«.

»Nur dass ausgerechnet unsere Tochter Madeleine ihrem Leben ein Ende gesetzt hat, bringt mich fast um den Verstand. Darüber komme ich nicht hinweg«.

Er vergrub seine Hände im Gesicht und schluchzte: »Was haben wir nur falsch gemacht«?

Thea hielt ihn fest und als er sich wieder etwas beruhigt hatte, sagte sie leise: »Ich habe gestern auch mit Ron darüber gesprochen. Er ist Arzt und hat mir natürlich ihr Verhalten einer wissenschaftlichen Analyse gleich erklärt. Aber meiner Meinung nach haben Abygail und Du nichts falsch gemacht. Jedenfalls sehen ich und auch Samuel keine Fehler, die nicht alle Eltern irgendwann während der Erziehung hin und wieder machen. Madeleine hat sich da in etwas ›Absurdes‹ hinein gesteigert«. Aufmunternd fügte sie hinzu:

»Ed hat gerade frischen Kaffee gemacht. Lass uns doch nach unten gehen und eine Tasse trinken, der weckt die Lebensgeister und wir kommen auf andere Gedanken«.

Plötzlich nahm er den Ring mit der Gravur in die Hand und steckte ihn sich an den kleinen Finger. »Dieses Geheimnis hat Abygail mit ins Grab genommen«, flüsterte er. »Ich werde nie erfahren, was es damit auf sich hatte«.

Sie löste sich von ihm. »Komm jetzt mit Jaspar und grübele nicht darüber«.

Als sie die Treppe nach unten gingen, klopfte es an die Haustür. Ed öffnete, drehte sich zu Thea um und sagte erschrocken. »Da ist die Polizei«.

Vincent Powel und Adam Mitchell betraten das Haus. ›Auch das noch‹, dachte sie. ›Hat man denn nicht eine Sekunde Zeit Luft zu holen‹?

Sie führte Jaspar in die Küche und bat Ed sich um ihn zu kümmern. Dann schloss sie die Tür.

»Meine Herren«, sagte sie mit souveräner Stimme an Vincent und Adam gewandt. »Lassen Sie uns ins Wohnzimmer gehen«.

Als sie sich gegenüber saßen, begann Vincent: »Mrs. O'Kelly, unsere Geduld ist am Ende. Wir müssen mit Ihnen reden, und zwar jetzt«.

Thea lehnte sich gelassen zurück, schlug ihre Beine übereinander und lehnte einen Arm auf die Sessellehne.

»Also gut, was hat sich Frank für eine Story ausgedacht, die ich bezeugen soll«?

Vincent sah Adam kurz an, dann begann er: »Wir sagten Ihnen ja bereits, dass Mr. O'Kelly den Lehrling von Mr. Ward bedroht und geschlagen hat«.

»Ich wüsste nicht, dass es dafür eine Entschuldigung gäbe«, fiel Thea ihm ins Wort.

Vincent hob mit ernster Miene die Hand. »Lassen Sie mich bitte ausreden und bringen Sie mich jetzt nicht aus dem Konzept«. Er lehnte sich nach vorn. »Mr. O'Kelly hat ausgesagt, dass er damit seine Tochter Samantha beschützen wollte«.

»Beschützen«? brauste Thea auf. »Es wäre mir neu, dass es legitim ist, jemanden mit Schlägen zu beschützen. Es sei denn, er hätte in Notwehr gehandelt. Nur das trifft für Frank ganz bestimmt nicht zu. Und was hat überhaupt Samantha damit zu tun«?

»Sie lassen mich ausreden, sonst brechen wir hier ab und machen auf der Police-Station weiter«, sagte Vincent scharf. »Vielleicht ist Ihnen das lieber«.

Beleidigt verschränkte Thea ihre Arme voreinander und sah ihn offen an. »Ich höre«.

»Frank O'Kelly hat uns berichtet, dass Samantha mit Ronald Lombard ausgeht und er vermutet, dass sich eine Liaison zwischen den beiden anzubahnen scheint, was er unter jeden erdenklichen Umständen verhindern wollte«. Er knöpfte sein Sakko auf und fuhr fort:

»Jetzt könnte man meinen, es handelt sich hier um einen eifersüchtigen Vater, der mit der Tatsache, dass seine Tochter erwachsen wird, nicht zurechtkommt. Und diese Tatsache allein ist natürlich kein Grund, gewalttätig zu werden. Frank O'Kelly sagte allerdings weiter aus, dass er keinen anderen Rat wusste, um Samantha von ihm fern zu halten, denn er befürchtete, dass die beiden in Kürze ein Liebespaar würden«.

»Na und? Warum sollte es ein Frevel sein, sich zu verlieben? Sie wären bestimmt ein hübsches Paar«.

Wieder sah Vincent ernst zu ihr herüber. »Wie wir inzwischen erfahren haben, ist Frank O'Kelly nicht der leibliche Vater von Samantha«. Er atmete tief durch, bevor er fortfuhr: »Der leibliche Vater des Mädchens ist ein gewisser Thomas Lombard«.

Vincent hielt kurz inne. »Und Sie könnten das angeblich bestätigen. Nur Sie wüssten es außer ihm und natürlich dem richtigen Vater, der leider nicht aus dem Krieg zurückgekehrt ist und Abygail Ward, die wir auch nicht mehr befragen können«.

Thea wurde blass. Ihre schlimmsten Befürchtungen, die sie seit gestern, als sie Betsy vor Jaspars Haus getroffen hatte, bewahrheiteten sich.

Vincent schilderte weiter: »Betsy und Thomas Lombard waren bereits verlobt und deren Hochzeit stand kurz bevor, als er einen Seitensprung mit Abygail hatte. Ihnen hat sie es erzählt und auch irgendwann Frank, der unbedingt wissen wollte, wer Samanthas Vater ist. Und Sie und Lilly O'Kelly waren auch bei der Entbindung dabei, die angeblich nichts von Thomas wusste. Können Sie das bestätigen«?

Thea saß steif da und starrte auf den glänzenden, mit Intarsien versehenen Couchtisch und antwortete nicht.

»Mrs. O'Kelly«, ermahnte sie Vincent. »Wenn diese beiden jungen Menschen tatsächlich ein Liebespaar würden, dann reden wir hier über Inzest und über Blutschande«. Mit Nachdruck fügte er hinzu: »Dann ist diese Beziehung unmöglich und muss tatsächlich sofort beendet werden, bevor sie beginnt«.

»Und wer soll Samantha, Ronald und seiner Mutter das beibringen«? flüsterte sie mit zittriger Stimme.

»Beantworten Sie uns zuerst, ob Sie die Aussage von Frank O'Kelly bestätigen können«.

»Ja. Abygail und Thomas sind die leiblichen Eltern von Samantha«.

Vincents Gesichtszüge entspannten sich. »Heute Nachmittag kommen Sie bitte zu uns und unterschreiben eine entsprechende Aussage. Wir halten es allerdings im Moment nicht für nötig, Mr. Ward damit zu konfrontieren. Er hat es so schon schwer genug«.

»Ich möchte mal wissen, warum Frank dann überhaupt den Hof von Betsy Lombard haben wollte, wenn er doch wusste, dass Samantha und Ronald zwangsläufig aufeinander treffen werden«? fragte Thea entrüstet. »Er hätte jeden Grund gehabt, sich fern zu halten«.

»Das haben wir ihn natürlich auch gefragt«, sagte jetzt Adam. »Seine Antwort war, dass er damit einfach nicht gerechnet habe. Anfangs wäre er sehr höflich zu ihnen gewesen, aber als er bemerkte, dass Samantha und Ronald sich gegenseitig umgarnten, begann er extrem abweisend gegenüber Betsy und ihrem Sohn zu reagieren. Und als das wohl auch nichts half, versuchte er es eben mit der berühmten Brechstange. Da war ihm einfach jedes Mittel recht, was wir natürlich nicht durchgehen lassen werden«.

»Das will ich hoffen«, antwortete Thea. »Jetzt frage ich Sie noch einmal, wer ihnen das beibringen soll«.

»Wir hatten tatsächlich an Sie gedacht, nachdem wir Sie gestern kennengelernt haben«, sagte Adam leise. »Sie könnten sicher einfühlend mit Samantha reden und vielleicht auch mit Ronald. Wer allerdings mit seiner Mutter reden soll, steht auch für uns noch in den Sternen«.

»Ich«? rief Thea entrüstet und sprang von der Couch auf. Sie ließ sich wieder auf das Polster fallen. »Nein, völlig ausgeschlossen. Das ist zu viel für mich«.

Verzweifelt sah sie die Polizisten an. »Vorhin hat sich Jaspar Abygails Ring, den Thomas ihr geschenkt hatte, an seinen kleinen Finger gesteckt und gesagt, dass er nie erfahren werde, was es damit auf sich hat. Und ich hielt es auch für das Beste«.

In diesem Moment betrat Samuel das Wohnzimmer. »Guten Tag. Ich habe soeben von unserem Butler erfahren, dass Sie meine Frau ins Kreuzverhör genommen haben. Worum geht es hier«?

Thea zog ihn beschwichtigend neben sich auf die Couch. »Ist schon gut Samuel«. Sie schilderte ihm alles und sagte schließlich: »Jetzt geht es nur noch darum, wer diese Hiobsbotschaften überbringt«.

Samuel saß da wie ein begossener Pudel. »Du hast tatsächlich gewusst, wer Samanthas Vater ist und mir nichts gesagt«? fragte er ungläubig.

»Wozu denn«? brauste sie auf. »Weder Abygail noch Jaspar, geschweige denn Madeleine hätte es etwas genutzt. Abgesehen davon mag ich mir nicht ausmalen, wie die darauf reagiert hätte, nach allem, was wir gestern erlebt haben. Also mache mir jetzt keine Vorwürfe«.

»Man wird doch wohl noch eine Frage stellen dürfen«, entgegnete er ungehalten. Nachdenklich sah er erst sie und dann die Polizisten an. »Mir fällt nur eine Person ein, die ich für fähig halte, dies zu tun«.

»Und wer ist das«? fragte Adam.

»Dr. Ron Chapman«.

Er nahm Theas` Hand. »Es wird auch für ihn nicht leicht, aber Du kennst viele Details und musst sie ihm erklären, dann findet er schon die richtigen Worte«.

Er wandte sich an die Polizisten. »Ich werde mit Jaspar reden, denn wir sind Freunde, solange ich denken kann. Und Abygail hat ihn ja auch nicht betrogen. Die

Sache mit Thomas Lombard war schließlich vor seiner Ehe mit ihr. Was wird jetzt aus meinem Bruder«?

»Ihn erwartet natürlich eine Anzeige wegen schwerer Körperverletzung. Außerdem prüfen wir, ob Betsy Lombard bei diesem seltsamen Wohnungstausch betrogen wurde. Zudem teilten uns die Kollegen in Bedfort mit, dass Agnes Hunt, die Schwester von Angus ein stattliches Vermögen von ihm geerbt hat, an dem sich scheinbar auch Frank bereichern wollte. Da Betsy aber möglicherweise seine leibliche Tochter ist, hätte sie einen Anspruch darauf«.

»Alles Geld der Welt können die schrecklichen Ereignisse nicht rückgängig machen«, seufzte Thea.

»Nein, aber Mrs. Lombard erfährt jetzt ein wenig Gerechtigkeit, die wir für mehr als überfällig halten«.

***

Lilly stand am Abend zusammen mit Samantha in der Küche und war dabei einen Kuchen zu backen, während Ryan und Billy am Küchentisch saßen und Kastanien, die sie manchmal am Straßenrand sammelten, mit Streichhölzern bestecktes und so kleine lustige Figuren entstanden.

»Schau Mum«, rief Billy. »Es ist ein Pferd geworden. Das schenke ich morgen Ronald«.

»Und ich habe ein Schaf gebastelt«, sagte Ryan freudestrahlend. »Das kriegt Betsy«. Samantha setzte sich schmunzelnd neben ihn. »Lass mal sehen«. Sie betrachtete sein Werk. »Da fehlt aber etwas Wichtiges. Warte, ich bin gleich wieder zurück«. Als sie bei ihnen war, hatte sie ein paar Wollfäden dabei.

Billy rief: »Ach so, Du meinst, mein Pferd hat keinen Schwanz«. Samantha strubbelte ihm durch das blonde Haar. »Genau, kleb ihm einen an«.

Dann legte sie auch Ryan einen Wolle-Rest hin. »Und Dein Schaf braucht ein Fell, sonst friert es«.

Eddy und Ruth hingegen hatten sich eine alte Decke über einen Stuhl gehängt und spielten Kasperle-Theater.

Als Lilly den Kuchen in die vorgeheizten Backröhre geschoben hatte, drehte sie sich zu den Kindern um. »Was würde ich bloß ohne Euch alle tun«?

Samantha stand auf und umarmte sie: »Das habe ich auch gerade gedacht«. Sie löste sich und sah sie liebevoll an. »Du wirst immer meine Mum bleiben, denn Du hast mich beschützt und behütet, als ich klein war. Du hast mir Pflaster auf die Knie geklebt, wenn ich sie mir aufgeschlagen hatte und mich nachts getröstet, wenn ich diese widerlichen Ohrenschmerzen hatte«.

Lilly war den Tränen nah. »Danke mein Schatz«, flüsterte sie. Hastig versuchte sie wieder ein fröhliches Gesicht zu machen und sah zu den Kleinen herüber.

»Es wird Zeit für Euch ins Bett zu gehen. Wenn Ihr schnell seid, lese ich Euch nach dem Waschen und Zähneputzen noch eine Gutenachtgeschichte vor«.

Murrend räumten sie ihre Sachen auf und trollten sich.

Am nächsten Tag standen sie alle am frühen Nachmittag bei den Lombards vor der Haustür und Samantha klopfte an.

»Da seit ihr ja«, rief Betsy gutgelaunt, als sie öffnete. »Kommt doch herein. Tracy ist auch mit den Kindern da, ihr könnt alle zusammen spielen«. Sie sah zu Samantha.

»Ronald liegt im Wohnzimmer auf der Couch. Wenn Du möchtest, kannst Du gleich zu ihm gehen, dann geht es ihm sicher gleich noch etwas besser«.

»Danke Mrs. Lombard«.

Die Kinder tummelten sich jetzt mit Tracy und Betsy in der Küche und redeten aufgeregt durcheinander, als sie wieder ein Klopfen an der Haustür hörten.

»Wer kann das sein«? fragte Betsy und ging erneut zur Tür. Als sie öffnete, standen Vincent Powel, und Adam Mitchell zusammen mit einem Mann vor ihr, den sie nicht kannte.

»Guten Tag Mrs. Lombard«, sagte Vincent. Als er die Kinder hörte, fragte er: »Kommen wir ungelegen«?

»Naja«, antwortete Betsy etwas unsicher. »Meine Freundinnen Tracy und Lilly sind da. Damit ist mein kleines Haus im Moment natürlich voll. Ist es wirklich nötig, dass Sie ausgerechnet jetzt mit mir reden wollen«? Vincent trat an die Seite und der Mann reichte Betsy die Hand. »Mein Name ist Dr. Chapman«.

»Wollen Sie etwa zu Ronald«? fragte sie erstaunt. »Ich glaube aber, dass er im Moment keinen Arzt braucht«. Sie begann zu schmunzeln. »Seine Freundin Samantha ist gerade bei ihm im Wohnzimmer und ganz bestimmt die beste Medizin«.

Die Polizisten sahen Ron erschrocken an.

»Was haben Sie denn«? fragte sie erstaunt, der das nicht entgangen war.

»Können wir hereinkommen und zusammen mit Ihnen, Lilly O'Kelly, Samantha und Ronald sprechen«? fragte Ron ernst. »Es wäre wirklich wichtig«.

»Ist etwas passiert«? fragte Betsy. »Sie beunruhigen mich«. Vincent deutete mit dem Kopf in Richtung Küche. »Können die Kinder eine Weile allein bleiben«?

»Tracy kann auf sie aufpassen. Bitte kommen Sie mit«.

Sie holte Lilly, die genauso überrascht war wie sie selbst und klopfte an die Wohnzimmertür. »Ronald«, sagte sie vorsichtig. »Wir müssen hereinkommen. Die Polizei ist mit einem Arzt da und möchte mit uns allen sprechen«. Sie betraten das Zimmer und Adam schloss die Tür.

Tracy, die schon immer neugierig war, hatte sich die Kinder zusammen genommen und ihren Finger auf die Lippen gelegt. »Pst«, flüsterte sie. »Ihr müsst jetzt leise sein. Am besten ihr setzt Euch alle an den Tisch und malt etwas. Ich bin gleich wieder zurück«.

Leise schlich sie zur Tür und versuchte zu lauschen. Enttäuscht drehte sie sich wieder um, denn sie konnte nur ein leises Gebrabbel verstehen.

Plötzlich hörte sie einen Aufschrei. »Nein«, flehte Samantha. »Sagen Sie, dass es eine Lüge ist. Bitte Doktor, bitte«.

Kurz darauf wurde die Tür aufgerissen und Samantha stürmte nach draußen. Lilly rannte mit Tränen in den Augen hinter ihr her und blieb vor Tracy stehen.

»Kannst Du auf die Kinder aufpassen? Ich muss zu Samantha«. Die nickte hastig. »Ja natürlich«.

Mit sorgenvoller Miene sah sie ihnen nach, wie sie das Haus verließen.

Wie im Trance kam jetzt Betsy zu ihr und lehnte sich im Flur gegen die Wand. Vincent und Adam folgten ihr, während Ron noch immer bei Ronald saß.

»Um Gottes willen, was ist denn passiert«? rief Tracy.

»Mrs. Lombard wird es Ihnen erklären«, sagte Adam. »Bleiben Sie aber bitte im Moment bei ihr, sie kann sicher jede Unterstützung gebrauchen«.

Schließlich kam auch Ron mit ernster Miene heraus und schloss leise die Tür hinter sich. »Ich habe ihm ein Beruhigungsmittel gegeben und denke, dass er eine Weile schlafen wird«. Er sah zu Betsy herüber. »Wie geht es Ihnen, brauchen Sie auch etwas«?

Sie schüttelte den Kopf und schluchzte. »Nein danke Sir, ich komme schon zurecht«.

»Was machen wir mit Samantha und ihrer Mutter«? fragte Adam besorgt. »Soll ich ihnen nachlaufen«?

»Ich glaube das ist nicht nötig«, sagte Ron. »So wie ich Lilly gerade erlebt hat, wird sie Samantha auffangen. Das kann in diesem Fall niemand anderes leisten«.

Er holte einen Stift und einen Zettel aus der Tasche, schrieb etwas darauf und gab ihn Betsy.

»Kommen Sie morgen, egal wann, mit Ronald in meine Praxis. Ich übernehme seine Betreuung und falls sie möchte, auch Samanthas, bis sie wieder auf den Füßen sind«. Zuversichtlich fügte er hinzu: »Machen Sie sich keine allzu großen Sorgen Mrs. Lombard. Es ist natürlich im Moment, vor allem für die beiden, eine absolute Katastrophe, aber sie werden es überstehen, denn sie haben eine Familie, die sie auffängt, stützt und den Schmerz mit ihnen teilt. Irgendwann werden sich beide in jemand anderen verlieben und das Leben für diese jungen Menschen noch viele positive Überraschungen bereithalten. Daran habe ich keinen Zweifel, nur das braucht Zeit«.

Er fasste Betsy an die Schulter. »Natürlich haben auch Sie unser aller Mitgefühl«.

»Danke Doktor«, flüsterte sie. »Ich möchte nicht unhöflich sein, aber ich bitte Sie jetzt alle zu gehen«.

»Und sollten Sie Hilfe brauchen, zögern Sie nicht, sich bei uns zu melden«, sagte Vincent.

Adam sah verwundert zu ihm hin, denn so einfühlsam hatte er seinen Boss noch nie erlebt.

›Es geschehen erfreulicherweise noch Zeichen und Wunder‹, dachte er. ›Auch wenn der Anlass sehr betrüblich ist‹.

Sie verließen das Haus.

Als sie auf dem Gehsteig standen, sagte Adam zu Vincent: »Brauchen Sie mich heute noch? Ich würde gerne ein bisschen allein sein und habe noch einen anderen Termin, den ich gerne wahrnehmen möchte«.

»Kein Problem. Auch ich muss jetzt nachdenken und werde nach Hause gehen«.

Während er und Ron sich ins Auto setzten und davonfuhren, schlenderte Adam durch die Straßen und dachte noch einmal an Rons Worte.

›Das Leben wird noch viele positive Überraschungen bereithalten. Daran habe ich keinen Zweifel‹.

Tief sog er die frische kalte Luft ein und seine Schritte wurden schneller und zuversichtlicher. ›Ja, der Doktor hat recht. Die Hoffnung stirbt zuletzt‹.

Schließlich blieb er an einem Reihenhaus stehen und betrachtete den liebevoll hergerichteten Vorgarten und den geschmiedeten dunkelgrünen Zaun.

Er ging zur Treppe, betätigte den Türklopfer und eine alte Dame öffnete. »Sie sind etwas spät dran Sir. Ich dachte schon, Sie haben es sich anders überlegt«.

»Entschuldigen Sie Mrs. Collins«, sagte Adam. »Wie ich Ihnen am Telefon bereits sagte, arbeite ich bei der Polizei. Da kann immer etwas dazwischen kommen und private Dinge müssen zurückstehen«.

Sie drehte sich um, ging in den Flur und rief ihm zu. »Kommen Sie herein und sehen sich um. Sie müssten sich aber bald entscheiden, ob Sie das Haus mieten wollen, denn ich ziehe schon in ein paar Wochen zu meinem Sohn und seiner Frau«.

Langsam liefen sie durch jeden Raum. Als sie ins Obergeschoss kamen, fragte sie: »Ist das nicht ein bisschen groß für Sie allein? Normalerweise könnte hier eine Familie mit zwei Kindern wohnen«.

»Was nicht ist, kann ja noch werden«, antwortete er schmunzelnd und sah auf die Uhr. »Haben Sie etwas dagegen, wenn sich noch jemand alles ansieht«?

»Warum nicht«, antwortete sie und fixierte ihn von Kopf bis Fuß. »Ich habe mich schon gewundert, wieso ein hübscher junger Polizist wie Sie es sind alleine lebt«.

Adam deutete eine Verneigung an. »Danke für das Kompliment«. Da klopfte es auch schon an die Tür.

»Bemühen Sie sich nicht Mrs. Collins, ich gehe nach unten«. Als er öffnete, stand Beverly mit einem Zettel da und sah ihn verwundert an. »Ich habe Deine Nachricht am Tresen gefunden, dass ich hierher kommen soll. Was tun wir hier«?

Er nahm ihre Hand. »Ich werde dieses Haus mieten, denn ich kann nicht ewig bei meinem Boss wohnen. Aber Dir muss es natürlich auch gefallen, falls wir uns irgendwann dazu entschließen, zusammen zu ziehen«.

Sie bekam große Augen und begann zu strahlen. »Ist das wirklich Dein Ernst, oder machst Du Witze«?

Er gab ihr einen Kuss. »Darling, es ist mein voller Ernst. In diesen Dingen beliebe ich nicht zu scherzen«.

Sie hielt inne und wurde schlagartig ernst. »Wie war es bei den Lombards«?

»Frag lieber jetzt nicht, denn das muss ich Dir in Ruhe erzählen. Aber Gott sei Dank war dieser Dr. Chapman dabei. Ohne ihn hätten Chief-Inspector Powel und ich ziemlich alt ausgesehen«.

Aufmunternd zog er sie in den Flur. »Und jetzt möchte ich endlich wieder einmal etwas Schönes machen. Komm mit, die Vermieterin Mrs. Collins ist schon gespannt Dich kennenzulernen«.

***

Eine Woche später

Jaspar stand vor seinem Geschäft und sah zu dem Schild im Schaufenster. Mit zittriger Hand schloss er schließlich die Ladentür auf, ging hinein und warf achtlos den Schlüsselbund auf die Werkbank.

Da es noch früh am Morgen war, schaltete er das Licht ein und sah sich um. Die Wanduhren waren inzwischen stehen geblieben, die Luft roch abgestanden und eine Grünpflanze, die Abygail immer sorgsam gegossen hatte, ließ die Blätter hängen.

›Was macht es noch für einen Sinn, dass ich das alles hier behalte und mich jeden Tag abplage‹, dachte er und ließ sich auf einen Hocker fallen. Betrübt starrte er vor sich hin, als er plötzlich die Türglocke hörte.

Erschrocken drehte er sich um. Da stand Ronald vor ihm und sah ihn ernst an. »Guten Morgen Sir, ich bin wieder da. Entschuldigen Sie bitte, dass ich Sie hier allein gelassen habe, aber der Doktor sagte, dass ...«.

Jaspar unterbrach ihn. »Schon gut mein Junge. Ehrlich gesagt, habe ich gar nicht damit gerechnet, dass Du wieder kommst, nach allem, was geschehen ist«.

Ronald ging nicht darauf ein, stellte seinen Rucksack ab, packte seine Brotdose und seine Teekanne aus und holte sich die Leiter. »Es ist so still hier drin. Ich ziehe erst einmal die Uhren auf, denn das bin ich nicht gewohnt«.

»Das heißt, wir machen weiter«? fragte Jaspar.

»Wieso nicht? Ich stehe kurz vor meinem Lehrabschluss, den ich unbedingt schaffen will. Oder hatten Sie etwas anderes vor«?

»Nein«, antwortete Jaspar verblüfft. »Nein, ich habe nichts anderes vor«. Er hielt ihn am Arm fest. »Es tut mir für Samantha und Dich wirklich leid«.

»Danke Sir, aber ich werde schon darüber hinweg kommen«.

»Wie nüchtern Du das sagst«, staunte Jaspar. »Als würde es Dich nichts mehr angehen. Hast Du sie denn seither nicht mehr gesehen«?

»Wir haben uns verabschiedet. Die Umstände lassen uns beiden auch keine andere Wahl. Ihre Mutter will jetzt sobald wie möglich den Hof verkaufen und mit den Kindern im Frühjahr nach London in die Nähe ihrer Schwester ziehen, wo Samantha eine Haushaltsschule besuchen wird«.

Plötzlich fiel er in sich zusammen, sah Jaspar traurig an und flüsterte: »Es war einfach zu schön, um wahr zu sein. Und vergessen werde ich Samantha nie«. Jaspar legte tröstend die Hand auf seine Schulter. »Das glaube ich Dir. Sie ist wirklich ein hübsches Mädchen«.

»Und was macht Madeleine«? fragte jetzt Ronald.

»Gott sei Dank geht sie straffrei aus, weil sie noch minderjährig ist«, seufzte Jaspar. »Das hätte auch Abygail so gewollt, da bin ich sicher. Und jetzt ist Sie in einer Psychiatrie untergebracht und wird von Dr. Chapman behandelt. Er sagte, dass er für sie tut was er kann, nur zaubern hat er natürlich auch nicht gelernt«.

Ernst sah er ihn an. »Madeleine ist und bleibt trotz allem meine Tochter. Ich werde sie nicht fallen lassen«.

»Dann machen wir hier weiter«? fragte Ronald. »Also auf mich können Sie zählen«.

Jaspars Gesicht hellte sich auf. »Ja, wir machen hier weiter. Lass uns an die Arbeit gehen«.

Betsy saß indessen vor ihrer Stanzmaschine, und legte eine Hose nach der anderen ein, während trist die Nähmaschinen vor sich hin ratterten.

Plötzlich kam Thea mit Ed in den Arbeitsraum und winkte zu Samuel hinauf. Sie sah sich um. Als sie Betsy entdeckte, gingen sie zur ihr hin.

»Mrs. Lombard, ich bin Thea O'Kelly. Kann ich Sie einem Moment sprechen«?

Sie sah erstaunt zu ihr auf. »Ja natürlich«.

»Dann gehen wir am besten in das Büro meines Mannes«.

»Setzen wir uns«, sagte Samuel und nickte ihr freundlich zu. »Wir wollen Ihnen einen Vorschlag machen«.

Betsy fragte unsicher: »Worum geht es denn«?

»Das sagt Ihnen am besten meine Frau«, antwortete er.

»Wir haben den Hof in Littleborough gekauft«, begann Thea. »Wir werden ihn verpachten und Ed wird sich als Verwalter darum kümmern, weshalb er nicht mehr genügend Zeit hat, bei uns den Haushalt zu führen. Seine Stelle ist also vakant und jetzt wollten wir Sie fragen, ob Sie Interesse daran hätten«. Scheinbar gelassen fügte sie hinzu: »Wir haben natürlich unsere Schwägerin Lilly den Job zuerst angeboten, aber sie zieht mit ihren Kindern nach London. Samuel findet schon jemanden, der hier an dieser Maschine in Zukunft arbeitet. Außerdem werden Sie von Ed mit allem, was unser Haus betrifft und uns wichtig ist, vertraut gemacht. Na, was sagen Sie? Können Sie sich das vorstellen«?

»Ich«? fragte Betsy erstaunt. »Wieso ich«?
»Das war wiederum meine Idee«, antwortete jetzt Samuel. »Aber selbstverständlich geben wir Ihnen ein paar Tage Bedenkzeit, nur warten Sie nicht allzu lange, denn diese Jobs sind begehrt«.

»Ich möchte mich erst mit meinem Sohn heute Abend beraten und gebe Ihnen dann morgen Bescheid«.

»Das ist doch ein Wort«, sagte Samuel und sah zu Ed herüber. »Wenn Mrs. Lombard morgen um sieben Uhr hier nicht erscheint, rufe ich Sie an und Sie holen Sie zu Hause ab und bringen Sie in unsere Villa, um ihr alles zu zeigen«.

»Selbstverständlich Sir«.
»Gut«, sagte Thea und stand auf, doch dann drehte sie sich noch einmal um.

»Ich wollte Ihnen noch sagen, dass wir mit Lilly beim Verkauf des Hofes eine Entschädigung von dreitausend Pfund für Sie ausgehandelt haben, denn der Vertrag zwischen Ihnen und Frank war nicht fair. Des Weiteren wird sich unser Anwalt Dr. Smith wegen des Erbanspruches bei Ihnen melden, den Sie nach dem Tod

Ihres leiblichen Vaters Angus Hunt haben. Es liegt natürlich dann ganz bei Ihnen, ihm das Mandat zu erteilen, um Ihre berechtigten Ansprüche geltend zu machen, aber denken Sie bei Ihrer Entscheidung auch an die Zukunft Ihres Sohnes«.

»Warum tun Sie das alles«? fragte Betsy erstaunt.

Thea hängte sich die Handtasche um. »Die Antwort ist simpel. Mein Mann und ich, wir haben einen relativ ausgeprägten Gerechtigkeitssinn, von dem wir uns gewöhnlich leiten lassen. Auf Wiedersehen Mrs. Lombard«. Ed hielt Thea die Tür auf, die mit ihren hohen Absatzschuhen förmlich hinaus schwebte. »Beeilen wir uns, mein Frisör wartet nur ungern«.

Samuel sah ihr schmunzelnd nach. ›Das ist meine Thea, die souveräne Fabrikantengattin mit Herz«.

Als Betsy Feierabend hatte, ging sie nachdenklich die Straße entlang. Heute hatte sie es nicht eilig und fühlte sich entspannt und gelöst, wie schon lange nicht mehr.

Längst hatte sie sich entschieden, die Stelle bei diesem netten Ehepaar anzunehmen. Und sie hoffte, dass sich auch für Ronald bald alles zum Guten wenden würde. Am Abend waren sie lange zusammen gesessen und hatten sich ausgesprochen. Irgendwann sagte er:

»Großvater war immer der Meinung, ich sei ein Glückskind, doch da hat er sich gewaltig geirrt. Eigentlich könnten wir uns jetzt gegenseitig bemitleiden«.

Sie sah ihn liebevoll an. »Nein, Mitleid hilft uns nicht. Aber ich bin sicher, das Glück hat sich nur verirrt.

Es klopft sicher bald wieder an unsere Tür, wenn wir als Familie zusammen halten und ehrlich zueinander sind«.

****